SHANNON STAUB
PUBLIC LIBRARY
4901 N. CRANBERRY BLVD
NORTH PORT, FL 34286

**BEST**SELLER

**Jordi Sierra i Fabra** (Barcelona, 1947) es uno de los autores más prolíficos y premiados del panorama literario español y, con más de once millones de libros vendidos y casi cuarenta premios literarios otorgados a ambos lados del Atlántico, uno de los escritores más sorprendentes por la versatilidad de su obra, que aborda todos los géneros. Viajero impenitente –circunstancia que nutre buena parte de su extensa producción– y comprometido con la realidad, ha creado además la Fundació Jordi Sierra i Fabra en España y la Fundación Taller de Letras Jordi Sierra i Fabra en Colombia para impulsar la lectura y la cultura y ayudar a jóvenes escritores en sus primeros pasos. Entre los numerosos premios que ha recibido, cabe destacar el X Premio de Novela Ciudad de Torrevieja por su novela *Sombras en el tiempo* (2011); el Premio Cervantes para Jóvenes (2012), más conocido como el Cervantes Chico; el Premio Iberoamericano de Literatura por la aportación de su obra y su figura a la narrativa latinoamericana (2013); así como la Medalla de Honor de la ciudad de Barcelona en reconocimiento a su labor social y cultural (2015).

Para más información, consulte la página web del autor:
www.sierraifabra.com

31969024664392

Biblioteca

# JORDI SIERRA I FABRA

## Nueve días de abril

SHANNON STAUB
PUBLIC LIBRARY
4901 N. CRANBERRY BLVD
NORTH PORT, FL 34286

DEBOLS!LLO

El papel utilizado para la impresión de este libro ha sido fabricado a partir de madera procedente de bosques y plantaciones gestionadas con los más altos estándares ambientales, garantizando una explotación de los recursos sostenible con el medio ambiente y beneficiosa para las personas. Por este motivo, Greenpeace acredita que este libro cumple los requisitos ambientales y sociales necesarios para ser considerado un libro «amigo de los bosques». El proyecto «Libros amigos de los bosques» promueve la conservación y el uso sostenible de los bosques, en especial de los Bosques Primarios, los últimos bosques vírgenes del planeta.

Papel certificado por el Forest Stewardship Council®

Primera edición en Debolsillo: marzo, 2016

© 2015, Jordi Sierra i Fabra
© 2015, Penguin Random House Grupo Editorial, S. A. U.
Travessera de Gràcia, 47-49. 08021 Barcelona

Penguin Random House Grupo Editorial apoya la protección del *copyright*.
El *copyright* estimula la creatividad, defiende la diversidad en el ámbito de las ideas y el conocimiento, promueve la libre expresión y favorece una cultura viva. Gracias por comprar una edición autorizada de este libro y por respetar las leyes del *copyright* al no reproducir, escanear ni distribuir ninguna parte de esta obra por ningún medio sin permiso. Al hacerlo está respaldando a los autores y permitiendo que PRHGE continúe publicando libros para todos los lectores.
Diríjase a CEDRO (Centro Español de Derechos Reprográficos, http://www.cedro.org) si necesita fotocopiar o escanear algún fragmento de esta obra.

Printed in Spain – Impreso en España

ISBN: 978-84-663-2994-1 (vol. 773/13)
Depósito legal: B-763-2016

Compuesto en Comptex & Ass., S. L.
Impreso en Novoprint
Sant Andreu de la Barca (Barcelona)

P 3 2 9 9 4 1

Penguin
Random House
Grupo Editorial

*A Isabel Martí*

# Día 1

*Miércoles, 19 de abril de 1950*

# 1

Patro se retrasaba.

Teresina enferma y Patro se retrasaba.

Miquel paseó una desconcertada mirada por la mercería, llena de mil y una mercancías. Hilos, agujas de coser, agujas de media, agujas para bordar, agujas de máquina, cintas, canillas, imperdibles, ganchitos, cierres, botones, madejas, puntillas, dedales, paños, pasamanería...

¿Cuántas cosas utilizaban las mujeres para sus labores?

—¡Ay, señor! —suspiró chasqueando la lengua.

Patro se retrasaba.

Teresina enferma y Patro se retrasaba.

Y él allí.

Inesperado dueño de una mercería desde hacía un par de semanas.

La vida tenía cosas muy raras.

Si le hubieran dicho antes de la guerra que un día tendría un negocio, se habría reído. Si le hubieran dicho que ese negocio sería una mercería, se habría tronchado.

Claro que si le hubieran dicho en el 39, o a lo largo de los años preso en el Valle de los Caídos, que seguiría vivo en 1950, y casado en segundas nupcias con una mujer a la que doblaba la edad, más que reír habría llamado loco al inconsciente capaz de imaginar tal barbaridad.

Sí, la vida tenía cosas muy raras.

Miquel se miró los zapatos.

Sentado detrás del mostrador, parecía una estatua.

No le gustaba sentirse tan extraño, como un pez fuera del agua. El noventa y nueve por ciento de las personas que había conocido antes de 1936 estaban muertas, así que el riesgo de que alguien entrara y le reconociese era mínimo. Aun así, la incomodidad le podía. Un ex inspector de policía atendiendo en una mercería.

Como entrase uno de aquellos a los que había encerrado...

—Patro, ¿dónde estás?

Temía lo peor, y lo peor apareció en ese momento.

Una parroquiana.

—Tú tranquilo —le había dicho Patro—. Total, todo está señalado, ¿ves? Cada cajita tiene su letrero, y el precio. Pones buena cara, sonríes, despachas lo que te pidan y ya está.

Así de fácil.

La parroquiana era alta, cuadrada, toda una señora. Vestía con rigurosidad ropa oscura pese al brillo de la primavera, zapatos de tacón bajo, un camafeo en el pecho del liviano abrigo que la cubría, el peinado primorosamente esculpido en su cabeza. Lo malo era el rictus de los labios, curvados hacia abajo, y el tono duro, como de piedras negras, de los ojos. Llevaba un bolso, con las dos manos unidas a la altura del pecho.

—Buenos días —dijo la aparecida.

—Buenos días. —Se puso en pie.

Transcurrieron dos o tres segundos.

La mirada de la mujer se llenó de dudas.

—¿No está la chica? —preguntó.

—No, no está.

—Ah.

Un segundo.

Pareció eterno.

Luego, se rindió a la evidencia.

—Quería un paquetito de agujas de coser, finas. Y también

hilo blanco, marrón... —Frunció el ceño—. ¡Ah, sí! Botones de camisa. Blancos o transparentes.

Agujas de coser, hilo, botones.

Miquel se dio la vuelta. Toda la pared era un inmenso mueble con cajetines de madera. Mil ojos. Y sí, en cada uno de ellos estaba anotado el contenido y el precio.

Pero mil ojos eran mil ojos.

—Agujas de coser...

—Ahí, a su derecha —le indicó ella.

Lo sabía mejor que él.

Fue a abrir un cajetín.

—No, ése no, el de al lado.

Miquel apretó las mandíbulas lo justo para que no se le notara y contuvo su mal genio. Porque, sería la edad o no, se le estaba poniendo mal genio. Con Patro, nunca; pero a solas, o en momentos como aquél...

¡Cuánto echaba de menos su placa!

¡Y la autoridad!

Sacó las agujas, las dejó en el mostrador y se puso a buscar lo otro: hilo blanco, hilo marrón, botones de camisa.

—Oiga. —El tono de la parroquiana se hizo más exigente—. ¿Es que nunca ha trabajado en una mercería?

Como la mandase a cierta parte, encima, Patro se enfadaría.

Y no estaban los tiempos para perder clientas.

No mientras estuviesen pagando los plazos de la compra.

—Pues no, no señora. —Intentó parecer un dependiente tímido.

—¿Y le han dado el puesto?

—Ya ve.

—Claro. A su edad, encontrar trabajo...

—Es complicado, sí.

—La nueva dueña es muy amable y simpática. Y parece una buena chica.

—Oh, sí. Lo es.

—Muy guapa.

—Muchísimo.

—Me dijeron que estaba casada. —Le había entrado la cháchara de golpe, aunque sin perder su tono adusto.

—Con un señor mayor, sí.

En ese momento se hizo el silencio.

Diferente al del comienzo.

Un silencio denso, cargado de dudas e incertidumbres.

La mujer parpadeó.

Miquel no. Como cuando interrogaba a un sospechoso en comisaría.

—La caja de los botones... —comenzó a decir la señora señalando otro de los cajetines.

Miquel estuvo a punto de gritar de alegría al ver aparecer a Patro por la puerta, atribulada, respirando con fatiga, como si hubiera estado corriendo con el alma en la garganta. Habituado al control, no movió ni un solo músculo de la cara.

—¡Ay! —Fue lo primero que exclamó—. ¡Me han entretenido, lo siento! —Miró a su marido y después a la clienta—. ¿La han atendido ya?

—No, estaba empezando. —Retornó el envaramiento.

Patro rodeó el mostrador mientras se quitaba la chaquetilla y la boina. Con ella estaba aún más guapa. Tenía aspecto de colegiala, de niña. Una boina. A veces la admiraba por lo insólita. Se maquillaba muy poco, porque no le hacía falta, pero los detalles la diferenciaban. En París hubiera sido una diosa. O en Hollywood.

Otros mundos.

—Ya puedes irte, y gracias —le susurró.

Miquel emprendió la retirada.

Los ojos de la parroquiana ahora les escrutaban, a los dos, ora a ella, ora a él. Miró sus manos izquierdas para estar segura. Los dedos anulares. Los anillos.

Cuando estuvo segura, la mirada se hizo más acerada y desconcertante.

La bella y la bestia.

La niña y el anciano.

Miquel pasó por su lado.

—Buenos días, señora.

—Buenos días.

Salió a la calle y soltó una bocanada de aire. Dudaba que le preguntase nada a Patro, y si lo hacía, ella sabría responderle, educadamente, pero sin cortarse. Primero viviendo juntos, en pecado para la nueva moral reinante, y ahora casados, pese a la diferencia de edad, habían tenido que sortear no pocas miradas, comentarios y preguntas capciosas. Comenzaba la segunda mitad del siglo, al menos por lo de llevar ya los años un cinco delante, con las mismas perspectivas con las que había terminado la primera.

La bota implacable de la dictadura les mantenía bien aplastados.

Y el mundo ya se había olvidado de España.

Miquel caminó despacio, de regreso a casa.

Comprar la mercería había estado bien. Una forma de justificar el dinero que les quedaba del 47 y de demostrar que trabajaban y tenían ingresos. Para Patro también significaba ser propietaria de algo cuando él faltase. Un atisbo de seguridad. Sin embargo, y pese a Teresina, la dependienta, lo malo era que cuando Patro estaba en la tienda él se sentía muy solo.

El piso se le caía encima.

Y se negaba a ir a un parque para sentarse al sol con los viejos.

De lo único que hablaban ellos era de sus achaques.

Le quedaba el bar de Ramón, pero cuando se ponía a hablar de fútbol...

Levantó la cabeza y miró el cielo. Un buen día. Sin rastro de lluvia primaveral, aunque se anunciaba mal tiempo para el fin de semana. Claro, Sant Jordi. Todavía hacía un poquito de fresco. Nada que no superase un buen baño de sol. Llegaría a casa y ¿leería?, ¿oiría la radio? Mejor un buen libro. La radio era tan escaparate fascista como el No-Do o como la prensa, del Movimiento o no. La vida se había vuelto gris, monótona, aburrida, por más que la gente se autoengañara con las escasas ilusiones de sus pequeños ratos de ocio. Ir al cine, al fútbol, a ver el mar, a pasear. Después de la primavera, el verano. Le gustaría tanto ir con Patro a una playa, unos días. ¡Tanto!

Pero ahora, encima, con la mercería...

Llegó a la esquina. Unos pasos más y se metería en el portal. Esperaría a Patro a la hora de comer, y si Teresina, la dependienta, no se recuperaba milagrosamente, pasaría la tarde solo hasta la hora de cenar.

Lo mejor era ya la noche.

Aquel abrazo eterno.

Se disponía a cubrir la última distancia cuando aparecieron ellos.

Dos.

Inequívocos.

Como aquel día de mayo del 49, cuando le mandaron a la Central y pasó la noche en el calabozo con el bendito Lenin.

Uno era alto, sombrero calado. El otro bajo, cicatriz en la mejilla. El alto se quedó a un paso, preparado por si oponía resistencia o echaba a correr. El bajo fue el que se llevó la mano a la solapa y, tras levantarla ligeramente, le medio mostró la insignia.

O lo que fuera.

—Haga el favor de acompañarnos.

—¿Yo? —Puso su mejor cara de sorpresa.

—¿Miguel Mascarell Folch?

¿Y lo que les costaba pronunciar la elle o la ch?

—Sí.

—Entonces acompáñenos.

Hizo la pregunta más estúpida.

La única que no se les podía hacer, porque nunca la respondían.

—¿Por qué?

No hubo respuesta.

Uno le cogió por el brazo derecho. El otro, por el izquierdo. Casi le levantaron en vilo. El coche estaba aparcado un poco más allá.

Miquel se olvidó de Patro, de la mercería, de su casa.

De todo.

Empezó a sudar.

# 2

El trayecto fue silencioso, apropiado. Silencio y poder para acoquinar al detenido. Tom y Jerry no hablaron. Cumplían órdenes. Punto. A medida que se acercaban a la Central de Vía Layetana, Miquel se empequeñeció más y más. Ya no estaba el comisario Amador. Lo había matado Patricia Gish en diciembre pasado, pero que hubiera muerto un perro no significaba que la rabia estuviese ni siquiera contenida. Había más perros. Una auténtica jauría. Con aquélla, era la quinta vez que pisaba la Central desde julio del 47. Demasiadas. Y en la primera y la última había salido bien machacado.

No era necesario ir a la iglesia para recibir hostias.

Seguían doliéndole, en su orgullo, en su amor propio.

Nada había cambiado desde mayo del 49. Posiblemente hasta los policías que hacían guardia en la puerta fueran los mismos. Aquella vez, al salir, le dolía todo.

Pero al menos eso significaba que estaba fuera.

Volvió a sudar al tener un mal presentimiento.

¿Y si, pese a todo, alguien había encontrado el nexo entre la muerte de Amador y él o Patricia Gish?

Parecía imposible. Amador iba por libre en aquel asunto del *Monuments Man* asesinado en diciembre mientras le seguía la pista al nazi de los cuadros. Trabajaba para Rojas de Mena con vistas a su futuro.

Pero si no era por la muerte de Amador, ¿qué hacía allí?

—Siéntese.

Obedeció. No le habían detenido. No le habían esposado. El banco estaba en mitad de ninguna parte. Incluso podía levantarse, despistar y largarse. No era lo recomendable, claro. Miró a derecha e izquierda. ¿Volvía Franco a la ciudad y sacaban de la calle a todos los sospechosos de «desafección»? No, no. Seguía sin tener sentido. Le habrían metido en una celda un montón de horas.

Si estaba sentado esperando algo... era porque alguien quería hablar con él.

La pregunta del millón de pesetas era ¿por qué?

Ahora sí pensó en Patro.

Siempre ella.

Dos años y nueve meses juntos, y parecía ya una vida entera. La resurrección. Estaría muerto de no ser por su compañía, su cariño, su tremenda dulzura de mujer tan enamorada como agradecida.

Las señoras como la de unos minutos antes en la mercería no lo entenderían jamás.

A veces no lo entendía ni él.

Los pensamientos, sobre todo los malos, que eran la mayoría, empezaron a amontonarse en su cabeza. Pronto la presión le pasó factura. Un dolor incipiente presionándole por todas partes, como si llevara un casco. En uno o dos puntos lo que sentía era un clavo hundido en el cráneo. La punta le rasgaba el cerebro. A su malestar se sumaron la boca seca y el dolor de estómago. Lo malo era que, si pedía ir al baño allí, igual le decían que aquello no era un servicio público.

Se contuvo.

Media hora después seguía conteniéndose.

Con las preguntas martilleándole.

¿Sabría la portera que le habían detenido? Si Tom y Jerry le preguntaron antes, interesándose por su paradero e identificándose, entonces sí, seguro. No era tonta. ¿Se lo diría a

Patro nada más aparecer en el portal o se callaría? Tal vez Patro no la viese al regresar a casa. Entonces se intranquilizaría al no encontrarle en el piso.

Fuera como fuera...

Sólo faltaría eso. El señor mayor que le doblaba la edad y que se había casado con ella, tras aparecer de la nada, detenido por la policía.

Carnaza para las comadres de la escalera o el barrio.

No cesaban de pasar policías por delante, de uniforme o de paisano. Ni le miraban. A la quinta vez que él sí miró el reloj, le dio un golpecito y se lo llevó al oído porque creía que estaba parado. El tictac le demostró que no.

Treinta y cinco minutos.

Hasta que, por fin...

—¿Señor Mascarell?

—Sí.

—Acompáñeme, por favor.

Si un policía decía «por favor» era buena señal.

Por lo general, ordenaban y punto.

Le acompañó. Apenas unos metros. El hombre abrió una puerta y él cruzó aquel umbral. Se encontró en un cuartito no muy grande, con una mesa y dos sillas enfrentadas. La única luz provenía de una bombilla colgada del techo. No era lúgubre, pero casi. En su comisaría también tenía un cuartito igual para los interrogatorios. Porque, desde luego, iban a interrogarle.

—Siéntese.

Obedeció.

El hombre le dejó solo.

La última espera.

Por lo menos ésta no fue muy larga. No había espejo por el que observarle desde el otro lado. Únicamente las cuatro paredes lisas, sin rastros de golpes o sangre. Se relajó lo más que pudo para aparentar tranquilidad, hasta que se abrió de nuevo la puerta y por el hueco apareció un hombre de unos cuarenta y cinco o cuarenta y seis años, escaso cabello, bigote, pantalones sujetos con tirantes y chaqueta relativamente impecable. Llevaba en la mano una carpeta.

La dejó en la mesa y se sentó en la silla de enfrente.

No le dio la mano.

Nunca daban la mano.

—¿Miguel Mascarell Folch?

—Sí.

—¿Salió en libertad del Valle de los Caídos en julio de 1947?

—Sí.

Temió que, de un momento a otro, le recordase que debía agregar «señor» al final de cada respuesta.

El hombre no lo hizo.

—¿Fue indultado por la gracia del Generalísimo?

La palabra «gracia» siempre le había parecido inoportuna en frases como aquélla. Incitaba a hacer chistes.

—Sí.

—¿Viudo?

—Casado en segundas nupcias hace poco más de un año.

El más que probable inspector se inclinó sobre los papeles y, con una pluma, lo anotó.

—¿Inspector de policía en tiempos de la República?

—Sí.

—¿Rojo?

—Sólo inspector de policía.

—¿Rojo? —repitió la pregunta.

—Señor, yo perseguía asesinos, ladrones, chorizos... Imagino que como hace usted. La delincuencia no tiene color.

La mirada del hombre fue cáustica.

Pero rozó el límite.

—¿Rojo? —preguntó por tercera vez.

—No.

Ahora sí se lo dijo:

—No, señor inspector.

—No, señor inspector —lo repitió él.

Leyó un poco más el informe, aunque Miquel estaba seguro de que ya lo había hecho antes y se lo sabía de memoria.

—Fue condenado a muerte.

No era una pregunta, únicamente una observación hecha como de pasada.

—Sí —prefirió decir Miquel.

—¿De qué vive?

—Mi mujer tiene una mercería. La estamos pagando a plazos.

El hombre cerró la carpeta. Le observó fijamente. Cuando un policía hace eso es porque trata de meterse en la mente del interrogado, escarbar en su subconsciente, a la caza de un brillo delator o un gesto reflejo. Sus ojos, sin embargo, eran más curiosos que dañinos. Mostraba una serena calma.

Podía ser una trampa.

Nuevos tiempos, nuevos métodos.

Finalmente hizo la pregunta.

—¿Conoce usted a Agustín Mainat?

Miquel tardó un segundo en reaccionar.

Levantó las cejas, pillado por la sorpresa.

—Responda —lo apremió su oponente, pisando por primera vez a fondo.

—Sí, le conozco.

—¿De qué?

—Es hijo de un viejo amigo mío, periodista de *La Vanguardia*.

—Fusilado.

—Sí.

—Por rojo.

Era como una monomanía.

¿Le decía que no, que sólo era por escribir de la legalidad?

—No lo sé.

—¿Agustín Mainat y usted son muy amigos?

—No. Cuando acabó la guerra...

—Perdón, ¿cómo ha dicho?

—Cuando acabó la cruzada —rectificó intentando mantener la serenidad—, Agustín era un niño. Después de mi regreso a Barcelona descubrí su nombre en el mismo periódico. Me hizo ilusión, eso es todo. Pero únicamente le he visto una vez.

—¿Sólo una?

—En diciembre pasado.

—¿Motivo?

—Entré a saludarle. Pasaba por la calle Pelayo y... bueno, uno no tiene mucho que hacer cuando está retirado.

—Jubilado.

—Sí, claro.

—¿De qué hablaron?

—Pues... poca cosa, no sabría decirle. Le pregunté por su padre, ya que ignoraba lo de su fusilamiento, y me interesé por él. Yo perdí a mi hijo en el Ebro, así que me gustó verle. Me pareció un joven excelente. —De pronto se cansó de responder sin más. Con una punta de mala leche que intentó no transmitir en el tono de su voz, se atrevió a decir—: Oiga, señor, ¿a qué viene esto?

Hubo una sonrisa.

Superioridad.

Absoluta superioridad y arrogancia.

—Ya no es usted policía, Mascarell. Aquí el que pregunta soy yo. —Mantuvo la distancia su interrogador.

—Cuando nosotros preguntábamos...

—¿Nosotros? —Le detuvo, y al hacerlo se inclinó sobre la mesa y juntó las manos—. Aquí ya no hay «nosotros». —Incluso acentuó la sonrisa un poco, más irónico que cínico—.

Usted es un civil vivo por la misericordia del Caudillo, y yo el que investiga un caso de asesinato.

Acusó el golpe.

—¿Asesinato?

La nueva mirada fue mucho más extensa y profunda.

Era extraño. A pesar del tono cortante, y de los momentos en los que le había impuesto la larga y amarga distancia de su superioridad, Miquel se dio cuenta de que no había odio ni desprecio por parte de su interlocutor.

Como si le pusiera a prueba.

Extraño... y revelador.

—¿Cuántos años fue policía, Mascarell?

—Más de treinta.

—¿Inspector?

—Casi treinta.

—Debió de ser bueno.

Estuvo a punto de decirle que todavía lo era.

Prefirió callarse.

—Sí —asintió.

—Dígame, ¿por qué cree que su nombre aparece en una agenda del señor Mainat?

—No tengo ni idea.

—¿Sabe que puedo devolverle al Valle, meterle en La Modelo directamente, o hacer que su indulto sea revocado?

—Lo sé. Por esa misma razón le digo que no tengo ni idea de lo que pueda estar pasando. —Reunió toda su vehemencia para agregar—: ¿Quién ha matado a quién y por qué?

—¿Le dice algo el nombre de Gilberto Fernández Castro?

—No.

—El señor Agustín Mainat ha sido detenido por el asesinato del señor Gilberto Fernández Castro.

—No puedo creerlo —exhaló.

—¿Por qué?

—¿Ese muchacho un asesino?

—Dice que no le conocía, y que sólo le vio una vez, en diciembre pasado.

—Es suficiente para saber cómo es una persona. Usted también ha de ser buen psicólogo, como cualquier inspector de policía. Y yo conocía a su padre. Para mí es suficiente.

—Un padre fusilado por rojo, y un hijo al que se le dio una oportunidad que no ha sabido aprovechar.

Se sintió un poco cansado, de pronto, de golpe.

El cansancio de tantos años derrotado.

Tragando.

Sin ni siquiera poder rechistar, ni abrir la boca.

Vencedores y vencidos.

—Oiga, ¿qué tengo que ver yo con todo esto? ¿Dice que mi nombre estaba en una agenda?

El hombre se llevó una mano al bolsillo de su chaqueta. Sacó de él una pequeña agenda de tapas negras con una cintita oscura. La abrió y se la pasó por encima de la mesa.

Miquel leyó aquella notación: «Ver a Miquel Mascarell».

Nada más.

—¿Pero esto...? —Intentó protestar.

—No hay muchos Mascarell, y de nombre Miguel sólo usted. —Su interlocutor recuperó la agenda—. Éste es un caso demasiado complicado como para dejar cabos sueltos. —La guardó de nuevo en el bolsillo—. Esa anotación fue hecha el domingo pasado, el día antes de que se produjera el asesinato del señor Fernández Castro.

—Pues ni me llamó ni me vino a ver. Es más, ni siquiera recuerdo que le diera mis señas aquel día de diciembre. Y no tengo teléfono. —Abrió las manos con un primer atisbo de alarma—. Por favor, ya sé que no tengo derecho a preguntar nada, pero... ¿puedo saber al menos quién era ese hombre, el asesinado?

—No, no puede, pero se lo diré. —Hizo un gesto de indiferencia, casi cordial—. El señor Fernández Castro trabajaba en la embajada de España en Washington. Llevaba unos tres meses en su casa de Barcelona a la espera de un nuevo destino.

—¿Un diplomático?

—Sí.

Política.

El sudor reapareció. Y le hizo estremecer de frío.

Creía que el interrogatorio seguiría, y seguiría, y seguiría. Pero se equivocó.

—Puede irse, señor Mascarell.

Era lo último que esperaba oír.

—Gracias. —Suspiró.

—Si me ha mentido, lo sabré.

—No le he mentido. No estoy tan loco.

—¿Se pondrá en contacto conmigo si es necesario?

—Claro.

—Mi nombre es Oliveros, Sebastián Oliveros. Inspector Oliveros.

—De acuerdo, señor Oliveros.

Los dos se pusieron en pie al unísono.

Miquel no trató de darle la mano.

—¿No me hace la última pregunta? —quiso saber el policía.

Quería, pero no se había atrevido.

Ahora le invitaba a hacerlo.

—¿Qué le ha dicho Agustín Mainat de esa anotación?

—Que quería localizarle para proponerle que fuera el padrino de su boda.

—¿En serio?

—Sí.

La puerta estaba a un paso.

Bastaba con cruzarla.

En un par de minutos estaría de nuevo en la calle, libre.

«Ya no eres inspector, cállate», le dijo la voz de alarma que siempre sonaba en su cabeza como una campanilla de alerta.

—¿Ha admitido haber matado al señor Fernández? —No pudo resistirse.

—Dice que es inocente —manifestó Sebastián Oliveros—. Pero seguimos interrogándole.

Miquel imaginó cómo sería ese «interrogatorio».

Hora de irse.

Lo más lejos posible.

# 3

Cuando no aparecía un mal bicho como Benigno Sáez de Heredia y le metía en un lío, como el de octubre de 1948, aparecía un viejo chorizo tipo Lenin y hacía lo propio, como en diciembre del año pasado, sin olvidar la muerte de su amigo Mateo Galvany y el complot para matar a Franco de mayo del 49.

Ahora Agustín Mainat, aunque fuese indirectamente.

¿No podían dejarle en paz, tranquilo, con Patro?

Aquél ya no era su mundo, salvo para cerrar los ojos y...

—Mierda —protestó a media voz.

«Ver a Miquel Mascarell.»

¿Por qué?

¿Para qué?

¿Anotaba eso y al día siguiente mataba a un diplomático?

A vueltas con el sudor frío.

Y encima, la policía le interrogaba, sin gritos ni golpes en la mesa, sin más amenazas que las justas ni bofetadas a lo comisario Amador. Le interrogaba y luego... le dejaban marchar.

O tenían muy claro que Mainat era culpable y sólo trataban de atar cabos o...

¿O qué?

—Vete a casa y cierra la puerta. —Volvió a hablar en voz alta.

Media docena de pasos, con la vista fija en el suelo.

—No te metas.

¿Y si ya estaba metido?

¿Se había quedado satisfecho el inspector Oliveros?

¿Cabrón con guante de seda?

Se detuvo en un cruce, con el urbano subido a su torreta manejando el tráfico a toque de silbato y de gestos enérgicos. Era un tipo rechoncho al que el casco le venía un poco grande. La porra no. La empleaba como un director de orquesta. Tal vez aprovechaba el uniforme de otro. Los coches y las motos le envolvían con sus humos. Cuando detuvo el tráfico de un sentido para que cruzaran la calle ellos y los vehículos de su lado, paró a un carretero que tiró de las bridas del burro con muy poca simpatía por el animal y menos por él.

El burro defecó en mitad de la calle.

Miquel recordó los apretones de su estómago.

Aceleró el paso.

Había visto a Agustín Mainat en diciembre, cuando el caso de los *Monuments Men*, el nazi y los cuadros. Una sola vez. Se habían caído bien, claro. Pero nada más. ¿De verdad quería hablarle de su boda, invitarle a que fuera su padrino? ¿No se le podía haber ocurrido una excusa mejor?

¿Y si no era una excusa?

¿Por qué la verdad suele ser casi siempre lo más increíble?

La voz del inspector Oliveros repiqueteó en su cabeza como un eco lleno de sonoridades.

«Diplomático español», «Embajada de España en Washington», «Tres meses en Barcelona», «A la espera de un nuevo destino», «Asesinato», «Agustín Mainat, hijo de rojo», «Ver a Miquel Mascarell».

Sebastián Oliveros no le había dicho nada concreto, ni cómo, ni dónde...

Tampoco con qué pruebas inculpaban al joven periodista.

—No van a dejarte tranquilo —habló de nuevo.

Estuvo a punto de meterse en el bar de Ramón, tanto para ir al servicio como para descansar y sentarse unos minutos antes de llegar a casa. Le temblaban las piernas.

¿Miedo?

—Precaución, coño. —Chasqueó la lengua.

¿Y qué, si tenía miedo?

Antes de los veinte años el miedo no existe, la vida es larga, el desprecio es lo más natural. Después de los sesenta, en cambio, el miedo lo lastraba todo, era omnipresente. Cada día podía ser el último.

Había vuelto a Barcelona para morir, y ahora, en cambio, deseaba vivir.

El valor vital de las segundas oportunidades.

Pasó por delante de la garita de la portera a toda velocidad pero haciéndose notar, para que viera que estaba vivo y libre, y subió a la carrera con la llave ya en la mano. Nada más cruzar el umbral del piso apareció Patro, inquieta y visiblemente preocupada.

—Pero ¿dónde...?

—Un momento, que me lo hago encima. —Pasó por su lado sin ni siquiera darle un beso y desabrochándose ya los pantalones, de forma que cuando entró en el pequeño retrete no tuvo más que sentarse.

Patro se asomó al interior.

—¿De dónde vienes?

—¿Quieres cerrar la puerta y dejarme tranquilo?

—No. —Se cruzó de brazos—. ¿De dónde vienes?

—He dado una vuelta.

—¿Así, sin más?

—Patro...

—Contesta.

No iba a moverse.

—¿Quieres hablar aquí y ahora?

—Sí, aquí y ahora.

—Quería estirar las piernas después del mal rato de la mercería.

—No es para tanto.

—Esa mujer...

—Estaba intranquila. —Se lo reprochó con viveza.

—Lo siento.

—¿Tanto te cuesta dejarme una nota?

—Vale, perdona. —Apoyó la espalda en la pared, mucho más aliviado, aunque sintiéndose igualmente ridículo por la escena.

—La has dejado planchada, ¿sabes?

—¿A esa metomentodo? ¿Por qué?

—Me ha pedido perdón. Creía que eras un empleado.

—O tu padre ayudándote, ¿no te lo ha dicho? —Fue mordaz.

—Eso no, que nos ha visto los anillos.

—Malditas cotorras chismosas que no tienen nada que hacer.

—¡No seas crío, Miquel! De algo han de hablar las comadres.

—¡Pues que lo hagan de los suyos!

—¿Estás enfadado?

—No.

—Que sí.

—¡Que no!

—Va, ¿qué te pasa? —Le puso ojitos tiernos.

—Yo, es que en la mercería... —Buscó la mejor y más plausible de las excusas.

—Tranquilo —le calmó Patro—. Teresina ya está bien y viene mañana.

Eso le animó.

—O sea, ¿que no tendrás que levantarte temprano y podremos quedarnos en la cama un rato?

—¡Pero qué malo eres, por Dios!

—No metas a Dios en esto, que dos son compañía y tres multitud. —Se sintió de mejor humor—. Y no sé de qué te quejas. Siempre te ha gustado por la mañana.

—Que sí.

—Uno empieza el día con buen humor.

—Y flojera de piernas, no lo olvides.

Miquel se levantó y se limpió con un pedazo de periódico. Casi no le extrañó que, en una esquina del recorte, viera el nombre de Agustín Mainat como autor del texto.

Simbólico.

Reapareció el mal humor.

Tiró de la cadena y salió del retrete mientras se abrochaba la bragueta y cerraba el cinturón. No le dio tiempo a meterse en la cocina para lavarse las manos. Patro seguía allí, a un lado, apoyada en la pared del pasillo. Nada más detenerse, le abrazó con mimo y le besó.

Como sólo ella sabía hacerlo.

Capaz de levantar a un muerto.

—Cabezota —le susurró.

—¿Yo?

—No tienes por qué disgustarte, y menos por una confusión.

—Está bien.

—Decidimos comprar la mercería los dos, ¿recuerdas? ¿Qué culpa tiene la pobre Teresina de estar tan débil?

Era un ángel.

Y él le estaba ocultando algo tan simple como...

No, de simple nada.

¿Para qué preocuparla?

Le habían interrogado y le habían soltado.

Pero ¿y si no tenían bastante?

—Te dije que te haría olvidar los ocho años y medio en el Valle. —Patro le acarició la nuca y le inundó con una mirada muy dulce.

Eso no se olvidaba, pero no se lo dijo.

El beso final acabó de desarmarle.

—Ahora dime dónde has estado —le acorraló ella.

Hora de rendirse.

—En comisaría.

—Ay. —Gimió sin apenas énfasis, de manera ahogada.

—Han detenido al hijo de aquel amigo mío, Agustín Mainat, el periodista del que te hablé. Lo acusan de asesinato.

—¡Jesús! —saltó su mujer—. ¿Y a ti por qué te han llevado a comisaría?

—Para hacerme unas preguntas. Mi nombre estaba en una agenda suya.

—¡Vaya por Dios! —Se le cayeron los brazos, sin fuerzas.

—Tranquila, les he dicho que no sé nada.

—¿Y te han creído?

—Es que no sé nada. Por eso me han soltado.

—¿Así, sin más? —se extrañó.

—Mujer, incluso ellos necesitan pruebas. —Hizo de abogado del diablo sin estar nada convencido.

—No te lo crees ni tú —le espetó Patro.

—Va, déjalo estar, en serio. —Tiró de ella para arrastrarla hasta la salita—. ¿Oímos la radio un rato antes de cenar?

—Ya, para radios voy a estar yo —se enfurruñó.

No llegaron a dar ni un paso. Sonó el timbre de la puerta. Los dos se miraron con recelo.

Miquel fue el primero en tomar la iniciativa. Caminó hasta el recibidor y ni siquiera atisbó por la mirilla. Abrió sin más, con un poco de vértigo azuzándole las sienes. Tuvo que bajar la dirección de la mirada, porque el que llamaba no medía más allá de un metro.

Era un niño, con cara de pícaro, ojos vivos, esquelético, ropa dos tallas mayor de lo normal y zurcida, probablemente reciclada de un hermano o hermanos.

—¿Qué quieres? —Miquel se preparó para cerrar la puerta en cuanto le pidiera algo.

—¿La señora Patro? —preguntó el chico.

La dueña de la casa apareció junto a su marido.

—Hola, Carlitos —lo saludó reconociéndole.

Y el recién llegado se lo soltó:

—Que dice la Teresina que ha recaído y que mañana no podrá ir a la mercería, señora. Y que lo siente mucho, de verdad. Pero mucho, mucho, mucho, oiga.

No debió de gustarle nada la cara de Miquel, pero aún menos su voz, y el tono, airado, al gritar:

—¡Mecagüen la...!

Carlitos desapareció de su vista echando a correr escaleras abajo.

# Día 2

*Jueves, 20 de abril de 1950*

# 4

Abrió los ojos, extendió la mano, vio que Patro ya no estaba a su lado y recordó lo de la recaída de Teresina.

Se sintió fastidiado.

—Maldita sea...

Después del paso por comisaría la tarde anterior, y la carga de miedo heredada del momento, era la peor forma de empezar el día.

Se quedó boca arriba, en silencio, mientras la amargura iniciaba su proceso autodestructor. Luego dejó de pensar en él y se imaginó a Agustín Mainat detenido y con la cara machacada a fuerza de golpes, porque los nuevos policías no se andaban con chiquitas. El hijo de un rojo fusilado, encima periodista, asesinando a un tipo del cuerpo diplomático.

Sonaba grave.

Demasiado.

Recordó al hijo de su viejo camarada en la visita que hizo a la redacción de *La Vanguardia* el 6 de diciembre pasado, buscando información sobre Jacinto José Rojas de Mena y su entorno. En 1938 era un chico de unos trece o catorce años. Ahora se había convertido en un joven de mirada franca, vivo, alto y delgado, nada que ver con la oronda dimensión de Rubén, su padre, que además era calvo y lucía un bigote frondoso. Habían pasado cuatro meses y medio desde diciembre. En aquella ocasión Agustín le dijo que estaba en cines y espectáculos. Nada relacionado con política; algo reservado, imaginaba, a los periodistas más veteranos o de mayor enjundia.

Si Agustín Mainat decía que era inocente...

—No le conoces. Sólo le has visto una vez. Lo de 1938, cuando era un crío, no cuenta.

Cerró los ojos.

Su maldito instinto.

¿En cuántos líos le había metido su maldito instinto?

Lo malo era que su nombre estaba en aquella agenda.

Si Amador estuviese vivo, le habría bastado eso para devolverlo al Valle o meterlo en La Modelo. Después...

¿Haría lo mismo el tal inspector Oliveros?

¿Por qué le daba la impresión de que era diferente?

¿Había franquistas diferentes?

Volvió a abrir los ojos al escuchar un rumor. Vio la silueta de Patro en la penumbra, buscando algo a oscuras. Se alegró de que aún estuviese en casa.

—Estoy despierto —anunció.

—Ah, buenos días.

—Puedes encender la luz.

—No, no hace falta. Ya lo tengo.

—¿Por qué no me has despertado?

—¿Para qué? Ojalá pudiera quedarme yo en cama.

—Quédate.

—Hay que abrir la tienda.

—Eres la dueña. Puedes hacer lo que te dé la gana. Llegar tarde o incluso no abrir.

—¡Sí, hombre, y ya está!

—¿Por qué no?

—No digas tonterías. —Patro se acercó a la cama—. ¿Estás bien?

—Sí.

—¿Seguro?

—¿Por qué lo dices?

—Con la noche que has pasado...

—¿Yo?

—Has dado muchas vueltas, has gemido. ¿No has notado que te he movido un par de veces?

Empezó a evocar sus pesadillas.

Una mala noche, sí.

—Pues no sé —mintió—. Anda, ven.

—Que no, que ya estoy vestida. Sólo quería un pañuelo.

—Ven. —Alargó la vocal un poco para ser más vehemente.

—Miquel, va.

—Un achuchón.

—¡Eres un crío!

—Un crío no hace eso. Yo sí.

Patro se sentó a su lado. Una vez habituado a la penumbra, podía verla como en un claroscuro irreal. Su dimensión, su piel blanca, su perfil, lo cuidado de su aspecto. Incluso el leve brillo de la mirada.

Ella le acarició la hirsuta mejilla.

Luego se acercó a él y le dio un beso en la frente.

—¿Eso qué es? —preguntó Miquel.

—Un besito de buenos días.

—De eso nada.

—¿Ah, no?

—Así es como besa una madre a su hijo.

La atrapó, sin dejarla resistirse, y la besó en los labios.

Patro cedió.

Hasta que, tras el beso, quedó con la cabeza apoyada sobre el pecho de su marido.

Le gustaba escuchar su corazón.

Miquel ya no se contentó con acariciarle el pelo. Una mano rozó el pecho, la otra intentó llegar a las piernas, bajo la falda.

—No me excites, va —protestó ella incorporándose.

—Mataré a Teresina —dijo él.

—Pobrecita.

—O llega tarde o está enferma. ¿Qué demonios le pasa a esa chica?

—Pues que ha estado mal, con los problemas de su familia, su salud... Ten un poco de caridad, hombre.

—Tú sí que pareces una hermanita de la caridad.

Patro dio por terminada la conversación. Se puso en pie y se alisó la falda. Cuando abrió la puerta, su silueta se recortó sobre la claridad exterior.

Una hermosa estatua animada.

—¿Te pasarás por la tienda?

—¿Yo? No.

—Entonces hasta luego. Te quiero.

Cerró la puerta.

—Y yo a ti —susurró él.

La cama, sin ella, era un mausoleo.

Incluso las sábanas parecían frías.

Miquel pasó las dos manos bajo su cabeza y entrelazó los dedos. Miró el techo sin verlo. Tanto daba que abriera o cerrara los ojos. El tropel de sueños y pesadillas de la noche reaparecía, en cuentagotas, de manera discontinua, a modo de cuñas a cual más dolorosa. Había vuelto al Valle de los Caídos, a la cantera, las obras, la espera de la sentencia que le llevara al paredón.

Hacía mucho que no soñaba con ello.

Allí también estaba Rubén Mainat.

—Cuida de mi hijo, Miquel.

—Lo haré.

—Es un buen chico.

—Lo sé.

Ahora, a Agustín Mainat le aguardaba el garrote vil.

—¡Mierda, coño, joder, hostia puta, me cagüen...! —Soltó de golpe toda su retahíla de palabras malsonantes.

Luego saltó de la cama.

# 5

No tenía ni idea de si los Mainat seguían viviendo en el mismo lugar de antes de la guerra. «La cruzada», como la llamaban los muy hijos de puta. Tampoco recordaba el nombre de la señora Mainat, la viuda de Rubén. A lo peor estaba muerta. Era como un ciego tratando de orientarse a base de intuiciones y viejos, muy viejos flashes mentales. Lo único que recordaba era la casa, un edificio gris de seis plantas, en la calle de Laforja, cerca de Balmes. En una ocasión había llevado hasta allí en el coche oficial a Rubén. Eso era todo. El motivo estaba diluido en el tiempo.

Cuando entró en el vestíbulo del edificio, se encontró con la portera, al fondo a la derecha, junto a la escalera. Eran unos siete u ocho metros, así que los dos se estudiaron con detenimiento mientras él caminaba rumbo a su encuentro. La idiosincrasia de las porteras era algo único y especial. Saber tratarlas permitía dominar un universo muy peculiar, tener acceso a información que ellas y sólo ellas conocían. En su caso lo malo, o bueno, era que seguía pareciendo un policía y oliendo a policía, como si esa huella fuera ya indeleble de por vida.

—Buenos días.

—Buenos días, señor.

—¿El piso de los Mainat?

—Es el primero, pero ahora no hay nadie.

—La señora...

—¿Es usted policía? —se atrevió a preguntar la mujer.

Prefirió no contestar. Siempre era lo mejor. De paso evitaba meterse en más problemas de los necesarios.

—¿Cómo se llama ella?

—Mercedes.

—¿Vive con alguien además de su hijo?

—No. Su marido murió hace años.

—¿Nadie más?

—No, no señor.

—¿Sabe dónde puedo encontrarla o a qué hora volverá?

—No sabría decirle. —Su tono de voz iba menguando poco a poco. Miquel se dio cuenta de que parecía abrumada, superada por el miedo y las circunstancias—. Ha ido a La Modelo.

—¿A ver a su hijo?

—Sí, aunque...

—Siga. Y esté tranquila. Esto es pura rutina.

Siguió. Pero de tranquila, nada.

—No se lo dejan ver, ¿sabe? Anoche regresó a casa hecha un mar de lágrimas y esta mañana ha vuelto a irse muy temprano. No creo ni que haya dormido.

—¿Conoce a la novia de Agustín?

—Sí. Es una buena chica, muy agradable y simpática.

—¿Cómo se llama?

—¿Yo? Concepción.

—Me refiero a la chica.

—Ah, perdone. Rosa.

—¿Apellido?

—Eso no lo sé.

—¿Sabe dónde vive?

—No, pero trabaja aquí cerca. Por esa razón, muchas noches viene a esperar a Agustín. Ella y la señora Mercedes se llevan muy bien.

—¿Me da las señas?

—Es una perfumería, en la calle de San Elías, entre Brusi y Alfonso XII. A cinco minutos.

—Gracias. —Le sonrió.

No era demasiado, pero la portera se sintió un poco aliviada.

A lo mejor era porque ya se iba.

Regresó a la calle y subió por Alfonso XII. Superó primero la Vía Augusta y llegó a la calle de San Elías en poco más de cinco minutos. Hacía mucho tiempo que iba al paso, sin acelerar, pero tampoco sin disminuir la intensidad. Pura velocidad de crucero. A veces se preguntaba cuándo le llegarían los primeros achaques de la edad y a qué edad aparecían esos achaques.

Se cansaba, sí, pero se sentía fuerte.

Quizá la causa de su renovada energía fuese Patro.

¿Quién era capaz de dejarse vencer con alguien como ella al lado?

La perfumería, que también vendía prendas íntimas para las señoras, se llamaba Alejandra. No era muy grande. La única dependienta era una muchacha bajita, pecosa, con aires de pizpireta y rostro aniñado. Se le antojó una especie de Shirley Temple ibérica. Atendía a una clienta con un gran despliegue de simpatía y voz atiplada. Desde luego, estaba seguro de que no era la novia de Agustín Mainat, ni por tipo ni por la juvenil vivacidad que destilaba.

Tuvo que esperar otros cinco minutos a que la clienta se decidiera por unas medias. Optó por unas de rayón superior, malla fina, que costaban catorce pesetas con noventa céntimos. Para Miquel, eso era chino, pero nunca estaba de más tener cultura hasta para los detalles más nimios. Cuando la clienta se marchó con su compra, la chica se dirigió a él con una sonrisa de oreja a oreja que le permitía mostrar sus bonitos dientes.

—Usted dirá, caballero.

El caballero le hizo perder la sonrisa.

—¿La señorita Rosa?

—Hoy... no ha venido a trabajar. —Hundió en él una mirada temerosa.

—¿Está con la madre de su novio?

—Sí, señor.

—¿Conoce usted a Agustín Mainat?

—Sí, señor.

—¿Le cree capaz de matar a alguien?

La dependienta enarcó las cejas.

—Conteste.

—No. —Fue rápida—. Por Dios, ya quisiera yo tener un novio como él. Agustín es la persona más dulce del mundo. Un ángel.

—¿Le hace confidencias la señorita Rosa?

—No. —Abrió los ojos con ligera desmesura—. Somos amigas porque trabajamos juntas, pero no íntimas. Yo llevo aquí menos de un año.

—¿Cuál es el apellido de Rosa?

—Aiguadell.

—¿Me da sus señas?

—¡Oh, claro! Espere.

Desapareció tras una cortinilla que separaba la tienda del almacén o los despachos. Miquel ya estaba decidido a tomárselo con calma, aunque la imagen de Agustín Mainat machacado por la policía en los interrogatorios, y más si decía que era inocente, no dejaba de atormentarle. ¿Quién no firmaba una declaración de culpabilidad estando al límite?

La joven reapareció con un papelito en la mano.

—Se lo he anotado. ¿Entiende mi letra?

La entendía.

—Ha sido muy amable. Gracias.

—No hay de qué. —Recuperó un atisbo de sonrisa.

Miquel regresó a la calle.

Cuando era policía, inspiraba respeto. Por supuesto que los delincuentes también sentían miedo. Pero para las personas normales y corrientes, lo que primaba era el respeto. Con la dictadura lo primero que se manifestaba, en todos, sí era el miedo.

Absoluto.

Una gran diferencia.

Seguían tomándole por policía, así que inspiraba miedo.

Se subió a un taxi en la calle Balmes y le dio las señas de Rosa Aiguadell, aunque era consciente de que novia y madre de Agustín estarían juntas en su vigilia frente a La Modelo o en alguna de sus dependencias. La dirección era calle Marina con San Antonio María Claret, por debajo del cuartel de la Guardia Civil de Travesera de Gracia. Hizo el trayecto en silencio, inmerso en sus pensamientos, agradeciendo que el taxista fuera un hombre de rostro fúnebre y pocas ganas de hablar. O ninguna. Porque pagó la carrera y se bajó sin haberle oído la voz.

No tuvo que preguntarle a la portera del edificio. La dependienta de la perfumería Alejandra le había anotado hasta el piso. Segundo segunda. La mujer tampoco se dirigió a él. Por supuesto que el segundo era en realidad el cuarto, contando el principal y el entresuelo, así que llegó al rellano jadeando y contó hasta cincuenta antes de llamar al timbre.

La señora que le abrió la puerta tendría unos cincuenta años y vestía una bata de estar por casa. Con el cabello revuelto y los ojos vidriosos, era la viva imagen del desamparo. Se envaró al verle y se llevó una mano a la parte superior de la bata, como si fuera a abrírsele impúdicamente.

—¿Señora Aiguadell?

—Sí.

—¿Está su hija Rosa en casa?

—No, no está. ¿Quién...?

—No soy policía, no tema. —Pensó que eso la tranquilizaría—. Soy amigo de Agustín, y antes lo fui de su padre. Estoy intentando saber qué pasó y por qué está detenido.

Las lágrimas reaparecieron en sus ojos.

—Agustín...

—Me llamo Miquel Mascarell. Puede confiar en mí.

—Él no lo hizo, señor. Es imposible. Es tan buena persona... —Empezó a divagar impulsada por el dolor—. Mi hija y él estaban preparando ya la boda...

—¿Puedo hacerle unas preguntas? Sólo será un minuto.

—¿Quiere pasar?

—Un minuto —repitió—. En serio.

—Sí, será mejor que entre, que aquí las puertas tienen oídos. —Lanzó una mirada desconfiada al rellano.

Cruzó el umbral y ella cerró la puerta. Pero no le precedió por el interior de la casa. La luz del recibidor era amarilla, así que, de pronto, los dos parecían tener hepatitis o ser chinos. Miquel le tendió la mano.

La de la señora Aiguadell estaba muy fría.

—¿Sabe qué sucedió exactamente y por qué acusan a Agustín?

—Nadie nos dice nada, ni a su madre, ni a mi hija. —Se encogió de hombros—. Lo único que sabemos es que le encontraron allí, junto al muerto, en su piso, y que no había nadie más.

—¿Es la única prueba que tiene la policía?

—No lo sé. —Movió la cabeza de lado a lado—. Todo es muy secreto. Ese hombre era diplomático y esas cosas... ¿Qué quiere que le diga? Mi hija no para de llorar, Agustín está aislado, ¡ni su propia madre puede verle!

—¿Había oído alguna vez el nombre del muerto, Gilberto Fernández Castro?

—No, nunca.

—¿Seguro?

—Mi hija no sé. No lo hemos hablado, porque desde el lunes, cuando detuvieron a su novio, apenas ha estado aquí. Yo, desde luego, no. Perdone, ¿pero usted...?

—Fui policía. Quizá pueda averiguar algo.

—¿En serio? —Se le iluminó la mirada con un destello de esperanza.

—De momento, no tengo nada. Sea lo que sea lo que pasó, me enteré anoche. Ni siquiera he podido ver a la madre de Agustín.

Su esperanza menguó.

—¿Cuándo fue policía? —De pronto se dio cuenta de que era ya viejo.

—Hace unos años —mintió a medias.

Eso acabó de descorazonarla.

Todo estaba dicho. Miquel le tendió la mano. Siguió notándosela muy fría. Él mismo abrió la puerta.

—Si no lo ha hecho Agustín, tarde o temprano lo sabremos —prometió vagamente.

—Tienen un culpable —dijo la madre de Rosa Aiguadell con absoluta lógica—. ¿Cree que buscarán a otro?

Miquel cinceló una media sonrisa en su rostro para maquillar su frustración. Ya no dijo nada más. Inició el descenso, peldaño a peldaño. Por detrás de él la puerta del piso se cerró sin hacer apenas ruido, como para no molestar a nadie.

Cuando llegó a la calle miró a derecha e izquierda.

Vio el quiosco en la esquina y caminó hacia él.

Pagó *La Vanguardia* con dos monedas de veinticinco céntimos y se apartó lo justo para echarle un vistazo. En portada, lo de siempre: curas y militares. En la foto principal, arriba, se veía la jura como consejero del Reino del general Varela, ante la atenta mirada de Franco, otros uniformados cargados de medallas y un cardenal. Más abajo, en otra fotografía, ésta de la Junta Nacional contra el Analfabetismo presidida por el ministro de Educación Nacional, tampoco faltaba una sotana, justo en el centro del grupo de hombres.

Lo tutelaban todo.

Miquel sintió cómo se le revolvía el estómago.

Era la misma Iglesia la que recibía bajo palio al hombre que había desencadenado una guerra civil alzándose contra la legalidad vigente.

Pasó las páginas.

Una a una.

Despacio.

Ninguna noticia del asesinato de Gilberto Fernández Castro.

Ninguna referencia a que el presunto culpable era un miembro del propio periódico.

Y podía apostar lo que fuera a que tampoco había nada en las ediciones del martes o el miércoles.

En la España de Franco no había asesinos, y menos de diplomáticos recién llegados de Washington.

Una, Grande y Libre, por la Gracia de Dios, pesaba demasiado.

Dobló el periódico, se lo metió bajo el brazo y, cuando se disponía a seguir su camino, se quedó paralizado.

Porque en la otra acera, subiendo a un taxi cogida del brazo de un hombre de unos treinta y siete o treinta y ocho años, riendo feliz y desde luego sana, muy sana, vio a su empleada, la enferma Teresina.

# 6

Al entrar en el edificio, sintió un escalofrío.

Jamás hubiera imaginado que lo haría por su propio pie.

La plaza Palacio quedó atrás y la oscuridad del Gobierno Civil lo engulló bajo el peso del silencio. No se trataba de una oscuridad real, sino de otra mucho más siniestra, imaginaria pero no menos dura. Por todos los rincones afloraba el hedor de la dictadura y el franquismo en forma de opresores detalles coronados, siempre, por el retrato del dictador, retocado y vestido con sus galas militares, para recordar siempre, siempre, que era un soldado.

Incluso había tenido su guerra.

Porque ¿de qué sirve un militar sin una guerra que lo avale?

Tragó saliva y pensó en Agustín Mainat.

Después, lo que se tragó fue el último rescoldo de su orgullo.

El primer ujier que le detuvo lo miró de arriba abajo.

A fin de cuentas, también él llevaba uniforme, y los uniformes son para distinguir al que manda del que obedece.

—¿El despacho del señor Ramírez Soto, por favor?

No era un nombre más.

Era Ildefonso Ramírez Soto.

—Primer piso —le informó el lacayo.

—Gracias.

Subió la escalinata despacio. Se cruzó con media docena

de hombres, ninguna mujer. Buenos trajes, chaquetas cruzadas, cabellos planchados y brillantes, bigotitos adecuados, todo en blanco, negro y gris, sin colores, sin excesos. Tampoco le extrañó ver a un par de curas, con sus enormes braguetas que iban de arriba abajo en sus sotanas. Uno llevaba una aparatosa cruz roja cosida en el pecho. Había oído decir que eran sacerdotes de prisiones, pero no estaba seguro. Ni le importaba. Una vez en el primer piso se dirigió hasta el segundo ujier.

Parecía llevar allí tantos años o más que el edificio.

—¿El señor Ramírez Soto? —preguntó por segunda vez.

—Por ese pasillo, señor.

El pasillo era largo, con puertas enormes a ambos lados y cuadros de época en los huecos. El tercer ujier presidía la última puerta, sentado detrás de una mesita. Su reino. La frontera del más allá pasaba por ella.

Hizo la misma pregunta.

Resistió la mirada del hombre.

—¿Tiene cita con él? —Abrió un libro de visitas o un registro o lo que fuera.

—No, pero dígale que me llamo Miquel Mascarell.

El hombre levantó la barbilla.

Por un lado, incrédulo. Por el otro, desafiante.

—¿Miguel?

—No, Miquel —repitió.

Le tenía miedo a otras cosas, no a un ujier calvo de rostro enteco y ojos de plomo.

—No sé si...

—Usted dígaselo. —Empleó su tono más seguro, como si todavía fuese el inspector que había sido—. Le juro que bastará.

El hombre se dio por vencido. Se apartó de su lugar, atravesó la puerta situada a su espalda y lo dejó solo. Miquel soltó aire. Como Ildefonso Ramírez Soto no le recibiera, el ujier bailaría sobre su fracaso con una sonrisa de las que hacían daño.

Su ausencia fue breve.

Seguía serio, pero lleno de respeto.

—¿Puede esperar unos minutos, por favor?

—Por supuesto.

—Por aquí. —Lo invitó a seguirle.

Caminaron hasta una salita. No había nadie en ella. Las pisadas se amortiguaron por la gruesa alfombra. Se sentó en una butaca de orejas y reposabrazos gastados, con sendos retratos de desconocidos y serios hombres a ambos lados. Una vez solo, sacó el periódico y le echó una segunda ojeada.

Era jueves. Patro querría ir al cine el sábado.

Se detuvo en la página 10. Ya se hablaba del día del Libro. Un artículo glosaba la vida de Joaquín Ruyra y se anunciaban diversos premios literarios nacionales, el Francisco Franco para el mejor libro de poesía lírica —¿cuándo había leído Franco una simple poesía, lírica o no?—, el José Antonio Primo de Rivera para el mejor ensayo y el Miguel de Cervantes para la mejor novela «que exalte un tema de carácter ejemplarmente español».

Lanzó un exabrupto y pasó más páginas, hasta la 13.

Seguían poniendo *El tercer hombre*.

A Patro no le había gustado nada.

«Demasiado rocambolesca», dijo.

Comenzó a leer la cartelera, por estar un poco al día y prepararse para la discusión de cada semana con su mujer, y no se dio cuenta de que un hombre se había parado frente a él hasta que éste emitió un suave carraspeo.

—¿Señor?

—Oh, sí, disculpe.

—Si me hace el favor...

No estaba acostumbrado al servilismo, ni a las inclinaciones corporales. Siguió al aparecido en silencio, con los pasos absorbidos por la alfombra, y tras una nueva puerta se encontró en un despacho regio, muy regio, presidido por el omnipresente retrato de Franco, un crucifijo, dos butacas, la mesa de caoba y... la figura de Ildefonso Ramírez Soto.

Catorce años más viejo.

Pero con la misma prestancia.

El hombre que le acompañaba cerró la puerta.

—Miquel Mascarell. —Reflejó la sorpresa que sentía el dueño del despacho al verle—. Dios... ¿de dónde sale usted?

A él sí se lo dijo:

—De entre los muertos.

Ildefonso Ramírez Soto no se levantó, pero le hizo un gesto con la mano derecha, la palma hacia arriba, indicándole que ocupara una de las butacas. Miquel le obedeció. Una vez sentado, continuó la mutua observación y reconocimiento, la recuperación de los recuerdos, las imágenes. La vuelta a un pasado desaparecido y borrado del mapa salvo porque seguían allí, uno a cada lado, y no sólo de una mesa.

—Por todos los santos, inspector. —Siguió impactado por la sorpresa el hombre al que había ido a ver.

—Ya no soy inspector.

—Lo imagino.

—Usted en cambio... —Miquel abarcó la suntuosidad del despacho—. Veo que le ha ido bien.

—Son los nuevos tiempos.

—En el 36 desapareció.

—Como muchos. —Ildefonso Ramírez Soto se encogió de hombros—. Aquello era insostenible; Barcelona, un caos; España, un desastre.

Prefirió no decirle qué pensaba de aquel «desastre». No había tragado lo que había tragado para estar allí y meter la pata o enfrentarse a él. Tampoco sabía el grado de implicación política de Ramírez, aunque lo imaginaba.

Su visitado tampoco parecía dispuesto a charlar sin más.

—¿Qué puedo hacer por usted? Porque no creo que sea una visita de cortesía.

—No, no lo es.

—¿Estuvo preso?

—Sí.

—¿Mucho tiempo?

—Ocho años y medio.

La cifra debió de antojársele muy dura.

—¿Dónde?

—En el Valle de los Caídos.

Ildefonso Ramírez Soto apretó ligeramente las mandíbulas.

Un gesto reflejo.

—Lo siento —dijo.

—Yo también.

—¿Necesita ayuda, trabajo...?

—No, me va bien.

—Lo celebro.

—Pero sí quiero algo de usted.

—¿Qué es?

—Información.

—¿Qué clase de información? —Levantó las dos cejas, debido a la sorpresa.

—No es nada comprometedor, se lo aseguro. ¿Recuerda cuando salvé a su hijo? Me dijo...

—Le dije que nunca lo olvidaría, pasara el tiempo que pasara, sí. No tiene por qué recordármelo.

—Ahora es el hijo de un viejo amigo mío quien está en apuros.

Ramírez suspiró.

Sus ojos se desplazaron hasta una fotografía situada en un ángulo de la mesa. Miquel también podía verla. Desde ella, perfectamente acicalados, sonreían una mujer mayor, un hombre joven y el propio Ildefonso. La imagen no era reciente.

—Él era inocente, usted lo probó —dijo Ramírez.

—Quizá el hijo de mi amigo también lo sea.

—¿Tiene pruebas?

—Sigo teniendo el mismo instinto que me hizo ver la inocencia de su hijo cuando nadie lo hacía.

—¿Cómo se llama ese joven?

—Agustín Mainat.

El hombre del Gobierno Civil enderezó la espalda, perdió la relajada compostura con la que había estado hablando, frunció el ceño y empequeñeció los ojos.

Sabía de quién le estaba hablando.

Nada que a Miquel no le sorprendiera, por eso estaba allí.

—¿Habla en serio?

—Sí.

—¿El asesino de ese diplomático?

—Sí.

—¿Sabe que le pillaron con las manos en la masa?

—No, no sé nada, sólo que está detenido y ni su madre puede verle. Los periódicos tampoco hablan de ello.

—Porque es secreto de sumario.

—Ya le he dicho que lo único que le pido es información. Saber los detalles, quién era el muerto, su relación con Mainat... Si Agustín es inocente, entonces alguien lo hizo, y suele ser siempre una persona del entorno.

—Mascarell, me temo que esto es...

—Información. Sólo información. Gilberto Fernández Castro estuvo en la embajada española en Washington, llevaba aquí tres meses esperando destino. No sé más.

—¿Y cómo sabe eso?

—Por el inspector Sebastián Oliveros.

—¿Son amigos? —No ocultó la nueva sorpresa.

—No exactamente.

—Entiendo.

—Mi nombre aparecía en una agenda de Mainat. Me interrogaron. Eso es todo. Señor Ramírez —se inclinó hacia delante para dar más énfasis a sus palabras—, a usted le bastaría con una llamada...

—No es necesario. —Le detuvo—. Tengo el expediente del caso desde esta misma mañana.

—Entonces...

Ildefonso Ramírez Soto volvió a mirar la fotografía.

Había orgullo en su mirada, y también en su voz.

—Tengo una nieta preciosa —reveló—. Y hay otro en camino. De no ser por usted, tal vez no fuese así.

—Fue un caso enrevesado, con pruebas muy incriminatorias.

—Que usted supo desmontar. —Se enfrentó de nuevo a sus ojos—. Pero lo que me pide...

—Ramírez, en el fondo lo de su hijo fue un milagro. Yo también lo soy. Y estoy aquí, ya ve. No le pido que pague una deuda. Le pido que confíe en mí. ¿Quién era ese tal Gilberto Fernández? ¿Qué relación tenía con Agustín Mainat? ¿De qué forma pudieron pillarle con las manos en la masa, como usted mismo ha dicho?

—¿Y?

—No lo sé.

—Usted no es de los que se quedan con la información y no hacen nada, y le recuerdo que pasó ocho años y medio preso.

—Lo sé.

Ildefonso Ramírez sonrió cansino.

—Nunca se deja de ser policía, ¿verdad?

—Por hacer preguntas...

La pausa fue larga, como de siete u ocho segundos, tal vez más. A Miquel se le hizo eterna.

Su interlocutor pareció rendirse.

—Usted no ha hablado conmigo, ¿de acuerdo?

—De acuerdo.

—Mire, Mascarell, la muerte de ese hombre ha causado mucho revuelo. Yo diría que incluso conmoción. De hecho, han señalado el caso como prioritario y hay orden de cerrarlo cuanto antes.

—¿No van a investigar más?

—Habiendo ya un presunto culpable, lo dudo. Lo que están tratando de averiguar es lo que pudo haber detrás de ese crimen.

—¿En qué sentido?

—El señor Fernández trabajaba en una embajada muy complicada. El acercamiento entre Estados Unidos y España es cada vez mayor, inevitable, diría yo. Pero los pasos se miden con rigor y precisión. España está dejando de estar aislada. Necesitamos el apoyo de los americanos, el reconocimiento del régimen. Por lo visto, el señor Fernández se extralimitó en sus funciones. Por eso lo devolvieron aquí.

—¿En qué sentido se extralimitó?

—Lío de faldas. —Fue directo.

—¿Estaba casado?

—Mujer y dos hijos, buena posición, influencias. Pero los devolvieron a Barcelona, a todos, de la noche a la mañana. Y es cuanto puedo decirle.

—¿Y la relación de Mainat con él?

—En el expediente consta que las dos familias se conocían de antaño.

Antaño. Una forma educada de decir «antes de la guerra». «La cruzada.»

—¿Qué puesto tenía el señor Fernández en la embajada?

—Era el segundo de a bordo, el ayudante directo del señor embajador. Por sus manos pasaba todo. Todo, ¿entiende?

—Pero...

Ildefonso Ramírez Soto levantó las dos manos para detenerle.

—No hay más, Mascarell. Lo siento.

Camino cerrado.

Y mejor no insistir.

Llevaba allí demasiado tiempo.

—Gracias. —Se puso en pie.

Su interlocutor lo agradeció. Sonrió con un deje de alivio y, esta vez sí, le tendió la mano sin levantarse de su butaca.

Miquel se la estrechó por encima de la mesa.

—Me alegro de que esté vivo.

—Y yo de que se acuerde de mí.

—Siento las circunstancias. Y, por favor, no se meta en líos. No está en situación de hacerlo.

—Lo sé —admitió él.

—Mascarell. —Le detuvo.

—¿Sí?

—¿Dónde vive?

—En la calle Gerona con Valencia. Estoy casado.

—¿Tiene teléfono?

—No, ¿por qué?

Y se lo dijo con toda la naturalidad del mundo:

—Para tenerle localizado.

## 7

Llegó a casa y lo primero que olió al abrir la puerta fue el aroma de la comida.

Sopa.

Patro la hacía de maravilla.

Entró en la cocina y, antes de que ella se diera la vuelta, la rodeó con los brazos por detrás y la besó en el cuello. Su mujer inclinó la cabeza para darle libertad. Él llegó hasta el lóbulo de la oreja. No llevaba pendientes, así que se lo mordió.

—¡Ay!

—Cállate, quejica.

Nunca había mordido a Quimeta en la oreja. Ni le había besado el cuello de aquella forma. Era extraño lo que podía cambiar una persona. ¿Vivía una segunda juventud? ¿Todo era tan distinto que hasta se permitía el lujo de sentirse feliz para soportar el nuevo mundo en el que vivían?

—No has ido a pasear, ¿verdad?

—No. —Fue sincero.

Patro se dio la vuelta.

—Te preocupa lo de ese periodista.

No era una pregunta. Era una afirmación.

—Sí.

—¿Es que no vas a dejar de meterte en líos?

—Cariño, yo no me meto en líos: me meten.

—¿Te meten?

—Sí, y lo sabes bien.

—Lo primero que hiciste al regresar a Barcelona fue investigar todo aquello que casi te cuesta la vida o volver a la cárcel. Y menos mal que conseguiste no caer en la trampa.

—Gracias a eso te reencontré, ¿no?

—Sí. —Patro se estremeció.

Los dos sabían que, de no haber sido por aquello, ella seguiría ejerciendo de prostituta.

Más muerta que viva.

—¿Dónde has ido? —quiso saber.

—A ver a la madre de Agustín, y a su novia. Pero no estaban.

—¿Toda la mañana para eso?

—A la novia la he esperado más de una hora en un parque, al solecito, con otras cacatúas, todos quejándose de algo. Oye. —Se cruzó de brazos—. ¿Por qué te cuento lo que hago?

—Porque soy tu mujer.

—A Quimeta nunca le contaba nada del trabajo. Ni hacía preguntas.

—Eras policía y, tú lo has dicho, se trataba de tu trabajo. Ahora no es así, estás conmigo, y cuando te vas por ahí, con la de mujeres que hay, me preocupo.

—¡Anda ya!

—Lo digo en serio. No hay hombres, y los sesentones tenéis un no sé qué que os hace especiales, interesantes. Será por la experiencia y todo eso. Tú eres guapo y seductor, que me lo dice más de una en la mercería. «Que si qué suerte tengo», «Que si lo bien arreglada que me has dejado», «Que si se te nota lo mucho que me quieres»...

—¿Las clientas te dicen eso?

—Sí.

—Patro...

—Bueno, allá tú. —Volvió a darse la vuelta y retiró la olla del fogón agarrándola por las asas con dos paños húmedos—. La comida ya está, va. ¿Pones la mesa?

Dijo que sí, pero no se movió de donde estaba.

De pronto, recordó algo.

Algo que no sabía cómo digerir. Porque furioso estaba, pero de ahí a decírselo a Patro...

—Oye, háblame de Teresina.

—¿Por qué?

—No sé. Tú la contrataste. Yo no sé nada de ella.

—¿Qué pasa, que te ha guiñado un ojo? Con lo vivaracha que es.

—Tiene veintiún años, ¿no?

—Pero es guapa, aunque esté tan delgada.

—¿De dónde me dijiste que la habías sacado?

—Trabajaba en Gracia, en una mercería muy grande llamada Casa Gregoria. Por lo visto el encargado le iba detrás, molestándola a todas horas y tratando de pillarla a solas en el almacén.

—Y ella, inocente.

—No sé. Digo yo que sí. Por eso se marchó de allí, ¿no? A mí me la recomendó la señora Ana, ya te lo dije. ¿A qué vienen esas preguntas?

—Falta mucho al trabajo.

—Ten paciencia, hombre. Cuando gane peso... Yo creo que tiene anemia o algo así.

—¿Y novio?

—No, que yo sepa.

—¿No te ha comentado nada, si sale con alguien...? —insistió Miquel.

—Oye, estás tú muy interesado en ella.

—Es nuestra empleada, tenemos una responsabilidad. Y si se pone enferma más de lo normal, es lógico que nos preocupemos. —Se hizo el santo.

—¿Te vas a poner en plan empresario controlador?

—¿Yo?

—Sí, tú, que en el fondo todos sois iguales: muy de izquierdas, muy socialistas, muy comunistas, pero a la que os tocan el bolsillo...

—Patro, no digas tonterías. Te repito que uno ha de saber a quién mete en casa, eso es todo. Y la mercería es como nuestra casa. Esa chica me preocupa, nada más. Y si falta tanto y has de trabajar tú y no te veo, ¿de qué nos sirve?

—Anda, anda, cállate y pon la mesa de una vez, que se va a enfriar la sopa.

Miquel no se movió.

—¡Venga, mueve el trasero!, ¿quieres? —lo azuzó ella.

—¿Comemos y nos echamos una siesta?

Se lo quedó mirando con los ojos muy abiertos.

Con cara de alucinada.

—¡Para siestas estoy yo!

—Un ratito.

—Pero ¿se puede saber qué te pasa a ti?

—Dos días seguidos que te levantas temprano y no nos achuchamos por la mañana. Y encima estamos en primavera.

—O sea, que se te ha alterado la sangre.

—Hay parejas por todas partes.

—Pobrecillas. —Puso cara de pena—. Eso sí es malo, ¿ves? No tienen adónde ir como no sea a la última fila de un cine oscuro. Sólo pueden pasear.

—¿Nos echamos la siesta o no? —Siguió con lo suyo.

Patro le empujó fuera de la cocina.

—¡Anda, tira, tira y cállate, va, que estás hecho un...! —No encontró la palabra adecuada, pero siguió empujándole hasta el comedor—. ¡Pon la mesa de una vez, pesado! ¿Una siesta? ¡Ni que fuéramos marqueses!

Miquel se quedó solo.

Patro no vio cómo sonreía.

# 8

Mercedes, la madre de Agustín Mainat, era muy guapa.

Fue lo primero que le sorprendió.

Tanto, que casi se sintió machista. Como si una mujer madura no pudiera ser espectacular y parecer más joven de lo que era.

Alta, esbelta, bonita figura, pecho vigoroso, ojos profundos, labios sensuales, manos suaves. Una señora diferente a la mayoría.

De joven tenía que haber sido un ángel, como lo era Patro. Ahora, a sus casi cincuenta años, no más, era toda una mujer. Una viuda desaprovechada.

Y todo ello a pesar del dolor de su rostro y el rastro de las lágrimas en sus pupilas.

—Me llamo Miquel Mascarell —se presentó—. Era amigo de su marido y conozco a su hijo.

—Sí, mi marido me habló de usted alguna vez, lo recuerdo. Incluso fue a verle aquel día.

«Aquel día.»

El último.

Después, la Barcelona ocupada, los fusilamientos, la muerte adueñándose de la vida, el silencio, la dictadura...

La casa era humilde, sencilla. Tenían lo mínimo. Por ejemplo, una solitaria butaca en la que le hizo sentarse. El sueldo de Agustín en *La Vanguardia* no debía de ser muy elevado. Para los vencedores, seguían siendo la mujer y el hijo de un rojo. No importaba que tan sólo se tratase de un periodista que cumplía con su deber: informar. Si había informado de la República, era culpable.

—¿Cómo sigue vivo, señor Mascarell?

—Por una cadena de circunstancias bastante anómalas.

—Rubén decía que ustedes se parecían.

—Tuve suerte, señora. Me condenaron a muerte, pero el azar... Bueno, alguien pensó que sería mejor dejarme vivo. Más tarde supe por qué. Le juro que no me rendí, ni transigí.

—No lo decía por eso, perdone.

—Está en su derecho, no importa. —Decidió centrarse en lo que le había llevado hasta allí—. ¿Cómo está su hijo?

—No lo sé. —Bajó la cabeza y contuvo las inevitables lágrimas—. No me lo dejan ver. ¿Cómo ha sabido...?

—La policía me detuvo ayer.

—¿A usted?

—Por lo visto, encontraron una agenda en la que Agustín había escrito: «Ver a Miquel Mascarell». Eso les hizo movilizarse.

—No lo sabía.

—¿Tiene idea de para qué quería verme su hijo? —Optó por no revelarle el motivo manifestado por el inspector Oliveros.

—No, por Dios, ni siquiera sé... —Sacó un pañuelo escondido en la manga y se frotó los ojos antes de sonarse con él.

—¿Podría decirme la relación de ustedes con el muerto? Lo único que he averiguado es que se conocían de mucho antes.

—¿Para qué quiere saberlo?

—Si la policía me ha interrogado una vez, puede que repitan. Sólo he visto a su hijo en una ocasión, en diciembre pasado, y no me pareció la clase de persona capaz de matar a alguien. De hecho, me recordó mucho a su padre.

—Sí, ¿verdad? —Se emocionó.

—El hombre que me interrogó me dijo que Agustín insistía en su inocencia. Y para mí, eso es suficiente.

—¿Está... tratando de ayudarle?

—Fui inspector. —Sacó su orgullo—: Y bueno, bastante bueno. Tal vez pueda ayudarle, sí. Todo es posible. No me gusta que me lleven a comisaría y me den un susto de muerte. Soy viejo, pero no inútil. Puede que su hijo, su novia y usted no tengan a nadie más que a mí. ¿Es cierto que le sorprendieron...? No sé cómo expresarlo. Ellos dicen «con las manos en la masa».

—Señor Mascarell, todo lo que sé es que a Gilberto le mataron en su casa, y no tengo ni idea del motivo. Ni se me ocurre. Ni siquiera sé qué estaba haciendo Agustín allí. La última vez que vi a mi hijo fue esa mañana, el lunes, y me dijo que se iba a trabajar.

—¿Estaba preocupado, serio, inquieto...?

—Para nada. Contento y feliz. Agustín siempre está risueño, y más ahora, hablando ya de casarse con Rosa.

—Hábleme de esa relación con Gilberto Fernández.

—Me temo que es una larga historia.

—Cuéntemela.

La viuda de Rubén Mainat hizo lo mismo que por la mañana había hecho Ildefonso Ramírez: mirar unas fotografías. Las tenía en la mesita situada entre las dos butaquitas en las que estaban sentados. Una era la de su boda. Rubén y ella, muy jóvenes, posaban en la clásica foto de estudio. Había otras, mayoritariamente de Agustín, y también una de una muchacha muy guapa, cabello negro, ojos llenos de vida. Posiblemente Rosa.

—¿Quiere beber un vaso de agua? Me temo que no tengo nada más.

—He comido hace poco, gracias.

Otra pausa, más breve.

Tuvo que romperla Miquel.

—Señora, ¿cree en la inocencia de su hijo?

—¡Por supuesto! —Le miró con fijeza—. Usted mismo lo ha dicho: es incapaz de matar a una mosca. Cuando hizo el servicio militar le pusieron en una oficina, porque el simple hecho de tocar un arma le asustaba.

—Entienda una cosa, señora: si tienen a un culpable, tirarán la llave, no buscarán a otro ni seguirán investigando. Siendo hijo de quien es, todavía será peor. No soy policía, me he hecho viejo; pero justamente por eso, porque no tengo nada que hacer, puedo preguntar aquí y allá. Agustín me metió en esto, indirectamente, pero me metió. Quizá también esté en juego mi seguridad, y la de mi mujer.

—¿Su esposa sigue viva? —Se le antojó admirable.

—Volví a casarme hace poco más de un año.

—Entiendo. —Bajó los ojos al suelo.

—¿Quiere que me vaya?

—No, no.

—Pues cuénteme esa historia. El tiempo apremia, y su hijo sigue allí, ¿he de recordárselo?

Allí.

Mercedes se estremeció.

—Hace... muchos años, Gilberto y yo fuimos casi novios —empezó a hablar con dificultad.

—¿Casi?

—Sí, casi —asintió—. Yo estaba en la adolescencia, él era dos años mayor. Se enamoró de mí perdidamente, de una forma... Bueno, el primer amor, ya sabe. Ese que suele dar de lleno y poner el mundo del revés. A él le dio muy, muy fuerte. Se convirtió en una obsesión. Lo cierto es que yo nunca le dije que sí, jamás, pero él daba por hecho que éramos novios. Incluso mi familia lo veía con buenos ojos por ser un chico brillante, con futuro. Ya era ambicioso por entonces. Sin embargo... —hizo un gesto vacuo—, yo no era tonta. Joven sí, inexperta sí, pero tonta no. La intuición femenina existe, se lo aseguro. Supe ver sus zonas oscuras, su carácter oculto, lo que se escondía detrás de esa ambición que lo llevaba a ser implacable, tanto como voluble e inquieto. Una amiga mía intentó quitármelo y les sorprendí besándose. Eso no hizo más que confirmar lo que ya intuía. Habría roto igual; no era para mí, no sentía lo mismo que él. Pero ése fue el empujón decisivo, como ver la luz. Me pidió perdón y siguió intentándolo. Creyó que yo estaba celosa, nada más. Ni por un momento quiso escucharme cuando le dije que no le amaba y que habría cortado igual nuestra presunta relación. Ahí sí, tuve la culpa de que durase demasiado y se hiciera ilusiones. Gilberto se volvió medio loco, no me dejaba ni respirar. Cartas, apariciones, sustos... Un completo acoso. Entonces, no mucho después, conocí a Rubén y... —Su rostro se llenó de dulzura.

—Se enamoró.

—Perdidamente. —Fue sincera—. Cambió todo, mi vida, yo misma... La última vez que vi a Gilberto en esa época, todavía sin rendirse pese a que ya estaba prometida, fue para decirme que nunca me olvidaría, que yo me equivocaba y viviría una vida miserable, llena de privaciones. Pero sobre todo me dijo que nadie me querría como él. Una especie de maldición. También me aseguró que un día, tardase lo que tardase, estaríamos juntos. —Se estremeció de nuevo—. Llegué a sentir miedo, ¿sabe? Nunca logré olvidar aquella expresión, el brillo de los ojos, el tono de su voz...

—¿La amenazó?

—Más bien era el último grito de su rabia. Gilberto no estaba acostumbrado a perder, a no salirse con la suya. Los ambiciosos tienen eso. Se sienten seguros, fuertes. Para ellos el mundo es blanco o negro. O con ellos o contra ellos. De tanto que me quería, habría podido matarme para que no fuera de otro, así de simple.

—Ha dicho «la última vez que vi a Gilberto en esa época». ¿No dejó de verle?

—Por desgracia, no. La vida, en ocasiones, te gasta malas pasadas. Yo me sentía a salvo con Rubén. Era feliz. Sin embargo, la sombra de Gilberto seguía siendo alargada. Cuando anunciamos la boda, dos años después, reapareció. Una noche me asaltó en plena calle, borracho, insultándome. Luego, se echó a llorar y quiso besarme. Me desgarró la blusa y yo salí corriendo. Nunca dije nada, por vergüenza, y menos a Rubén. Unos días más tarde Gilberto me pidió perdón por carta; y a los tres meses, de la manera más inesperada, supe que se había casado prácticamente en un abrir y cerrar de ojos. —Chasqueó la lengua—. En el fondo no me extrañó que fuese con Elisenda Narváez. La conocía un poco y eran tal para cual. Rica, prominente, relativamente guapa... Su familia es la de los astilleros, no sé si los conoce. —Continuó sin esperar respuesta por parte de Miquel—: Alguien me contó que ella estaba perdidamente enamorada de él. Otra obsesión. No paró hasta conseguirlo, vaya usted a saber cómo.

—¿Y eso no acabó con todo?

—No, qué va. —Forzó una sonrisa cargada de dolor y desánimo—. El destino nos tenía reservada una sorpresa muy amarga, como que nuestros hijos fueran a la misma escuela y se hicieran amigos.

—¿En serio?

—Increíble, ¿no es cierto? Pues ya ve. Durante años no supe nada de Gilberto. Vivíamos en mundos opuestos. Rubén trabajó mucho para darle una buena educación a Agustín. No paró hasta meterle en la mejor escuela, no porque fuera de gente bien, sino porque la enseñanza era excelente. Agustín empezó a hablarme de un amigo suyo, Rosendo. No le pregunté el apellido. Me di cuenta de que eran uña y carne. Rosendo por aquí, Rosendo por allá. El día que me enteré del nombre completo, Rosendo Fernández Narváez, se me cayó el alma a los pies. No pude creerlo. Era... demasiado. Y lo malo es que ya no había vuelta atrás. Rosendo quería que

Agustín fuera a su casa, y Agustín que Rosendo jugara en la nuestra. ¿Cómo se le dice a un niño que no porque en el pasado de sus padres hay una historia secreta? El día que coincidimos los cuatro...

—Lo imagino.

—No, lo que pueda imaginar es poco. —Se llevó una mano a la frente—. El único que no sabía nada era Rubén. Allí estábamos, fingiendo ser lo que no éramos por nuestros hijos: Gilberto mirándome; su mujer atenta y dispuesta a sacar las uñas, porque ella sí sabía que su marido se había vuelto loco por mí; yo disimulando... Fue un verdadero infierno, una escena incómoda y absurda. Me entró un pánico atroz. Pensé que si teníamos que seguir así, no lo resistiría. Por suerte... y es un decir, eso sucedió a finales del curso 1935-1936. Llegó el verano y en julio...

—La guerra.

—La guerra —repitió ella.

Empezó a llorar suavemente, aferrada a sí misma, a sus recuerdos, a todo lo que, de pronto, la convertía en la más vulnerable de las mujeres.

Un hijo en la cárcel y la sombra de Gilberto Fernández Castro cada vez más proyectada sobre su vida.

# 9

Miquel alargó la mano y le presionó las suyas, unidas sobre las rodillas.

—¿Quiere un vaso de agua?

La madre de Agustín negó con la cabeza.

—Sé que es duro enfrentarla a todo esto, pero...

—No importa. —Se recompuso lo justo para seguir hablando—. Si quiere ayudar a mi hijo, tiene que saber toda la historia.

—Gracias.

—No, no me las dé. De pronto parece mi único amigo y mi única esperanza.

—Imagino que la guerra les separó, ¿verdad?

—Sí. —Retomó su narración ella—. Era verano, los Narváez tenían una casa en el sur de España y, de buenas a primeras, esa parte quedó en la zona nacional. La familia entera estaba allí en ese momento, y ya eran lo bastante de derechas como para hacerle ascos a la nueva situación. Gilberto aborrecía todo lo que no fuera orden y rigor, despreciaba a los pobres, a los obreros, decía que eran sucios y zafios, bestias que sólo servían para el trabajo, aseguraba que el comunismo había embrutecido al mundo. Durante la guerra, y después de ella, no supimos nada. Les perdimos el rastro. Fusilaron a Rubén, yo me quedé sola con Agustín, malvivimos como pudimos...

—Sin embargo Gilberto y su esposa tenían casa en Barcelona.

—Cierto. —Se encogió de hombros—. Pero, acabada la guerra, él ya empezó a subir y subir, según supe estos días. Tenían casa aquí, pero se había metido en política, por las influencias de su mujer, y ya iban de una embajada a otra. Lo que Elisenda Narváez había querido siempre.

—¿Dice que lo ha sabido «estos días»?

—Pronto lo entenderá. —Ladeó la cabeza con pesar—. Agustín a veces recordaba a su gran amigo. Rosendo por aquí, Rosendo por allá. Increíble que no lo olvidara. Y, por lo visto, a Rosendo le sucedía lo mismo. Hace tres meses los Fernández Narváez regresaron a Barcelona, y de pronto...

—Lo inevitable.

—Así es.

—¿Quién buscó a quién?

—Rosendo vio el nombre de Agustín en *La Vanguardia* y le llamó. El reencuentro fue grandioso para ambos. No importaba la situación, que uno tuviera un padre diplomático y el del otro hubiera sido fusilado por el régimen. Eran dos amigos, dos jóvenes dispuestos a olvidar y seguir siendo lo que habían sido: casi hermanos. Tenían tanto que contarse que... —Mercedes apretó los puños—. Agustín no me dijo nada, por respeto, por miedo, porque ellos eran parte del régimen y sabía lo que pensaba yo de todo eso. Fue a su casa una noche, cenó con Gilberto y Elisenda. Les habló de mí, naturalmente, con toda su inocencia. Cuando me lo contó, pidiendo que no me enfadara, creo que supe de inmediato lo que iba a suceder. —Los puños seguían apretados, con los nudillos blanqueados—. Llámelo instinto.

—Conozco esa sensación.

—Sí, ¿verdad? —Lanzó un suspiro casi agónico—. Un par de días después, Rosendo también subió aquí. Se sentó ahí mismo, donde está usted. Se parecía tanto a su padre que me asusté, salvo por una cosa: era más simpático, buena persona, y en apariencia estaba descontaminado. Tenía sueños, esperanzas.

¿Qué joven no tiene eso? Los pecados y las culpas de los padres no deben mancharles a ellos. Agustín y Rosendo volvían a estar juntos, y era inevitable que, antes o después, Gilberto reapareciera en mi vida, como había prometido.

—¿Volvió a interesarse por usted?

—Volver no es la palabra exacta, señor Mascarell. Más bien fue como enlazar con el pasado, como si estos años no hubieran existido. Se asombró tanto de que me mantuviera atractiva... Probablemente imaginó que había envejecido, por la viudedad, la guerra, las privaciones. Quedó consternado. Me dijo que me veía igual, joven, deseable. Yo le respondí que estaba loco; intenté pararle los pies, pero fue inútil. Se lanzó a tumba abierta en un abrir y cerrar de ojos. Era un vértigo irreal. Me dijo que nunca había dejado de amarme, como me prometió; que él no había sido feliz con su esposa a pesar de que ella sí estaba locamente enamorada de él; que durante años, cuando hacían el amor, pensaba en mí. Luego, empezó a hablar mal de ella. Que si era ambiciosa, desmedida, fría. Me juró que se casó con Elisenda por despecho hacia mí, para hacerme daño, y porque era la mejor oportunidad para él. Con el dinero de los Narváez, todo había sido más sencillo. Pero las relaciones, según Gilberto, estallaron la noche en que él pronunció mi nombre mientras hacía el amor con ella.

—¿Le contó todo esto?

—Sí.

—¿Cómo lo soportó usted?

—¿Qué quería que hiciera? Bastaba con verle los ojos para darse cuenta de su locura. Era una situación desagradable, sí, mucho, pero yo estaba aterrada. El pasado volvía, con la diferencia de que él era poderoso y yo... Me sentía igual que si los años no hubieran transcurrido. Hasta me confesó que había cometido muchos errores, por despecho, por sentirse solo, por tenerme tan metida en su cabeza. Lo último que me dijo fue que en Washington la había fastidiado.

—Tuvo un lío de faldas.

—Lo sé, no se cortó un pelo y me lo contó. —Soltó un bufido—. Me juró que, si yo estaba a su lado, todo sería diferente.

—¿A su lado?

—Me propuso que nos viéramos...

—¿Como amantes?

—Sí. Según él, no iba a faltarme de nada, nos veríamos todos los días, se ocuparía del futuro de Agustín.

—Pero se hallaba a la espera de un nuevo destino.

—Ya. Quería que, llegado el momento, yo también me fuera. Iba a ponerme un pisito. —Su expresión denotó la extrema irracionalidad de lo que le estaba contando—. Era tan... de locos, tan absurdo. Me hubiera echado a reír si no fuera porque hablaba muy en serio y estaba convencido de lo que decía.

—Ese lío de faldas de Washington...

—Según él, no podía más. Creo que despreciaba realmente a su esposa. Dormían en habitaciones separadas y todo, o al menos eso afirmó. Decía que era un hombre, y que tenía sus necesidades. Ni siquiera creo que fuera la única.

—Si los pasaportaron para España de la noche a la mañana, su esposa tuvo que enterarse, ¿no?

—Elisenda lo sabía, sí. Que su marido tuviera aventuras debió de ser menos grave que el hecho de que los mandaran de vuelta a España. ¡Una Narváez humillada de esa forma, algo extensivo a los hijos!

—¿Qué quiere decir?

—Rosendo y su hermana Amalia estudiaban allí, tenían ya su vida en Estados Unidos. Pero los metieron a los cuatro en un avión.

—Pero si son mayores de edad. ¿Por qué no se quedaron?

—Deduje que el lío de faldas de Gilberto, siendo quien era en la embajada, fue grave.

La cabeza de Miquel empezó a darle vueltas.

¿Y si Gilberto Fernández se había ido de la lengua con algún secreto oficial?

—Suena a expulsión fulminante, no a traslado.

—Es lo que yo pienso. Agustín me dijo que Rosendo no se hablaba con su padre, aunque al poco de llegar aquí empezó a salir con una chica y recuperó la sonrisa. La hermana sí tenía novio allá. Una situación muy violenta y explosiva.

—¿Agustín y Rosendo se veían a menudo?

—Bastante, creo.

—¿Hubo alguna pelea, disgusto...?

—No, no. Nada, que yo sepa.

—¿Y el acoso de Gilberto Fernández? ¿Hasta qué punto tuvo usted que pararle los pies?

—Insistía, insistía, insistía. No se daba por enterado. Era como si no escuchase, o estuviese drogado. Yo, yo, yo. Una tarde se presentó aquí. Dijo que necesitaba besarme, sentir mis labios. Me lo suplicó. Me pareció algo enfermizo. Según él, yo estaba igual que cuando era adolescente. ¡Igual! —Soltó una risa hueca—. A mí él me daba asco, no sé si me entiende. Cuando le aseguré que gritaría si me tocaba, me amenazó.

—¿En qué sentido?

—Dijo que tenía influencias, poder, y que siendo yo quien era podía hacerme la vida imposible, y más a mi hijo. Por ejemplo, conseguir que lo despidieran de *La Vanguardia* o algo peor.

—¿Le creyó?

—Sí.

—¿Cuándo fue eso?

—Hace unos diez días.

—¿Se lo contó a su hijo?

—No, por Dios.

—¿Por qué?

—Creía poder manejarlo sola.

—¿Pudo haberse enterado?

—No, a menos que se lo dijera Gilberto, y yo pienso que nunca lo habría hecho. Me amenazaba a mí pero nada más. Con Agustín era muy amable. Pensaba que podía haber sido su hijo si se hubiera casado conmigo. También lo hacía para ganárselo, como un segundo padre. Si algo tenía Gilberto era astucia, su instinto calculador, su labia. Ni la humillación de su expulsión de Washington podía menguar eso. Porque tuvo que ser muy humillante, desde luego. Descubrir que tenía una aventura, un hombre de su posición en la embajada... Tuvieron que echarle una filípica de aúpa. No sé cómo no lo fusilaron. Se le escapó algo de «traición», «seguridad nacional»... Sin venir a cuento, porque hablaba y hablaba sin más, me reveló que, a pesar de todo, no iban a expulsarle del cuerpo diplomático, aunque tal vez le enviasen a un país lejano, en Asia o África, en el último rincón del mundo. Por supuesto que entonces sus hijos se habrían quedado aquí. Elisenda no habría tenido más remedio que seguirle, la pobre.

—¿La pobre?

—¿Se la imagina en un lugar así, un país de Asia o África?

—¿Sabe cuánto llevaban en Washington?

—No.

Las preguntas relativas al muerto y a su situación laboral agonizaban allí, en una playa de rocas aristadas. Quedaban apenas unos flecos.

Aunque importantes.

—Hábleme del día del crimen.

—¿Qué puedo decirle? Todo fue normal. Agustín se marchó de casa y ya no volví a verle. No le he visto desde esa mañana.

—¿La policía no le dijo nada?

—Ellos no. Nada. Yo fui a casa de Gilberto y me enteré de algo. Amalia llegó al piso y se encontró a su padre caído en el suelo, sangrando, ya muerto, y a Agustín a su lado, según ella con el cuchillo en la mano.

—¿Fue apuñalado?

—Sí, en la espalda. —Continuó su relato—: Amalia salió corriendo y gritando, escaleras abajo. Alguien llamó a la policía y eso fue todo.

—¿Agustín se quedó allí?

—Sí. Los vecinos comentaron que nadie quiso escucharle, que la policía llegó, lo redujo de malas maneras, con violencia, a pesar de que él no se resistió a nada, y luego le arrastraron a la calle. No paraba de decir que él no había sido.

—¿Y después?

—La policía se presentó aquí al cabo de un par de horas. Fue cuando me enteré de su detención. Pusieron la casa patas arriba.

—¿Qué buscaban?

—¿Cree que me lo dijeron?

—No, claro. —Miquel se mordió el labio inferior—. ¿Sabe si también registraron su mesa en *La Vanguardia*?

—No, eso no lo sé.

Se había hecho tarde, y la viuda de Rubén Mainat parecía agotada. Como siempre, quedaban más preguntas, algunas repetitivas, otras por la simple inercia de cada respuesta.

Su maldita precisión.

—¿Cómo está Rosa?

—Imagínese. Destrozada.

—Su madre me ha dicho que estaba con usted.

—Vaya, usted sí se mueve rápido.

—Supongo que sí. ¿Está ella ahora de nuevo en casa de su madre?

—Iba a descansar, sí. Llevamos sin dormir desde el lunes. Esta zozobra...

—Gracias, Mercedes. —Se levantó de la butaca.

Ella trató de hacer lo mismo, pero no pudo.

Hundió el rostro entre las manos y arrancó a llorar de nuevo.

# 10

De nuevo en el segundo segunda. De nuevo la luz amarilla del recibidor. De nuevo la madre de Rosa Aiguadell embutida en su bata de estar por casa, como si las horas no hubieran pasado y todo se mantuviera igual, en un limbo lleno de dolor. La mujer no ocultó un rictus de pesar y amargura al verle.

No dejaba de ser un intruso.

—La madre de Agustín me ha dicho que Rosa estaba aquí.

—Escuche, señor...

—Es importante. —No la dejó exteriorizar lo que sentía—. ¿Cree que la molestaría si no lo fuese? Me atrevería a decir que soy la única esperanza para ella y su novio, créame.

No le creyó. ¿Por qué iba a creerle? No era más que un viejo.

Un metomentodo.

—Mi hija está destrozada.

—Lo sé, y necesita descansar, dormir, me consta. Trataré de ser breve.

Venció su última resistencia al comprender que no se iría sin más, y que era mejor acabar cuanto antes. Transcurrieron tres segundos, la mujer lanzó un suspiro, luego cerró la puerta y le precedió pasillo arriba, en silencio.

La casa de Rosa Aiguadell no era muy distinta de la de Agustín Mainat. La diferencia era que allí vivía más gente. Vio a una abuela sentada en una butaca, o más bien hundida en ella, ingrávida, con la mirada perdida en ninguna parte. También descubrió ropa de hombre colgada de una percha, un traje de talla grande, bien planchado y a punto de ser usado. Pensó que pertenecía al marido de la dueña de la casa, pero se equivocó. Nada más entrar en el comedor observó el retrato de un hombre con un crespón negro atravesando la diagonal superior derecha del marco. El retrato parecía antiguo, de cuando era joven, así que dedujo que se trataba de otro caído en la guerra. Otra viuda. Otros huérfanos.

La mujer le dejó allí y con el mismo silencio regresó al pasillo.

No había mucha luz, la persiana estaba casi bajada y el día languidecía al otro lado.

Esperó.

Rosa era tan bonita como lucía en la foto que tenía la madre de su novio. Pero las ojeras, el cabello revuelto y el dolor en la expresión la remitían a un estado de larva andante y aspecto catatónico. Ella también llevaba una bata ajada y descolorida. Se lo quedó mirando sin mucha precisión, con más curiosidad que otra cosa, mientras centraba sus pensamientos y recuperaba la noción de la realidad.

—¿Puede dejarnos solos, señora? —Se dirigió a la madre.

La mujer miró a su hija. La muchacha asintió con la cabeza.

Se marchó arropada en aquel silencio que había pasado a formar parte de su hermetismo.

—¿Podemos sentarnos? —preguntó Miquel.

Lo hicieron, en sendas sillas, junto a la mesa.

—Agustín me ha hablado de usted. —Escuchó su voz por primera vez.

—Me alegro.

—Pero no entiendo...

—Fui policía. Trato de ayudar.

—¿Puede?

—Lo intento.

—Agustín sería incapaz de matar a nadie.

—Lo sé, tranquila.

—¿Cómo ha sabido...?

—La policía encontró una anotación que decía: «Ver a Miquel Mascarell». Me detuvieron para interrogarme.

—¡Oh, lo siento! —Puso cara de preocupación.

—No pasa nada. Fue pura rutina. ¿Sabe para qué quería verme Agustín?

—No.

—Pero dice que le habló de mí.

—Sí, hace un par de semanas, cuando comentamos los detalles de la boda.

—¿Cuándo iban a casarse?

—Sólo nos faltaba ir a la parroquia y fijar el día, pero pronto. Lo que pasa es que lo manteníamos un poco en secreto, para que las familias no se metieran tratando de ayudar. Queríamos hacerlo todo nosotros, disfrutar el momento.

—¿Buscaba Agustín un padrino?

—Sí, claro. No tiene ninguna familia salvo su madre.

—Le dijo a la policía que ése era el motivo de la anotación.

—¿Cómo lo sabe?

—Porque la policía me lo dijo a mí.

Rosa parpadeó. Tenía una voz dulce pero quebradiza, cristalina. Hablaba con las reservas de sus fuerzas y su aspecto, frágil, amenazaba con romperse de un momento a otro.

—Puede que se le ocurriera de pronto —admitió.

—¿Pudo haberles mentido?

—¿Con qué objeto? Si les dijo eso, es que era verdad.

La verdad solía ser simple. La mentira, un pantano.

—Escuche, Rosa...

—No me llame de usted, por favor.

—De acuerdo. —Se lo agradeció—. Por lo que sé, Agustín y el hijo del muerto son amigos, ¿cierto?

—Sí.

—¿Conociste al padre de Rosendo?

—No.

—¿Y a Rosendo?

—Sí, claro. Salimos un par de veces con él y su novia.

—Mercedes me ha dicho que sale con una mujer. ¿Ya son novios?

—Lo parecía. Desde luego ella es... muy lanzada.

—¿En qué sentido?

—No se corta un pelo, en nada. Incluso en público.

—Pero él acababa de llegar de Washington, y encima furioso con su padre. ¿Cómo tuvo tiempo de echarse novia tan rápido?

—La conoció a las dos o tres semanas. Eso le cambió el humor. Agustín me dijo que fue... bueno, amor a primera vista. Una descarga. Sin duda es toda una mujer, mayor que él, como de treinta y dos o treinta y tres años, treinta y cinco a lo sumo, porque va muy maquillada y arreglada. Es tan guapa que marea.

—¿Cómo se llama?

—Sofía.

—¿Sofía qué más?

—No lo sé. —Se dio cuenta del detalle—. No salió a relucir el apellido.

—¿Sabes dónde vive?

—No.

—¿Por qué salisteis únicamente un par de veces como has dicho?

—Bueno, las parejas quieren estar solas, ¿no? Sofía se lo comía a besos, y Rosendo estaba en una nube. Asombrado incluso de que una mujer así se hubiera enamorado de él, se lo comentó a Agustín. Nosotros no le caíamos muy bien.

—¿Por qué?

—Demasiado normales. Con más años y más experiencia que nosotros, tampoco teníamos mucho de que hablar. Yo, a su lado, parezco una niña. Sofía es muy sofisticada, sabe hablar, estar, dominar la situación con sólo quedarse quieta. Espere.

Se levantó de la silla y salió del comedor. Reapareció al cabo de unos segundos llevando una pequeña fotografía en las manos. Se la mostró a Miquel.

Agustín, Rosa, Rosendo y Sofía.

La novia de Rosendo, en efecto, era toda una mujer, alta, inmensa cabellera, maquillaje perfecto, ojos enormes, boca de actriz. Aunque la imagen era en blanco y negro, Sofía parecía tener luz, brillar en color. Llevaba una ropa ceñida, zapatos de tacón, y más que colgarse del brazo de su pareja, lo que hacía era sujetarlo, con una mano sólidamente agarrada de él.

—Nos la tomaron en el Tibidabo —dijo Rosa—. Al salir nos gustó y nos la quedamos. La sorteamos y me tocó a mí.

—¿Conoces la relación entre la madre de Agustín y el muerto?

—¿Relación? ¿Qué relación?

Era tarde para echarse atrás.

Y, si investigaba, tenía que hacerlo a fondo, sin dejar cabos sueltos ni andarse por las ramas.

—Mercedes y Gilberto Fernández se conocían desde mucho antes de la guerra.

—Ah, bueno, eso sí.

—¿Sabías que el señor Fernández estaba enamorado de ella?

El estupor la inundó.

—¿Enamorado? —El tono de su voz fue de incredulidad.

—Mucho. Hasta la sinrazón.

—No tenía ni idea. Incluso dudo que Agustín lo sepa. Él estaba encantado con ese hombre.

—¿Sabes dónde viven los Fernández?

—Sí, eso sí.

—¿Me das su dirección?

—Es en la avenida de José Antonio Primo de Rivera, el 543, entre Villarroel y Casanova.

Los mayores la seguían llamando Gran Vía, y Diagonal a la avenida del Generalísimo. Los jóvenes, ya no.

Comenzaba a borrarse la memoria.

—Rosa, sería bueno que recordases todo lo que pudieras de la relación entre Agustín y los Fernández, padre e hijo.

Una pátina de tristeza le cubrió el rostro.

—¿Y qué quiere que recuerde, por Dios? Todo era de lo más normal. Agustín estaba feliz por haber reencontrado a su amigo de la infancia. Además, Rosendo iba a quedarse en Barcelona una vez sus padres se marcharan al nuevo destino.

—¿Y Amalia?

—También. Si Rosendo estaba furioso por el modo en que prácticamente les habían deportado, su hermana sí habría matado al padre. No le hablaba. Tenía un novio americano y creo que iban en serio.

—¿La viste mucho?

—No, sólo una vez. Lo que sé es porque me lo contó Agustín.

—¿Sabes qué hacía tu novio en casa de los Fernández esa mañana?

—Imagino que fue a ver a Rosendo.

—¿En horario de trabajo? ¿Y por qué?

Rosa no supo qué decirle.

—¿Cuándo fue la última vez que viste a Agustín?

—El domingo por la noche, cuando me dejó aquí, en casa.

—¿Y?

—¡Nada! —Se crispó de pronto—. Me dio un beso, dijo «hasta mañana» y se fue.

—¿No te comentó nada de los Fernández?

—¡Ni siquiera hablamos de ellos! ¡Fuimos al cine, a pasear, a merendar...!

—Tranquila.

—¿Cree que no le he dado vueltas a todo? ¡Dios, me estoy volviendo loca! ¡No tiene sentido!

La madre de Rosa sacó la cabeza por la puerta del comedor. Fue un simple aviso. Control de madre. Debía de estar escuchando al otro lado. Su hija le hizo una seña para que se marchara.

—Si Amalia llegó a su casa y encontró a Agustín junto al cuerpo de su padre, es porque allí no había nadie más. Ella bajó las escaleras gritando. Así que Gilberto Fernández estaba solo en el piso —continuó Miquel—. Él tuvo que abrirle la puerta a Agustín.

—¿Y si había alguien más?

—Debía haber alguien más, oculto. —Fue categórico—. Y aun así, sé que algo no encaja, aunque no sé qué es.

Rosa se vino abajo.

Lo mismo que antes la madre de su novio, hundió la cabeza entre las manos y lloró en silencio. Esta vez, Miquel no hizo nada. Su mirada sólo fue un manto invisible para la muchacha.

—¿De verdad cree que puede ayudarnos? —gimió ella.

—No lo sé, pero antes no se me escapaba una —dijo con una nota de tristeza en su orgullo—. Claro que actuaba desde la legalidad, y no estaba solo.

—Al señor Fernández le expulsaron de Washington. Tenía un puesto de responsabilidad. —Rosa endureció el gesto—. Su muerte tuvo que ser una represalia, o quizá supiera algo y trataron de silenciarle, no sé.

Miquel tuvo ganas de reír.

—¿Ves muchas películas?

—¿Acaso todas son ficción? ¡Los guionistas también beben de la realidad! —Pareció una niña defendiendo lo imposible—. Si fue casual, Agustín tuvo mala suerte. Si no lo fue, lo metieron ahí para tener un chivo expiatorio.

—Perdona —se rindió él.

—¡Tiene lógica! ¿Sabe cuántas vueltas le he dado a esto desde que sucedió? —Lo atravesó con ojos de fuego—. A mí no se me ocurren más explicaciones. Todo esto ha de ser por el trabajo de ese hombre, lo que sabía, lo que le causó el despido de la embajada. Si había una mujer de por medio, es que habló de más y punto. Usted es policía. ¿Cree en las casualidades?

No supo qué responderle.

Aunque no, no creía.

—La madre de Agustín fue a casa de los Fernández y oyó decir que él tenía el cuchillo en la mano.

—¿No cree absurdo que esa chica llegara y le pillara justo así?

Todo eran conjeturas.

Sin testigos, sin nada.

—Estás siendo muy valiente —dijo sinceramente.

—Para lo que me servirá eso...

—Has de ser fuerte por él. Piénsalo.

—Debe de sentirse tan solo y desamparado...

Le recordó a Patro cuando lloraba. Lo hacía poco, pero cuando se soltaba, se soltaba. A moco tendido. Rosa era casi tan niña como ella.

Esta vez sí, Miquel la abrazó como un padre.

# 11

Se lo contó todo a Patro nada más llegar a casa. Necesitaba compartirlo con ella y, de paso, decirlo en voz alta, a ver qué más se le ocurría para seguir con la investigación. El inspector Sebastián Oliveros le había puesto en marcha, y él mismo se había delatado, metiéndose de lleno en el problema, al ir a ver a Ildefonso Ramírez. Saldar deudas no era lo suyo. Pero Ramírez le debía la vida de su hijo, eso era cierto.

A veces tocaba pagar. Otras, cobrar.

Patro le escuchó atentamente, como solía hacer. Primero sin interrumpirle, para absorber toda la historia. Las preguntas llegaban después. Y era una ametralladora. Mientras le especificaba los detalles del caso, lo que le acababan de contar la madre y la novia de Agustín, pensó que sí, que era tan cierto como insólito: a Quimeta nunca le había hablado de nada. Tanto daba que hubiera sido un día tranquilo, u otro en el que persiguió a un delincuente por la calle hasta atraparlo. Tanto daba que detuviese a un asesino o que se riera o anduviera con los compañeros. Al llegar a casa, el trabajo quedaba en la puerta. Había dos Miquel Mascarell, el exterior y el interior.

Con Patro, sin embargo...

¿Tan distintas eran?

¿O el distinto era él?

No, lo diferente era el momento, las circunstancias, la necesidad de compartir.

Y tampoco era ya su trabajo.

Sólo un lío más.

—Yo lo veo todo muy claro —dijo Patro.

—¿Ah, sí?

—¡Claro que quería verte para pedirte que fueras su padrino de bodas! Es lo más lógico.

—¿Por qué?

—Porque Agustín tendrá amigos, sí, pero para casarse hace falta algo más, una cierta dignidad. Seguro que pensó en ti por eso.

—No me conocía de nada.

—¿Y qué? Cuando nos casamos tuvo que hacerte de padrino el hermano de la señora Ana.

—Porque yo sí que no tenía a nadie.

—Eras amigo de su padre, y seguro que le caíste bien cuando le viste antes de Navidad. Tú siempre caes bien.

—Oh, sí.

—Y, desde luego, está claro que es inocente.

—Vaya. ¿Habla el corazón o la cabeza?

—Tú también lo crees.

—Yo sí, pero porque me lo dice la experiencia.

—Déjate de experiencia. Lo tuyo es pura intuición.

—Gracias.

—De nada. Tienes buen ojo para las personas. Incluso lo tuviste conmigo.

—Eso fue fácil.

—Ya, porque era joven y guapa y te enamoraste de mí sin saberlo aquel día de enero del 39, cuando me viste desnuda en aquel balcón.

—Entonces sí eras una niña.

—¿Y qué?

—Yo era ya mayor y estaba casado.

—Vuelvo a repetírtelo: ¿y qué?

—No seas mala.

—No lo digo por maldad. Me siento feliz y orgullosa. Estaba escrito que nos reencontraríamos. ¡Y mira que pasaron años! Ya sabes que te conozco mejor que tú mismo.

—Eres una marisabidilla.

—¿Qué vas a hacer? —Cambió el sesgo de la conversación para no discutirle eso.

—No lo sé.

—Pero seguirás haciendo preguntas aquí y allá, ¿verdad?

—Supongo.

—No, si lo veo en tu cara.

—¿Qué cara pongo?

—De determinación.

—¿Y eso?

—Interesante y guapo.

—Patro...

—Y misterioso, que me encanta.

—Creía que te enfadarías conmigo por volver a las andadas.

—Y me enfado. —Se cruzó de brazos—. Pero ese joven sólo te tiene a ti. No serías tú si le dieras la espalda. ¡Anda que no te molestó tener que ir a la comisaría!

—¿Molestarme? Estaba acojonado.

—¿Y ahora?

—Más. Un diplomático, líos de faldas, una expulsión nada menos que de la embajada de España en Washington... Esto parece demasiado, excesivo. No hay puertas a las que llamar y apenas media docena de personas implicadas.

—¿No dices siempre que hay que mirar en el entorno del muerto para descubrir al culpable?

—Sí.

—Pues si sólo son media docena, más sencillo.

—Mira qué bien. Eres genial.

—Si fueras detective, yo sería tu ayudante, como en las películas.

—Yo Humphrey Bogart y tú Lauren Bacall.

—Qué más quisieran ellos, sobre todo la Bacall. —Le guiñó un ojo.

A Miquel le dio por reír.

Llegaba a casa preocupado, y Patro surgía de las sombras como el mejor de los bálsamos. Ni siquiera le reñía. Por una vez, le apoyaba.

Todo porque se imaginaba a Agustín Mainat con la cara hecha un mapa en La Modelo.

—Lo que hace el amor —suspiró Miquel.

Patro se puso en pie sonriendo. No logró dar ni un paso. Miquel también se levantó, la atrapó y la sumergió en un abrazo de oso. Su cuerpo era flexible, cálido, tan vivo que le bastaba con tocarlo para darse cuenta de que también lo estaba él.

Fue al querer besarla cuando su mujer se apartó.

—Ah, no, que te conozco.

—No seas tonta.

—Ya. —Le puso las dos manos por delante—. Vamos a cenar, no me vengas con lo del reposo del guerrero.

—Pero...

—Pon la radio, va.

—Si algún día vuelve a haber divorcio en España, ya verás.

—¿Divorcio? —Abrió los ojos—. ¿Tú en qué mundo vives? Eso ni en mil años.

Lo dejó y se fue a la cocina. Miquel se sentó de nuevo, delante del aparato de radio. Primero lo puso en marcha. Después movió el dial buscando una emisora que diera música. En la mayoría, hablaban y hablaban. Y en las que había música... flamenco, canción romántica italiana o francesa, orquestas de baile, corridos mexicanos...

¿Es que a ninguna se le ocurría radiar a Sinatra?

Ése sí era un cantante.

—¡Miquel!

—¿Sí?

—¡Teresina ya está bien! —siguió gritando desde la cocina—. ¡Mañana irá a la tienda! ¡Yo aprovecharé para hacer la compra!

Se había olvidado de Teresina.

Aunque no era el momento de hablar de ella.

Detuvo el dial en una frecuencia y la música de Glenn Miller comenzó a inundar el comedor, el piso y su noche.

Miquel se fue bailando *Moonlight serenade* hasta la cocina.

# Día 3

*Viernes, 21 de abril de 1950*

# 12

Por tercera mañana consecutiva, abrió los ojos y se encontró con la cama vacía.

Teresina había vuelto al trabajo, sí, pero Patro tenía otras responsabilidades, como hacer la compra. Se lo dijo por la noche.

—Maldita sea...

Le gustaba acostarse con ella, apagar la luz y cerrar los ojos con su imagen en la retina, sobre todo en invierno, abrazados para darse calor. Pero probablemente le gustaba aún más verla al despertar. Entonces sí agradecía la vida, olvidaba las posibles pesadillas nocturnas, se sentía en paz y con fuerzas para levantarse, aunque fuera para asomarse a la Barcelona de la derrota y la opresión, el miedo y el silencio. La Barcelona desconocida que, como una mala mujer, exhibía su belleza pero impedía ser tocada. Todo eran fronteras. De vuelta a las cavernas, con militares y curas, como siempre, tutelando la vida del pueblo. En tiempos de la Ilustración, en España reinaba la Inquisición. En momentos del renacer de Europa tras la Segunda Guerra Mundial, el país se cerraba endogámicamente a la espera de que el tiempo, y sólo el tiempo, acabara legitimando la dictadura. Si España era la reserva espiritual de Occidente, ¿qué era la sojuzgada Ciudad Condal?

—¡Patro!

Nada. Silencio. Esta vez se había ido.

Miquel siguió en la cama.

—¿Y a ti qué te pasa? —se dijo abrumado.

Ni a los veinte años era así. Ni a los treinta, que recordase. ¿Cuándo se volvió un viejo verde? ¿Era un viejo verde o un hombre renacido? ¿Qué le robaron en el Valle de los Caídos, el pudor, la vergüenza, la cordura? Había pasado toda una vida con Quimeta. Una vida normal, aburrida incluso. Una vida estable, un hijo, un trabajo, un futuro. ¿Había habido un antes y un después a causa de la guerra, la muerte de Roger, su viudedad al poco de la entrada de los nacionales en Barcelona? ¿O el antes y el después fue cuando regresó a la ciudad solo, perdido, dispuesto a morir?

Patro le había devuelto todo.

—No estás muerto.

Ella le mantenía joven, lleno de esperanzas. Ni una dictadura duraba cien años. Ni cincuenta, aunque él ya no lo vería. Con Patro todo era más soportable. Y seguía impactado por ello. Seguía alucinado por lo que sentía, lo que hacía. ¿Era por el sexo? ¿Cómo podía hacer el amor prácticamente cada día a sus años, a veces al límite de sus fuerzas pero entregado y rendido?

Una nueva vida.

Una nueva vida a la que, sin embargo, le faltaba algo.

Patro quería un hijo.

Aquellos días de diciembre, cuando pensó que estaba embarazada, lo había visto en sus ojos. La maternidad. La guinda de una pareja perfecta, un matrimonio estable y una mujer completa. Una maternidad para una treintañera... pero una paternidad para un hombre que ya había superado los sesenta y cinco. Injusto para él, justo para ella. Un día no tendría más que a ese hijo.

—¡Ay, Miquel! —suspiró.

Lo único que quedaba del Miquel Mascarell de antes de la guerra era el policía.

Seguía siendo un maldito pies planos.

Le bastaba tan poco para ponerse a...

Y de pronto, sin más, como un vómito mental inesperado y amargo, sintió rabia, odio, desesperación.

Rabia por tener que tragar tanta mierda, día a día.

Odio por tener que bajar la cabeza ante la injusticia de una dictadura surgida de un cruento golpe de Estado.

Desesperación porque estaban solos, con las manos vacías.

Las cunetas y los montes de España, llenos de fusilados reclamando justicia.

Las cárceles, llenas de presos pidiendo libertad.

—Fascistas... —Se llenó la boca con la palabra.

España era de ellos, su jardín. Miles de personas silenciadas era el precio.

Y él, viejo, poseía un regalo de los dioses.

Patro.

Vivo.

Cada vez que hacía el amor y tenía un orgasmo, gritaba, gritaba como un loco. Patro a veces le ponía la mano en la boca, o se reía sin dejar de abrazarle y besarle. Gritaba porque se rompía en pedazos dentro de ella. Todo su cuerpo se desvanecía, fragmentándose en millones de partículas. Se devoraban con los ojos, las manos y el deseo. El mundo era la cama. Su espacio, la habitación. Más allá, el infinito. Sí, existía una larga frontera entre su querida Quimeta y su joven Patro. Era un hombre con una extraña suerte. Dos mujeres, dos universos. Amor en dos dimensiones, polos opuestos de una misma pasión.

Y sobre todo, dos tiempos.

Cuando se casó, Quimeta y él habían hecho el amor a oscuras durante mucho tiempo. Ella sentía vergüenza. Él, respeto. Y, por supuesto, nada de fantasías. Eso les tocaba a otros. Por eso los burgueses tenían amantes. La santa en casa, la locura en otra puerta.

—¿Qué, te ha dado hoy por ponerte filosófico y pensar?

Su voz casi lo alarmó.

¿Hablaba solo o hablaba consigo mismo?

Tenía cosas que hacer.

Agustín Mainat seguía detenido, capaz de acabar firmando lo que le pusieran por delante con tal de que terminase aquel suplicio. Porque no se detendrían hasta que confesara.

Conocía el paño.

—Una, dos y...

Saltó de la cama y se concentró en el ritual de cada mañana. Una rápida micción, lavarse en el fregadero, afeitarse, vestirse y salir de casa. Seguía haciendo sol, pero se anunciaba mal tiempo para el fin de semana. Sin suerte, tendrían un Sant Jordi con lluvia y la gente pasearía con paraguas mientras compraba rosas y libros. Aquélla sí era la fiesta nacional de Cataluña. La fiesta del amor, la cultura y la autenticidad catalana.

Ninguna dictadura podía aplastar eso.

Decidió desayunar en el bar de Ramón. Los lunes prefería no ir, para ahorrarse la cháchara futbolera pospartido. Los sábados casi lo mismo, porque entonces le hacía la previa. Los viernes había de todo, dependiendo de la jornada, de si era el comienzo o el final de la liga, de si el Barça jugaba con el Español o con el Madrid.

Ramón era la voz del pueblo. O su conciencia.

Feliz e inocente.

—¡Maestro!

—Hola, Ramón, buenos días.

—¿Buenos días? ¡Cómo se nota que vive de rentas, y más ahora con la tiendecita! ¡Se le han pegado las sábanas!, ¿eh?

—Anda, ponme algo que esté bien.

—¿Le hace una tortillita con un poco de *pa amb tomàquet*?

—Sea.

—¿*La Vanguardia*?

—Bien.

—¿*El Mundo Deportivo* no?

—*La Vanguardia.*

Se la puso en las manos y le dejó en paz. Ojeó la portada sin ganas. El buque escuela *Juan Sebastián Elcano* fondeado en Puerto Rico, mujeres de la Marina británica visitando París y el equipo español de hípica posando en Niza antes de un concurso. Un «equipo español» formado por tres militares, obviamente. Dos coroneles y un comandante. Bajo la imagen del buque escuela había otra de su capitán, acompañado por el cónsul general de España en Puerto Rico, hablando animadamente con el general Sibert, jefe de las fuerzas norteamericanas destacadas en la isla.

Había que lamerles el trasero a los yanquis.

Ellos, y sólo ellos, tenían la llave de la integración de España en el mundo.

Miquel frunció el ceño.

Gilberto Fernández Castro, embajada de España en Estados Unidos, Washington...

Tuvo un ramalazo de...

¿De qué?

Rosa le había hablado de una conspiración.

España necesitaba desesperadamente el apoyo internacional, el respeto de los americanos, rendirse a ellos y seguir siendo el bastión del anticomunismo en Europa.

¿Qué había ocurrido en Washington?

Siguió pasando las páginas de *La Vanguardia* pero con la cabeza en otra parte, hasta que llegó la tortillita y el *pa amb tomàquet.* Entonces se aplicó a ello con devoción y hambre.

Además, antes de seguir haciendo preguntas sobre el asesinato de Fernández, tenía que resolver otra cosa, breve, rápida, pero necesaria.

# 13

Teresina estaba leyendo el *Lecturas*.

Al verle aparecer por la puerta, se puso en pie de un salto, rápida, ágil. Tenía muy buen aspecto para haber estado enferma dos días. Era su jefe, el dueño de la tienda, así que le mostraba un enorme respeto; pero al mismo tiempo no podía impedir que le brillaran los ojos en su exuberante inocencia. Sonreía con evidente encanto. De cerca, uno advertía que se le marcaban dos pícaros hoyuelos a ambos lados de la boca. Su delgadez, sin embargo, la apartaba de los cánones más comunes, las formas y los contornos, aunque cada vez más las estrellas de Hollywood iban abandonando las curvas para parecer palillos.

—Hola, Teresina.

—Buenos días, señor.

Rodeó el mostrador y se sentó en la silla que había ocupado ella. La dependienta se quedó de pie.

Expectante.

Era la primera vez que el dueño hacía eso.

—¿Ya estás bien?

—Sí, gracias.

—¿Algo serio?

—No, no, pero me vienen esos bajones a causa de la anemia y...

—¿Seguro que es anemia?

—Bueno, eso dicen. Y ya como, ya, pero a veces el cuerpo hace lo que le da la gana.

—El único cuerpo que hace lo que le da la gana es el de la Guardia Civil.

Teresina no le pilló la broma.

Parpadeó y esperó.

—¿Estás bien aquí? —inquirió Miquel.

—¡Oh, sí, sí señor! —asintió vehemente—. Esto es muy distinto a donde trabajaba antes, mucho más tranquilo... Bueno, no quiero decir que no haya trabajo, porque lo hay, aunque a veces no entra nadie en una hora y de pronto la tienda se llena, no sé si me explico.

—Te explicas, te explicas. ¿Quieres a la señora?

—Mucho. —Puso cara de devota—. Es que se hace querer, ¿sabe?

—No le harías daño, ¿verdad?

—¿Yo? No. ¿Por qué dice eso?

—Porque cuando se quiere a alguien, no se le miente —respondió Miquel.

Se puso pálida de golpe.

Muy pálida.

—¿Tienes una hermana gemela?

—No. —Se sorprendió por la pregunta.

—¿Una prima, alguien que se parezca mucho a ti?

—No, no señor.

—Entonces ya me dirás qué hacías ayer con un hombre, riendo cogida de su brazo, feliz, cuando se supone que estabas en cama transida de dolor.

Fue como si la abofeteara.

La palidez dejó paso a sendas manchas rojas en sus mejillas. Las piernas se le doblaron. Tuvo que apoyarse en el mostrador para no caer. Llegó a perder la fijeza en la mirada, como si fuera a desmayarse.

Por si acaso, Miquel la advirtió:

—Si vas a desmayarte, te advierto que no podré impedirlo, y mucho menos ayudarte a levantar del suelo.

—Señor, yo...

—No me llores.

—Es que...

—No me llores. Te estoy hablando, no regañando ni despidiendo. De momento, sólo hablando. ¿Quién es?

—Mi novio.

—Tu novio.

—Sí.

—¿Y por qué lo tienes en secreto?

—No puedo decírselo.

—¿Ah, no? —Puso cara de pasmo—. ¿Y por qué?

—¡Ay, señor Mascarell, por favor!

—¡Habla!

Se echó a llorar.

Era inevitable.

Miquel miró la puerta. Como entrara una clienta, se liaría. Lo primero que pensaría era que la estaba acosando, o flagelando, como un empresario cabrón. Y si la que entraba era la de dos días antes, aún peor. El barrio entero sabría que era un crápula.

—Lo... siento... —gimió Teresina.

—¿Qué es lo que sientes?

—Haberles... mentido... Pero es que él...

—¿Quieres acabar de una vez? ¿Qué pasa con él? ¿Por qué no nos dices nada y encima faltas al trabajo fingiéndote enferma?

—Me pidió que no se lo dijera. —Se sorbió la nariz con un pañuelo que sacó del bolsillo de la batita blanca antes de agregar—: A nadie.

La paciencia de Miquel rozó el límite.

—¿Por qué?

La espera final. Tres segundos.

—Es de... la secreta.

Miquel se quedó tieso.

Frío.

—¿Cómo dices?

—Pues eso, que es de la secreta. Y claro, si es secreta... es secreta, ¿no?

—¿Y te lo ha dicho a ti?

—Hombre, por supuesto.

—Así, por la cara.

—¿Por qué no iba a decírmelo?

—No sé, tú sabrás.

Teresina parecía más calmada.

—Ha de ir con cuidado, eso es todo. Todavía queda gente mala por ahí. Pero a mí me tiene confianza, claro.

—¿Y desde cuándo es tu novio?

—No hace mucho, la verdad. Un par de meses. Nos vemos cuando podemos, cuando libra, cuando no tiene una misión, cuando me manda recado... Ha de ser muy cauto. No sabe usted la de trabajo que tiene.

—Lo imagino. Pero yo te vi a plena luz del día, riendo por la calle, así que de cautelas, pocas.

—Tratamos de ir a barrios o lugares donde no puedan reconocerle. Él opera al otro lado de Barcelona. También quiere protegerme a mí.

—Ah.

—Es muy bueno, y muy simpático.

—Un poco mayor —dijo Miquel sin pensar en sí mismo y en Patro.

—Bueno, eso...

Menos mal que ya no lloraba, aunque seguía con los ojos rojos, porque entró una clienta y tuvo que atenderla. La mujer, de unos sesenta años, le vio la cara. Al momento miró a Miquel con ojos cargados de dudas.

Dudas que se convirtieron en certeza.

Miquel pensó que ya estaba liada.

Se contuvo y fingió no enterarse de nada.

La parroquiana compró unos imperdibles y se fue, no sin antes dirigirle otra mirada sin desperdicio.

Volvieron a quedarse solos.

Con el dueño de la mercería más que irritado.

El presunto «novio» de Teresina tenía aspecto de todo menos de secreta.

A ésos los conocía bien.

—Sigue —la apremió.

—¿Por dónde iba?

—Tu novio te avisa cuándo podéis veros, y tú te inventas lo de que estás enferma.

—No lo haré más, se lo juro. —Unió las manos como si rezara—. Y, por favor, no se lo diga a la señora. No quiero disgustarla.

—¿Dónde vive él?

—En un cuartel.

—¿En un cuartel?

—Sí, ¿por qué le extraña?

—¿Los de la secreta viven en cuarteles, como la Guardia Civil?

—Él sí.

—¿Dónde os veis?

Volvió a ponerse roja. Como un tomate.

—Teresina, ¿quieres que se lo cuente a la señora o no?

—¡No, no!

—¿Te despido?

—¡Por favor! —Se angustió todavía más.

—Pues habla.

—Nos vemos en casa de un amigo suyo. Seguramente salíamos de allí ayer, imprudentemente, lo reconozco.

—Nombre y dirección.

—¿Para qué...?

—¡Nombre y dirección, coño!

Se puso a tartamudear.

—Ma... Manolo P-p-pujades. Vive en la calle Industria, en el 304. Pero es sólo un buen amigo. Lo hace para que estemos seguros en su piso.

—¿Y él, cómo se llama?

—Adalberto.

—¿Qué más, Teresina, que hay que sacártelo todo con sacacorchos?

—Adalberto Martínez Meléndez.

Fin del interrogatorio.

Miquel se incorporó, salió de detrás del mostrador y llegó a la puerta. La última andanada la mandó desde allí.

—Como vuelvas a faltar otro día...

—No lo haré más, señor. Ya le diré que lo que no puede ser no puede ser, aunque se disguste.

Miquel cerró la puerta y echó a andar calle abajo.

# 14

El 543 de la Gran Vía, avenida José Antonio Primo de Rivera para el nuevo orden y sus inquisidores, era un edificio notable aunque sin aparentes ni excesivos lujos. Cinco plantas y el aire severo de todas las grandes casas del centro de Barcelona, especialmente el Ensanche.

Para una familia que mantenía el piso probablemente con el único fin de tener un lugar al que regresar de tanto en tanto, era suficiente. La vida de diplomático podía ser muy larga, pero estaban los hijos.

Si el asesinato había sido el lunes, y pese a las diligencias de rigor, Gilberto Fernández Castro tenía que estar más que enterrado. Lo más seguro, el miércoles. Como mucho el día anterior, jueves.

Cuando entró en el vestíbulo se encontró con la portera de cara.

Eso le ahorró tener que buscarla o esperarla.

—Señora. —Su tono no dejaba lugar a dudas—. He de hacerle unas preguntas sobre los hechos acaecidos el otro día.

«Hechos acaecidos.»

Palabras mayores.

La portera casi se le cuadró.

—Lo que usted quiera, señor. Faltaría más.

—¿Puedo confiar en su discreción?

La mujer sacó pecho, y lo tenía abundante.

—Soy una tumba. Sé muy bien que se trata de un asunto muy grave.

—Estamos cerrando el caso, ¿sabe? Quedan algunos flecos, y a veces, aunque sea repitiendo y repitiendo la historia, aparecen nuevos indicios.

—Lo imagino. —Siguió en posición de firmes—. ¿Quiere pasar a la portería?

—Será mejor, gracias.

Fueron tres pasos. El cubículo no era muy grande, pero al menos no llamaban tanto la atención como si estuvieran en mitad del vestíbulo de la finca.

Miquel no perdió ya ni un segundo.

—Imagino que usted estaba aquí en el momento de producirse los hechos.

—No.

Primer desconcierto.

—¿No?

—Los lunes por la mañana libro, señor. Voy a ver a mi madre al asilo. Ochenta y nueve años, y sólo me tiene a mí.

—Entonces ¿no sabe lo que sucedió?

—Lo sé todo. —Dijo «todo» de manera ampulosa. Significaba «todo, todo, todo»—. Como puede imaginarse, aquí nunca había ocurrido nada parecido. He hablado con los vecinos, sin dejar ni uno. O ellos me lo han contado o yo les he preguntado, no por curiosidad, sino porque es mi deber. Llevo en esta escalera toda la vida.

—¿Cuál de ellos llamó a la policía?

—La señora Comas, en el segundo primera, justo debajo de... bueno, el piso de los señores Fernández.

—¿Ha vivido alguien en él mientras se encontraban en el extranjero?

—Nadie. Han tenido el piso cerrado.

—¿Desde cuándo libra los lunes por la mañana?

—Desde que tuve que internar a mi madre, hace tres años.

—¿Deja el portal abierto o cerrado?

—Abierto, abierto.

—Gracias, ha sido muy amable. Si la necesito...

—Aquí me tiene, a toda hora.

—Menos los lunes por la mañana. —Se hizo el gracioso.

—¡Oh, sí, claro!

La saludó con una inclinación de cabeza y salió de la portería. El ascensor estaba en el vestíbulo, se metió en su interior y pulsó el botón del último piso. La ascensión fue lenta. Como morirse despacio y llegar al cielo mucho después. Abandonó el camarín y buscó la puerta del terrado. También estaba abierta. Más aún: no tenía cerradura. Cruzó el umbral y paseó por el techo de la casa, con multitud de parches alquitranados para evitar las goteras. Por detrás se veía el patio interior del cuadrado del Ensanche. Por delante, la Gran Vía. A ambos lados, las casas colindantes. Los muros de separación eran relativamente bajos, especialmente el que comunicaba con el número 545. Cualquiera podía saltar de un terrado a otro y bajar por la escalera de ese edificio forzando la puerta de madera salvo que, como en el caso de aquel en el que se encontraba, ya estuviese abierta. Menos problemas.

Casi lo hizo.

Pasar al otro lado.

Prefirió ser cauto. En primer lugar, no le convenía hacer alardes de detective. En segundo lugar, se estropearía el traje. Y no estaba el horno para bollos.

Regresó a la escalera y la bajó a pie.

Al pasar por delante del tercero primera, miró la puerta. Todavía no llamó. Sólo fue un examen visual. Descendió otro piso y tocó el timbre del segundo primera. No tuvo que hacerlo de nuevo. Le abrió una mujer adusta, regia, con un evidente toque de trasnochada dignidad. Nada de una bata de estar por casa. O acababa de llegar de la calle o se disponía a salir. Eso si no se vestía siempre igual por razones de clase. Miquel prefirió esperar a que ella le viese bien.

—Perdone que la moleste, señora. —Empleó su tono más solemne.

—No es ninguna molestia —le correspondió ella—. Imagino que viene por... —Prefirió no mancharse los labios y señaló hacia arriba con el dedo índice de su mano derecha.

—Sí, así es. Y espero que no tengamos que irrumpir más en su casa.

—¿Quiere pasar?

—No, no es necesario. —Se ahorró el engorro—. No serán más que un par de preguntas, para corroborar los hechos y que no se nos escape nada. A veces hay detalles que no se aprecian en un primer momento y luego...

—Lo comprendo —asintió—. Es un trabajo muy perspicaz, el suyo.

—No lo sabe usted bien. Además, aunque tengamos al presunto culpable, nada es seguro hasta que confiese.

—¿Aún no lo ha hecho? —Se sorprendió.

—No puedo darle esa información, lo siento.

—Lo entiendo, lo entiendo. —Se estiró un poco hacia arriba—. Usted debe ser de otra rama del cuerpo, porque no le había visto.

El día menos pensado alguien le describiría y se le caería el pelo.

Dejó de darle palique a la señora Comas para ganarse su confianza y pasó al ataque.

—Si quisiera repetirme lo que sucedió, abusando de su paciencia, se lo agradecería mucho.

—Pues nada, serían las diez y media de la mañana cuando escuché esos gritos desesperados. Auténticos alaridos. Vamos, que ponían los pelos de punta. Más que haber visto un crimen, esa muchacha daba la impresión de que la estuviesen asesinando a ella. —Hizo una primera pausa tras el comentario—. Salí de casa, me detuve aquí mismo con la puerta abierta, a ver qué sucedía, y vi bajar a Amalia por ahí. —Señaló el último tramo antes de llegar a su rellano—. Me asusté, claro. No había más que verla u oírla. Estaba... descompuesta, histérica, como si acabara de volverse loca. Primero no la entendía, porque jadeaba y se atropellaba sin más, pero luego sí. Decía que habían matado a su padre, y lo repetía, lo repetía. De pronto miro hacia arriba, con los ojos desorbitados, y fue cuando dijo que el asesino seguía en el piso. Para entonces ya se habían abierto otras puertas, la de enfrente —indicó la frontal a la suya—, y la mayoría de los vecinos salían de sus casas.

—Pero la que llamó a la policía fue usted.

—Es que, al ser la primera puerta abierta con la que se encontró, Amalia se metió en mi casa. ¿Qué iba a hacer? Marqué el número de la policía y les avisé. La verdad es que fueron bastante rápidos.

—¿Cómo de rápidos?

—Unos diez minutos, más o menos.

—¿Y el presunto asesino?

—Arriba.

—¿No es raro que no escapara?

—Si la hija del señor Fernández lo encontró como lo encontró, ¿de qué le hubiera servido? Además, probablemente los vecinos le habrían retenido. No todo éramos mujeres. Estaba el señor Martín, el hijo de los Gómez, incluso el señor Casadesús, que es mayor, como usted, pero se mantiene en forma. Siempre sube y baja a pie. Dice que los ascensores se caen.

—¿Usted había visto al joven antes?

—No, que yo recuerde.

—¿Qué le dijo Amalia Fernández?

—Me costó mucho calmarla. Tuve que darle una tila. Estaba hecha un mar de lágrimas y un manojo de nervios. La policía habló con ella aquí mismo, en mi piso, porque no tenía fuerzas ni para dar un paso. Creo que luego tuvieron que llevársela al hospital. Lo único que repetía era que al llegar a casa se había encontrado la puerta abierta. Eso le extrañó. Entró y... bueno, allí estaba su padre, boca abajo, sobre un charco de sangre, y el joven ese sujetando el cuchillo.

—¿Dijo si le estaba apuñalando?

—No, sólo que lo sujetaba.

—Pero ¿dentro o fuera del cuerpo del muerto?

—Dentro. Lo tenía todavía hundido en ese momento.

—¿Podía estar sacándoselo?

—Pues... no sé. Ella no dijo más que eso, que lo sujetaba.

—¿Mencionó si al entrar en el piso se hizo notar?

—¿Qué quiere decir?

—Si encontró la puerta abierta, lo más lógico hubiera sido que entrase llamando a alguien, su padre, su madre...

—No, no lo mencionó.

—Y, al llegar la policía, ¿qué sucedió?

—Pues no mucho más. Subieron arriba y le cogieron. Oí decir que estaba sentado en el suelo, abatido después de su crimen.

—Presunto.

No estaba muy convencida de eso. Pero prefirió callar. La ley era la ley.

—¿Le vio bajar con los agentes que le detuvieron?

—Sí, absolutamente consternado.

—¿Dijo algo?

—Que él no había sido, claro. —Plegó los labios en un gesto de suficiencia—. ¿Qué iba a decir? Que si había encontrado la puerta abierta, que si ya estaba muerto, que lo único que hacía era ver si aún seguía vivo... De pronto apareció Amalia por detrás de mí y tuvimos que sujetarla, porque iba a saltarle a los ojos. Le gritó: «¡Tenías que ser tú, precisamente tú!».

—¿Dijo exactamente eso?

—Sí, varias veces. Incluso cuando ya se lo habían llevado, repitió para sí misma: «Él, tenía que ser él, él, él». Poco después ya empezó a llorar sin parar, a salirle todo el susto, y se la llevaron, pobrecilla. La policía nos pidió que nos metiéramos en casa y les dejáramos trabajar. Nos interrogaron y, de momento, eso fue todo. El edificio entero ha estado bajo esa pesadilla desde el lunes. No creo que nos repongamos en años, se lo juro.

—¿Ha visto después de la tragedia a alguno de los Fernández, la esposa, el hijo, la hija?

—No.

—¿Ni para darles el pésame?

—El entierro fue privado. Dada la magnitud de la tragedia era lógico, para ahuyentar a los curiosos, y no sabemos nada de los funerales. Yo subí ayer, pero no había nadie en casa. Lo natural es que estén todos muy traspuestos, y más tratándose de un asesinato tan terrible.

—¿Algún vecino tenía más trato con ellos que otros?

—No lo sé, señor. Aquí cada cual está en su casa.

—¿Los vecinos saben que la portera libra los lunes para ir a ver a su madre?

—Sí, estamos avisados.

—¿Saben también que la puerta del terrado no está cerrada?

—Se estropeó hace meses, por un temporal de viento, y es como si para que venga un operario tengamos que hacer una instancia o algo así. —Hizo un gesto de enorme fastidio—. A veces la desidia es lo peor para una vecindad.

Miquel le tendió la mano.

—Gracias, señora. Ha sido usted de mucha ayuda.

—No creo que haya dicho nada que ya no supieran. —Le quitó importancia al tema.

—Más de lo que cree —se lo testimonió él.

—Si ha sido ese hombre, espero que lo condenen a muerte

—dijo la mujer con absoluto convencimiento—. Un crimen así es execrable, ¿no cree?

—Seguimos trabajando en el caso —se limitó a decir.

Cometió el error de dirigirse sin más al tramo de escalera ascendente. Ella se dio cuenta.

—¿Va a ver a los Fernández? —le preguntó sin perder un ápice su perfecta compostura.

## 15

Hablar con la portera o los vecinos era una cosa. Hablar con la viuda o los hijos, otra muy diferente. Si alguno de ellos le comentaba al inspector Oliveros que «otro policía» había estado haciendo preguntas, se la ganaría. Su descripción era única, y más después de que Sebastián Oliveros le hubiera interrogado. Coincidencias y casualidades, pocas. Acabaría en la cárcel por suplantación o algo más grave.

Por si faltara poco, trataba de probar la inocencia del presunto asesino de su marido y padre, respectivamente.

Así que se detuvo frente a la puerta, con la mano en alto, dudando entre arriesgarse o dar media vuelta.

Última oportunidad.

—No vas a conseguir nada si no hablas con ellos —se dijo.

Pasaron cinco, diez segundos, y seguía con el brazo derecho en alto, en una pose bastante ridícula.

Finalmente presionó el timbre.

La mujer que le abrió la puerta no era Elisenda Narváez, de eso estuvo seguro. Relativamente joven, menos de cuarenta años, rostro correctamente maquillado, sin rastro de lágrimas en sus ojos y, lo más importante, sin anillo de casada. Si era la viuda, se lo había quitado muy rápido.

Tampoco era una criada.

—¿La señora Elisenda?

—Me temo que no está en condiciones de recibir a nadie, señor. —Fue tajante.

—Lo lamento, pero yo me temo que, dadas las circunstancias, he de hablar con ella.

La mujer vaciló.

No hubo preguntas.

Acabó resignada. Le tendió la mano y se presentó:

—Carolina Narváez, soy su hermana.

Miquel se abstuvo de darle el nombre. Ni inventado.

—Siento la irrupción —se excusó.

—Supongo que es inevitable. ¿Quiere pasar, por favor?

No fue un trayecto muy largo. La salita quedaba a un par de pasos, justo a la entrada del pasillo, a mano derecha. Había alfombras en el recibidor y a lo largo de ese pasillo. El piso destilaba elegancia, buen gusto, detalles significativos aunque sin alardes. No llegaba a la excelencia, pero se hallaba por encima de la normalidad. Tal vez sólo fuera un refugio entre destino y destino. Los Narváez tenían dinero. Los Fernández parecía que no. Miquel memorizó lo que estaba viendo, para hacerse una idea de cómo se habían desarrollado los acontecimientos la mañana del lunes.

Estuvo a punto de preguntar dónde se había producido el asesinato, en qué punto exacto de la casa, pero se contuvo.

Todo a su tiempo.

—Si quiere esperar aquí. Trataré de ayudarla a levantarse.

—Gracias, muy amable.

Lo dejó solo.

No se sentó. Prefirió quedarse de pie. Lo primero que hizo al irse ella fue asomarse al pasillo, contar las puertas, seguir estudiando el terreno. Casi de inmediato escuchó una voz de hombre. Hablaba desde algún lugar cercano, tal vez un despacho, porque por la forma de soltar las parrafadas, breves y secas, era evidente que hablaba por teléfono.

—Por favor, ¿podría hablar con Sofía?

Pausa.

—¿Cómo que...?

Pausa.

—¡Eso es absurdo! ¡No tiene sentido! ¿Está segura?

Pausa.

—¡Oiga, espere, eso es imposible! ¡Ella no puede...!

La última pausa fue la más larga.

O eso o el que hablaba se había quedado sin fuerzas.

Después llegó el momento de colgar, con airada violencia.

Se oyó el seco chasquido del auricular impactando contra la horquilla y el soporte.

Miquel se echó para atrás, por si el dueño de la voz salía al pasillo.

No se abrió ninguna puerta.

Volvió el silencio.

Dio media docena de pasos, hasta la otra pared, y regresó con otros seis, mirándose la punta de los zapatos. Estaba literalmente en la boca del lobo. ¿Quién había matado a Gilberto Fernández Castro? Tenía a los sospechosos más o menos reunidos a escasos diez o quince metros. Y él jugando a policías y ladrones.

Sin olvidar la teoría de Rosa.

Una embajada, un diplomático, una mujer, un lío de faldas, un traslado inmediato y forzoso.

¿Demasiado sofisticado para un crimen vulgar?

¿O era todo menos vulgar?

La puerta se abrió de forma brusca, pero por ella no apareció una mujer mayor, viuda, enlutada, sino una joven de unos veintipocos años, bonita, rostro ovalado, ojos claros, labios diminutos, peinado meticulosamente rígido y ropa no menos oscura. Las pupilas desprendieron el mismo fuego que su voz al dirigirse a él.

—¿Y ahora qué quieren?

—Perdone...

No le dejó hablar.

—Ya lo tienen, ¿no? ¿Por qué no nos dejan en paz? ¿Hasta cuándo va a durar esto?

Miquel se sintió un poco acoquinado.

Ella esperaba, brazos cruzados, cuerpo tenso.

Imaginó que era Amalia, la hija del muerto. La que había encontrado a Agustín «con las manos en la masa».

¿Y cómo preguntarle algo, si parecía una gata con las uñas afiladas?

—Sentimos importunarles —manifestó con el tono de voz más neutro de que pudo hacer gala.

—¿Que lo sienten? ¡Métanle en la cárcel y tiren la llave, o fusílenlo, que es lo que suelen hacer, pero ya basta!

—¿No quiere que se haga justicia?

—¡Claro que quiero! ¿Por qué pregunta eso?

—No estamos seguros de que fuera él.

Logró impactarla.

Amalia Fernández acusó el golpe.

—¿Cómo dice? —No pudo creerlo—. ¡Yo lo vi, lo encontré!

—Usted declaró que, al llegar a casa, la puerta del piso estaba abierta.

—¡Sí, estaba abierta! ¿Y qué?

—Un hombre que va a matar a otro lo primero que hace es cerrarla.

—¡Yo no sé lo que hace un hombre que va a matar a otro! ¡No soy experta en crímenes! ¡Yo sólo sé lo que vi, y sé que mi padre tenía cinco cuchilladas! ¡Cinco! ¡Todas en la espalda! —Se le llenaron los ojos de ira, no de lágrimas—. ¡Si no hubiera echado a correr, tal vez me habría matado también a mí! ¡Y si no hubiera regresado a casa de pronto, a lo peor habría huido y el crimen habría quedado impune!

—¿Volvió usted de pronto?

—¿Cuántas veces he de repetirlo? —Cerró los puños—.

¡Sí, me dejé unos libros, había quedado con una amiga, los lunes vamos a la biblioteca!

—¿Cada lunes desde que regresó de Washington?

—¿Me está interrogando otra vez? —Redobló su ira—. Pero ¿qué pasa con ustedes? ¿Cuántos departamentos se están ocupando de esto si ya tienen a quien lo hizo?

—Por favor, cálmese.

Llenó los pulmones de aire. El tono de Miquel trataba de ser conciliador. De pronto le tenía más miedo a Amalia Fernández que a cien agentes con Sebastián Oliveros al frente.

La joven cerró los ojos.

Pareció relajarse.

Lo hizo.

—Perdone. —Se llevó una mano a la frente.

—Lo entiendo, no se preocupe.

—¿Está su hermano en casa?

—Sí.

—Pero el lunes su padre estaba solo.

—Porque Rosendo va cada mañana a practicar deporte, hasta eso de las doce.

La cabeza de Miquel funcionaba a marchas forzadas.

Temía hacer la pregunta que más le inquietaba, sobre todo para ver cómo reaccionaba ella. Temía preguntarle por la relación con su padre. Amalia vivía feliz en Washington, tenía novio, un futuro muy distinto al que le esperaba ahora, salvo que volviera allí sola. Lo había perdido todo por el vergonzoso comportamiento de su progenitor.

Prefirió callarse y no encenderla más.

—¿Por qué no se sienta un minuto?

—Porque nunca es un minuto.

—Como mucho, dos o tres. —Sonrió él.

—¿De qué departamento es usted?

—Judicial —mintió.

Amalia pareció conformarse. Hay palabras que siempre tienen cierto empaque.

—Es nuestro trabajo, lo lamento.

La convenció. La muchacha se sentó en una de las sillas, juntando las piernas. Miquel no dejaba de mirarla a los ojos. Los tenía duros como piedras. Ninguna emoción más allá de la ira.

Ningún dolor.

—¿Qué pensó al ver la puerta del piso abierta? —Decidió no perder el escaso tiempo de que disponía.

—Me pareció raro.

—Y, a pesar de eso, entró.

—¿Por qué no iba a hacerlo?

—¿Llamó en voz alta?

—No. Sólo entré.

—¿Hizo algún ruido?

—No lo sé, de verdad. —Abrió los ojos—. No llevaba tacones, y aunque los hubiera llevado, hay alfombras. Llegué hasta el comedor y...

—Dice que encontró a Agustín Mainat inclinado sobre su padre, sujetando el cuchillo.

—Sí.

—El cuchillo estaba hundido en la espalda de su padre.

—Sí.

—¿Parecía empujarlo hacia abajo o tratar de sacarlo?

—No lo sé. —Suspiró—. ¿Cree que me paré a ver o pensar en esos detalles? Me quedé... paralizada.

—¿Cómo reaccionó él?

—Me miró asustado.

—¿Y?

—Nada. La que reaccionó fui yo. Salí corriendo sin mucho valor, lo reconozco. Chillaba como una loca.

—¿No le parece raro que él no la siguiera, o incluso que no tratara de escapar?

—Seguirme, tal vez. Pero escapar...

—Cuando la policía le detuvo y bajó la escalera preso, usted le gritó: «¡Tenías que ser tú, precisamente tú!».

Amalia pobló su frente de pequeñas arrugas. Hizo memoria.

—No recuerdo nada. Estaba histérica. —Se encogió de hombros—. ¿Quién le ha dicho eso?

—Su vecina.

—Si lo dice ella...

—¿Estaba acusando a Agustín de algo al decir eso?

—Ya le digo que no recuerdo haberlo dicho.

Miquel puso la directa. Los dos o tres minutos habían pasado.

—¿Tenía eso que ver con el interés de su padre por la madre de Agustín?

Amanda se puso roja.

Una mancha de color en su serena palidez.

—No sé de qué me está hablando.

—Creo que sí.

—¿Interés de mi padre por...? No, ni idea. ¡Qué absurdo!

—Sería un motivo, ¿no? Agustín asesinando al hombre que acosaba a su madre. —Se lanzó a tumba abierta y sin frenos.

Amalia dominó su ira.

Puro autocontrol.

—¿De qué cuerpo me ha dicho que era usted?

—Del que hace preguntas incómodas, lo siento.

—¿Y desde cuándo los hijos conocen la vida o los asuntos de sus padres? —dejó ir con evidente cansancio.

—Escuche. —Miquel quemó sus últimos cartuchos—. Su padre estaba en una embajada comprometida, en un puesto difícil y vulnerable. Se dice que tuvo un lío de faldas y que los mandaron de vuelta a España. Imagino el golpe que eso debió de ser para todos, su madre, su hermano y usted misma, que tenía novio allá. —Hizo una breve pausa—. Es posible que todo eso tuviera que ver con su muerte, ¿entiende? Posible. Por eso hacemos preguntas.

—No sea absurdo, por Dios. —Movió la cabeza de lado a lado con asco.

—¿Sabe de alguien que le odiara?

—No.

—¿Amigos, enemigos?

—¡No! —estalló—. ¡Llegamos aquí hace tres meses! ¡Para mí todo es... nuevo! ¡Ni siquiera consigo adaptarme! ¡No sabía nada de la vida laboral o personal de mi padre allí, así que menos aquí! ¡Nada!, ¿de acuerdo? ¡Nada!

La tenía agotada, pago natural de su temeridad, así que no hubiera podido preguntarle nada más. Pero en ese momento se abrió la puerta de la salita y por ella apareció Elisenda Narváez, viuda de Gilberto Fernández. Eso acabó de rematar la escena.

Amalia se levantó con furia, pasó junto a su madre sin mirarla y los dejó solos.

# 16

Elisenda Narváez era una dama.

Viuda o no.

Aunque la gravedad del momento le confería un toque de innata distinción.

Elegante, distinguida, con clase en el porte, los gestos o su simple forma de mirar, tan superior como distante. Ideal para ser la esposa de un embajador, o un futuro embajador. Si esperaba encontrar a una mujer lacrimógena, destrozada y hundida, se equivocó. Sus ojos eran fríos. Profundamente fríos. De haberse quedado quieta, hubiera pasado por una estatua de mármol.

Tampoco era como su hija.

La emotiva e irascible Amalia.

Por primera vez, Miquel deseó no haberse metido en aquel lío.

¿Quién dijo: «Puedes engañar a todos un poco de tiempo, y a unos pocos todo el tiempo, pero no puedes engañar a todos todo el tiempo»?

—¿Inspector?

A Miquel se le pusieron los pelos de punta.

Todo el mundo daba ya por sentado que lo era.

—Señora Fernández...

—Narváez, si no le importa. Señora Narváez.

Le tendió una mano flácida, no rígida ni mucho menos

abierta. Miquel sólo pudo tomarle los dedos. Más que estrechárselos, se los acarició. Eran suaves, cuidados, rematados por uñas bien tratadas. Toda ella era inmaculada, la ropa negra y regia, el collar de perlas, los dos anillos, el de casada y uno con un pequeño diamante, el cabello recogido en un moño perfecto, sin atisbo de maquillaje. De joven, tenía que haber sido guapa. Una belleza de museo, como de ver y no tocar. De mayor, en la cincuentena, era dura, soberbia. Sus facciones no tenían huellas, sólo edad. Su aspecto marcaba distancias, un foso invisible a su alrededor.

Un castillo inexpugnable.

—Lamento molestarla. —Miquel se vistió con su mejor piel de cordero.

—Hacen su trabajo. —Se mostró comprensiva y dócil—. Por favor, siéntese.

La obedeció, y ella hizo lo mismo, en la silla que había ocupado su hija. Les separaba un metro y un abismo.

—¿Cómo se encuentra?

—Cansada.

—Me temo que algunas preguntas puedan ser... incómodas. —Mantuvo el tono apocado.

Elisenda Narváez bajó los ojos. Con la mano derecha le dio vueltas a su anillo de casada, en el dedo anular de la izquierda.

—Saben quién lo hizo —dijo con voz reposada—. Supongo que ahora necesitan estar seguros del motivo, o no estarían aquí. Yo todavía no me lo explico. Nadie me dice nada, salvo que él no ha confesado e insiste en su inocencia. Otro absurdo más. —Suspiró y volvió a mirarle—. Por mi parte, ya todo me da igual. Me lo han arrebatado. Sólo me queda pedir justicia. Quiero colaborar, que pague y que esta pesadilla acabe cuanto antes. Se lo dije a sus compañeros y se lo repetiré a usted, aunque creía que ya habían acabado con eso.

—No la molestaremos más, se lo juro.

—El inspector Oliveros me dijo lo mismo.

Miquel empezó a sudar.

—¿Qué quiere saber? —Fue al grano la dueña de la casa.

—El tipo de relación que había entre la madre de Agustín Mainat y su esposo.

—Eran amigos, sí.

—¿Sólo amigos?

—Cuando eran jóvenes, él la pretendió.

—¿Y ahora?

—¿Qué quiere decir?

—Que de vuelta a Barcelona, y debido al reencuentro de sus hijos, volvieron a verse.

—¿Y?

—La señora Mainat afirma que su marido se le insinuó.

—No diga estupideces —exclamó con naturalidad, sin ánimo de ser ofensiva.

—Es lo que dice ella.

—¿Y la creen?

—Es lo que tratamos de averiguar.

—¿Qué no haría una madre por salvar a su hijo?

—Al contrario, señora. Eso quizá lo implique más. Un hijo celoso que se pelea con el hombre que acosa a su madre...

—Escuche, inspector...

—Sánchez. Amadeo Sánchez.

—Pues escuche, inspector Sánchez: llegamos a Barcelona hace prácticamente tres meses en medio de una situación comprometida y singular. Eso ya lo conocen y no tiene nada que ver con el caso. Mi marido ha estado todo este tiempo sometido a una presión brutal, con su prestigio en entredicho. Más aún, llevaba unos días tenso, crispado, a veces de muy mal humor y otras completamente hundido, viendo su carrera en peligro. No sé la razón por la que le mató ese joven, pero lo hizo. Nadie más que él pudo hacerlo, porque nadie más que él había estado en esta casa desde nuestro regreso. Como remate, mi hija le sorprendió. Les toca a ustedes hacerle hablar, que les diga por qué lo hizo. Yo no sé nada de ese... presunto acoso. ¿Para qué iba a acosar Gilberto a una mujer de mi edad y con un hijo también de la misma edad que el mío?

—Fue su primer amor.

—No sea absurdo, por favor.

—Su marido ya tuvo problemas con una mujer en Washington.

El frío de los ojos se hizo glacial.

—Eso fue un malentendido.

—¿Un malentendido?

—Le tendieron una trampa, sí. ¿Es que nadie puede comprender eso?

—¿Qué clase de trampa?

—¡Por Dios, se lo dije al inspector Oliveros! —Empleó un mayor énfasis, pero sin llegar a gritar ni a perder la compostura—. Se trataba de comprometerle, y bien que lo consiguieron, con astucia y mentiras. ¿Qué mejor forma de minar el buen nombre de nuestra embajada en Estados Unidos? —Soltó un bufido—. Política, espías... ¡Santo cielo, aquello era un hervidero! Si mi marido estaba en posesión de secretos, es lógico que alguien pensara que podía ser una presa fácil. Por fortuna, no pasó nada. Pero las consecuencias están a la vista. Mejor prevenir que curar. Por eso estábamos ahora aquí, mientras él esperaba un nuevo destino que, precisamente, le fue confirmado hace apenas unos días, a finales de la semana pasada. ¡Íbamos a hacer ya las maletas para irnos! ¡Recuperaba su buen nombre y empezábamos de nuevo en otro lugar!

—¿Adónde le enviaban?

—A Marruecos.

—¿Con el mismo cargo?

—Sí, claro.

—¿Y se iban a marchar todos con él?

—Mis hijos ya no. Son mayores. Yo sí, claro. Era su esposa.

—¿Así que ese posible escándalo en Washington...?

—¡No hubo escándalo! ¡Se aclaró todo! ¿Cómo, si no, iban a confiarle un nuevo destino?

Incluso cuando elevaba la voz o parecía enfadada, mantenía su tono distante y su frialdad. Una gata gélida defendiendo su camada.

Elisenda Narváez miró la hora en su relojito de pulsera.

—¿Su marido solía trabajar en casa desde que llegó?

—Sí.

—¿Quién se marchó primero el lunes?

—Pues... mi hijo, para hacer deporte, luego mi hija y finalmente yo.

—Por lo tanto, fue él mismo quien le abrió la puerta a Agustín Mainat.

—Resulta obvio.

—¿Nadie la ayuda en la casa?

—¿Por apenas unas semanas? No, no valía la pena. Mi hermana está aquí estos días; para que no esté sola, nada más.

Tenía una docena más de preguntas, pero era difícil hacerlas. Demasiado comprometidas. Con suerte, Elisenda Narváez no le hablaría a Oliveros de él. Si la molestaba o la enfurecía, sí.

Mejor dejarlo así y tratar de salir indemne del lío.

Sabía que tenía algo. Ignoraba el qué, pero su intuición se lo decía.

La campanita de su mente.

—Perdone todo esto, de verdad. —Miquel se puso en pie, dispuesto a irse.

—No, no. —Ella le imitó con el rostro súbitamente cambiado, lleno de dudas y sombras—. Usted ha dicho algo que me ha dado un poco de luz.

—¿Qué ha sido?

—Si la madre de Agustín, loca o no, haciéndose la interesante o no, le dijo a su hijo que Gilberto la pretendía... Puede que él perdiera la cabeza. No hay otra explicación. Usted mismo lo ha insinuado acertadamente.

El argumento más sólido.

Incluso para Miquel.

Y el único motivo plausible de un asesinato.

—Señora —se rebeló él—, ¿podría hablar con su hijo?

# 17

Rosendo Fernández entró en la salita tan nervioso como irritado. Se le notaba en los gestos, rápidos, lo mismo que en el rictus de impaciencia que atravesaba su rostro. Exudaba fastidio, pero más una rabia que intentaba atemperar haciendo un esfuerzo. Miquel recordó el breve diálogo telefónico captado al llegar al piso, nada más quedarse solo en la salita. Si no había nadie más en casa, la voz masculina de la llamada debía ser la suya.

Y había pedido por Sofía.

La novia mayor que él, guapa y sofisticada.

La mujer con la que, al parecer, no conseguía contactar.

«Eso es absurdo», «No tiene sentido», «¿Está segura?», «Ella no puede...».

El aparecido miró a su intruso con algo más que un simple enfado.

—Lo siento. —Fue lo primero que dijo—. Iba a salir...

—Cinco minutos. —Miquel quiso ser condescendiente.

—Nunca son cinco minutos —lamentó el joven, de más o menos la misma edad que Agustín Mainat—. Y tengo una comida muy importante. No quiero llegar tarde.

Iba a buscar a Sofía.

La novia misteriosa.

—Estamos cerrando el caso. ¿No quiere saber quién mató a su padre?

—Eso ya lo sé. ¿De qué departamento es usted?

Volvió a jugársela.

A su hermana le había dicho tan sólo una palabra: «Judicial».

—De la fiscalía.

—Mire. —Ni se sentó ni le pidió a Miquel que lo hiciera—. De todo lo sucedido, yo soy el primer sorprendido. Siempre creí que Agustín era un trozo de pan, el mejor de los amigos, incapaz de hacer daño a nadie. Cuando nos reencontramos lo vi igual, y es evidente que me engañó. Después de tantos años...

—¿Tiene una explicación para esto?

—¿Yo? ¡No! ¡Sigue resultándome absurdo, imposible, y sin embargo es evidente que lo hizo él! ¡Mi hermana le sorprendió! ¡No había nadie más en la casa!

No había mucho tiempo para evasivas o rodeos. Y aún menos para delicadezas.

—¿Cree que discutieron por la madre de Agustín?

—¿La señora Mercedes? —Puso cara de no entender nada.

—Su padre estaba enamorado de ella.

Abrió los ojos. Era un hombre atractivo, y se le notaba que hacía ejercicio o practicaba algún deporte. Hombros anchos, brazos y manos fuertes. Vestía como su madre y su hermana, de manera impecable. Chaqueta, corbata con un alfiler, gemelos en los puños, zapatos lustrosos, cabello perfectamente cortado y peinado. Contrarrestaba su aspecto barbilampiño con un bigotito poco frondoso.

—¡Por Dios! ¿De qué está hablando? Eso fue en su juventud; o mejor dicho, en su adolescencia.

—Pero ahora se habían reencontrado.

—¿Y qué?

—¿Ha visto usted a la madre de Agustín estos días?

—No. ¿Para qué iba a verla?

—Dice que su padre le propuso iniciar una nueva relación.

125

—¿En serio?

—Sí.

La estupefacción se acentuó en su rostro.

—¿Y quién va a creer semejante estupidez? ¿Dos personas adultas, y con hijos mayores, con la vida hecha y...? —Soltó un bufido—. ¿Así es como espera defender a su hijo?

—Más bien al contrario: eso le incrimina directamente.

—¿Por qué?

—Le da un motivo a Agustín: la defensa del honor de su madre.

Rosendo Fernández se quedó pensativo.

Ya no tenía tanta prisa.

O sí, pero el tema le interesaba lo suficiente como para olvidarse de ella.

—Oiga, esto es de locos, ¿sabe? —Se vino abajo, aplastado por el peso de los acontecimientos—. Mi padre pudo bromear con ella, y ella tomárselo... ¡Qué sé yo! Mi padre quería a Agustín. Le encantaba hablar con él. Nada de todo esto tiene sentido, salvo por el hecho de que uno está muerto y el otro detenido. Mi madre, mi hermana y yo somos hasta incapaces de pensar.

—¿Discutieron por algo Agustín y usted?

—¡No!

—Me dijo Rosa que salieron un par de veces.

—Sí, cierto.

—Usted con su novia.

—Bueno, tengo una amiga, sí.

—Teniendo a esa amiga, ¿se veía mucho con él?

—Bastante. Habíamos recuperado nuestra amistad. Se trataba también de recuperar el tiempo perdido, ponernos al día.

—¿Qué solían hacer?

—Pues... ¿Qué hacen dos hombres jóvenes cuando se reúnen? Hablábamos de cómo habían sido nuestras vidas, fuimos al fútbol un par de veces...

—¿No le molestaba que al padre de Agustín lo hubiesen fusilado?

—Mire, la guerra acabó hace ya muchos años. Eso fue cosa de nuestros padres. Nosotros somos una nueva generación. Se supone que estamos construyendo la España del futuro. Agustín no tenía por qué arrastrar los pecados de su padre.

Miquel pensó en sus propios pecados.

Servir a la República.

Con Roger muerto y enterrado en el Ebro.

Tuvo ganas de decirle cuatro cosas a Rosendo, pero se calló. Volvía a bordear la catástrofe. A cada pregunta, se metía más en un lodazal que podía impedirle echar a correr o escapar con aliento de aquel lío. Más que lodazal, lo veía ya como una ciénaga.

—Rosa también me dijo que no salieron más que un par de veces los cuatro juntos.

—¿Y eso qué tiene que ver con el asesinato de mi padre?

—Estoy intentando hacerme un retrato de lo que Agustín podía hacer o sentir con relación a ustedes. —Logró salir con buen pie de la observación de Rosendo.

—Reconozco que mi amiga es una persona muy especial. Prefería estar a solas conmigo.

«Sofía se lo comía a besos», «Asombraba que una mujer así se hubiera enamorado de él», «No le caíamos muy bien», «Tenía más experiencia que nosotros», «Una mujer muy sofisticada, capaz de dominar la situación incluso sin moverse, quedándose quieta...».

Apagó la voz de Rosa en su cabeza.

—¿Subió alguna vez a Sofía aquí?

—¿Le dijo Rosa su nombre?

—Sí.

—No, aún era pronto para algo así.

—Por lo tanto, no conocía a sus padres.

—No, claro. Ya le he dicho que todo era muy reciente. —Rosendo le echó un vistazo al reloj.

Miquel fingió no darse cuenta.

—Su madre me ha dicho que su padre ya tenía un nuevo destino.

—La embajada de España en Marruecos, sí.

—Pero usted ya no se iba con ellos.

—Cuando marchamos a Estados Unidos, yo era mucho más joven, y lo vi como una oportunidad, lo mismo que mi hermana. Ahora es distinto. Amalia posiblemente regresará a Washington, con su novio. Yo tenía pensado quedarme en Barcelona.

—Así que la familia se disgregaba.

—No entiendo el comentario.

—¿Qué opina de lo que sucedió en Washington?

Rosendo acabó de hartarse. Por la pregunta o porque su Sofía se escapaba. Quería irse corriendo y ya no ocultó sus prisas. De forma amable pero categórica, le puso una mano a Miquel en el hombro.

—Escuche, no me tome por grosero. Responderé a más preguntas cuando lo necesite, pero ahora... De verdad, llego muy tarde y no puedo esperar más. Me ha pillado en la puerta dispuesto a irme. Lo único que puedo decirle es que nada de esto tiene sentido. Es más: la información que nos han dado hasta ahora ustedes ha sido mínima. Por lo tanto, imagínese lo que me sorprenden algunas de sus preguntas, comentarios o veladas insinuaciones. Debería ser yo el que lo interrogase a usted. Mi padre era miembro del cuerpo diplomático. ¿Qué es lo que están investigando? ¿Hay algo que mi madre, mi hermana y yo debiéramos saber?

—Se trata de un asesinato.

—Y, mal que me pese, tienen al que lo hizo. Déjennos en paz, por favor. Ya basta con esta pesadilla.

Esto último lo dijo con cansancio.

Había abierto la puerta de la salita.

El camino hasta el recibidor era breve.

Miquel apartó el mal sabor de boca, apagó la campanita de la mente, venció los últimos rescoldos de miedo y se dispuso a dar por concluida su visita al hogar de los Fernández.

Querer hablar con la hermana de Elisenda Narváez se le antojó ya una temeridad rayana en la locura.

Tras despedirse de Rosendo, bajó las escaleras inexplicablemente enfadado consigo mismo.

Pero, desde luego, no vencido.

# 18

Caminó hasta la esquina de la calle Villarroel y se parapetó allí. No tuvo que esperar demasiado. Rosendo Fernández hizo acto de presencia a los diez segundos, igualmente agitado, acelerado y nervioso, aunque algo le decía que no era por el interrogatorio al que acababa de someterle. Por si enfilaba en su dirección, se aprestó a disimular en la medida de lo posible, echar a andar o meterse en la primera tienda que pillara a mano. No fue necesario, porque el joven se quedó en la acera, sobre el bordillo, atisbando la llegada de un posible taxi.

Miquel se mordió el labio inferior.

Entre pitos y flautas, la hora de comer se aproximaba.

Si le seguía...

Pero si quería ver o conocer a todos los implicados en el caso, la inesperada amiga-novia del hijo de Gilberto Fernández se le antojaba una pieza crucial.

Una mujer mayor, seductora, apareciendo justo al llegar la familia de Estados Unidos...

—¿Y por qué no? —Suspiró.

Hizo callar al abogado del diablo de su cabeza y se quedó con su inefable instinto.

El taxi tardó un minuto en aparecer. Lo hizo perezosamente, por el lateral de Gran Vía. Rosendo levantó la mano, lo detuvo y se subió a él. Nada más pasar por delante, Miquel se abalanzó sobre la acera para levantar la mano y frenar al siguiente. Desde su regreso a Barcelona no era la primera vez que decía:

—Siga a ese taxi que va ahí delante.

Tampoco era la primera vez que se encontraba con un taxista hablador o fascinado por lo de perseguir a alguien.

Influencias de Hollywood.

—¡Coño! —exclamó el hombre antes de rectificar de inmediato—: ¡Ay, perdón, no era una palabra soez!, ¿eh? Sólo una exclamación.

—No se preocupe —le dijo Miquel—. No soy de la Liga de la Moralidad.

—¿Existe eso? —se alarmó el taxista.

—Y lo que no sabe. —Se puso en plan funesto—. No le pierda o tendremos un disgusto.

—No se preocupe, señor. —Aceleró un poco, concentrándose en la conducción, pero no dejó de hablar—. Creía que ustedes tenían coches para esas cosas, con sirenas y todo.

—Sale más barato ir en taxi.

—Sí, ¿verdad? ¡Para que luego diga la gente que somos caros!

—Cuidado, el urbano va a cambiar.

Otro acelerón. Tanto que casi se empotró en la parte trasera de su perseguido. Por si acaso, Miquel se encogió en su asiento, no fuera que Rosendo volviese la cabeza. El taxista le miró un par de veces por el espejito interior y, salvo algún que otro comentario respondido con simples monosílabos, los riesgos de una cháchara infernal fueron desapareciendo.

El taxi dejó el centro de Barcelona y enfiló la Meridiana. No llegó a sumergirse en su flujo vial. Se desvió antes, subió un par de calles y se detuvo en una llamada Besalú, casi en la esquina de otra llamada Trinxant. Posiblemente uno de los pocos nombres catalanes que le quedaban al callejero urbano. Rosendo se apeó y Miquel hizo lo propio unos segundos después, a unos quince metros de distancia y aprovechando que su perseguido acababa de entrar en una casa.

—No me va a contar qué ha hecho ése, ¿verdad? —dijo el taxista al devolverle el cambio.

—No podría dormir esta noche.

—¿En serio? Y con la carita de niño bueno que tiene.

—Cuídese —le deseó su pasajero.

Tuvo suerte de no moverse. Se ocultó en un portal y casi al instante Rosendo reapareció en la calle. Lo hizo más afectado y rabioso que antes. De entrada, le dio un puntapié a una chapa del suelo. A continuación elevó el rostro al cielo, apretó los puños y acabó hundiendo la cara entre las manos. No lloraba. Era pura desesperación. Acabó mirando arriba y abajo de la calle y, ya rendido, echó a andar en la dirección opuesta a la que estaba él, con las manos en los bolsillos y la cabeza gacha.

Miquel ya no le siguió.

Esperó a que desapareciera de su vista y caminó hasta la casa, un sencillo edificio de tres plantas sin ningún alarde ni lujo. Junto a la entrada había un letrero en el que podía leerse: SE ALQUILA PISO AMUEBLADO.

En el interior, sentado en un taburete y leyendo una novela de gángsteres, se encontró con un hombre, aunque no daba la impresión de que allí hubiese portería.

—Buenos días.

El hombre abandonó la lectura.

Un libro de bolsillo de Editorial Bruguera.

—Buenos días. —Pareció masticar las dos palabras.

—¿Conoce al hombre que acaba de estar aquí?

Nadie preguntaba sin razón. Nadie se atrevía a preguntar si no estaba seguro de poder hacerlo. Nadie era tan directo sin llevar en el bolsillo una placa.

Ventajas de una dictadura.

Al hombre se le aclaró la voz de golpe.

—Sí, sí señor.

—¿Y de qué le conoce?

—Bueno, pues... Ha estado viniendo por aquí las últimas semanas, visitando a la señorita Argilés.

—¿De nombre?

—Sofía.

La sofisticada, guapa y elegante Sofía vivía en una casa de lo más humilde.

—¿Está ella ahora? —Hizo la pregunta conociendo la respuesta.

—No, ya no vive aquí.

—¿Ah, no?

—Se marchó.

—¿Cuándo fue eso?

—Hace un par de días.

—¿Sin más?

—Pues ya ve. —Movió la cabeza de arriba abajo—. Apareció de pronto y se fue de la misma forma. Y por lo visto sin avisar, porque el joven que acaba de estar aquí tampoco lo sabía. ¿Ha hecho algo malo?

—¿Tiene sus nuevas señas? —Prescindió de la pregunta.

—No, no.

—¿Y si le llega correo?

—Ninguna carta en estas semanas, oiga. Si es por eso...

—¿Era una mujer extraña, misteriosa...?

—¿Qué quiere que le diga? Guapa y espectacular, sí. Un tipazo, una cara, un cuerpo... Si me permite que se lo diga, claro.

—Se lo permito, siga.

—Pues eso. Toda una mujer, y con clase, ¿eh? Daba gusto verla pasar, siempre tan peripuesta, sin faltarle un detalle, el maquillaje justo... Parecía una actriz.

—¿El piso era de alquiler?

—Sí.

—¿Y el dueño?

—Vive en el tercero segunda.

—Gracias. —Enfiló la escalera dando por terminada la charla.

Tuvo que llamar tres veces a la puerta. Con la última, surgió una voz huraña y cavernosa de las entrañas de la vivienda.

—¡Ya va!

Comprendió el motivo de la tardanza y del enfado al darse cuenta de que el hombre que apareció ante él era tullido. Le faltaba la parte inferior de la pierna derecha. Para moverse utilizaba una muleta. Tendría unos sesenta años, quizá más, porque su desarreglo sumaba muchos puntos a su deterioro humano. Con la puerta abierta, Miquel hizo esfuerzos para respirar lo justo, porque el hedor que provenía del interior de la vivienda le golpeó el olfato de manera inmisericorde.

—Perdone —fue directo—, estoy buscando a la señorita Sofía Argilés.

Si el hombre de la entrada había masticado las palabras, el dueño del edificio las escupió.

—Pues llega tarde, se ha ido.

—Eso me han dicho.

—Si se lo han dicho, no sé por qué pregunta.

—Por si tiene usted sus nuevas señas.

—¿Yo? ¿Para qué iba a dármelas? Mire, oiga. —Quiso dejarlo claro—. Yo no sé nada de mis inquilinos. Allá cada cual. A mí, mientras me paguen, que hagan lo que quieran. Yo en mi casa y Dios en la de todos, ¿me comprende? Por lo general van y vienen, nunca se quedan mucho tiempo. Para eso está el piso amueblado. Siempre hay gente que se mueve mucho.

—¿Cómo llegó a alquilarle el piso?

—Vio el anuncio que puse en la puerta de la calle. Le interesó, pagó al contado y listos.

—¿Por cuánto tiempo lo alquiló?

—No me lo dijo. Abonó dos meses. Luego, el alquiler del tercero hace unas dos semanas y media. Todo correcto, sin problemas. Al irse no me reclamó que le devolviera nada. Era muy señora.

—¿Le pidió la documentación?

—Claro. Para eso están los papeles. Nadie se mete en mis pisos sin que yo sepa quién es. Ahí ponía que era nacida en Vigo, treinta y cuatro años, de profesión «sus labores». Tenía algunos sellos y todo eso.

—¿Sellos?

—Aduanas.

—¿Venía del extranjero?

—Eso me dio a entender.

—¿Trabajaba?

—No lo sé. —Su cara reflejó lo poco que le importaba la cuestión—. Creo que no, porque entraba y salía a horas diferentes. Pero a mí... Ya le digo: mientras paguen y se porten bien...

—Pero recibía visitas.

—No lo sé.

—Sí lo sabe. —Quiso dejarlo claro Miquel.

—Bueno, si se refiere a que pudiera ser una de esas mujeres de vida fácil... pues no. Aquí no se lo hubiera consentido, que uno tiene su dignidad. Que yo sepa, sólo aparecía un hombre de vez en cuando.

—¿Su novio?

—Eso daba la impresión. Y estando en su casa, no iba a prohibirle yo que no lo dejara entrar. Ya era mayorcita. Aunque si hubiera dado algún escándalo...

—Lógico —asintió Miquel—. Salvo ese novio, ¿nadie más, aunque fuera un solo día?

—Oiga, que aquí no espiamos a la gente.

—A una mujer guapa siempre se la espía.

—Que no, que se lo juro. —Se disgustó por la sospecha—.

Y se lo repito: yo salgo poco, con esta pierna... Pero Manuel me lo hubiera dicho.

—¿Puedo ver el piso?

La pregunta le hizo parpadear. No la esperaba. Una vez caído en la red verbal de Miquel, casi catatónica para los interrogados, la conversación parecía seguir un rumbo.

El giro era insospechado.

—¿Quién es usted? —Se preocupó.

Miquel levantó la barbilla.

—¿Podría?

Cuando se metía en problemas y jugaba a ser policía de nuevo, nadie le pedía nunca que mostrara una placa, que se acreditara. Otra «ventaja» de vivir en una dictadura. Todos daban por supuesto que, si preguntaba, era por algo, y que lo mejor era callar, colaborar y punto.

El hombre claudicó sin más.

—Bueno, aquí tiene. —Alargó la mano, la cogió de la pared de la derecha y le tendió la llave—. Baje usted mismo. Es el segundo primera. Luego se la da a Manuel, que a mí me cuesta la de Dios es Cristo levantarme y moverme.

—Una última pregunta. ¿La vio usted marchar?

—Sí. Subió a darme esa llave —señaló la que ya estaba en poder de Miquel—, y se despidió.

—¿Mucho equipaje?

—Una maleta.

—¿Qué le dijo?

—Que tenía que irse, y como le he mencionado antes, no le hice preguntas. ¿Para qué?

—De acuerdo, ha sido usted muy amable, gracias.

—A mandar —dijo por puro compromiso, sin nada de convencimiento.

Cerró la puerta y Miquel le oyó mascullar una retahíla de improperios a medida que se alejaba por el pasillo de su piso.

# 19

El dueño del edificio tenía razón. El piso alquilado a Sofía Argilés era de lo más sencillo e impersonal. Los muebles justos y necesarios, y poco más. Comedor con cuatro sillas, una butaquita, una mesa ratona, un aparador, cama de matrimonio, un armario, una segunda habitación con un sofá cama, otro armario, y la cocina con lo indispensable. Ni cortinas, ni una radio, pragmatismo puro.

Raro para una mujer con clase, tan guapa a decir de todos.

¿Quería pasar inadvertida?

El examen fue rápido. Le bastaron cinco minutos. Ni rastro del paso de la novia de Rosendo Fernández por allí. Ningún papel, ninguna señal o marca. Nada olvidado. O el dueño lo había hecho limpiar, o la inquilina se había ocupado de no dejar la menor huella. Por supuesto, tampoco vio ni un átomo de basura.

Y lo más importante: no había teléfono.

Algo lógico.

Pero Rosendo, hacía un rato, había llamado a alguien preguntando por Sofía.

¿A quién?

¿Cómo se comunicaban ellos?

Acabó de examinar el piso y bajó al pequeño vestíbulo. Manuel seguía leyendo su novelita, apasionadamente. Levantó la cabeza al verle.

—¿Ha visto al dueño?

—Sí. Me ha dicho que le diera a usted la llave del piso.

—¿Se lo ha dejado ver?

—Claro.

—Pues le habrá pillado en un buen momento, porque tiene un mal genio...

—Las personas suelen colaborar gustosas siempre.

—Sí, eso sí —asintió dándose cuenta del jardín que pisaba.

—La señorita Argilés no tenía teléfono, pero su novio la llamaba. ¿Sabe a dónde?

—Se hizo amiga de la señora García, la de la puerta de enfrente de la suya. Ella sí tiene teléfono y es muy buena vecina. A veces desde aquí oía que la llamaba: «¡Sofi, teléfono!». Imagino que ella sí la echará en falta, estando tan sola... Oiga, ¿puedo preguntarle por qué la busca? ¿Le ha sucedido algo malo? Primero el novio ese, ahora usted.

—Su desaparición ha dejado preocupada a unas personas, nada más.

—Sí, bien mirado yo diría que estaba un poco nerviosa al irse, muy acelerada y con prisas. Algo raro en ella, siempre tan segura de sí misma, tan impresionante.

—¿Tanto, en serio?

—Mucho. Salía a la calle y todo eran miradas. De las que paraba el tráfico, se lo juro.

—De nuevo gracias.

Lo dejó con su novela y sus recuerdos, y reemprendió la ascensión por la escalera, un tanto oscura y lúgubre. Los peldaños daban la impresión de ser columpios, de lo combados y hundidos por el centro que estaban. El pasamanos, de madera, hacía siglos que no tenía brillo. No se oía nada, ni el lejano rumor de una radio. Se detuvo delante de la puerta de la señora García y tomó aire.

Un crimen y una misteriosa mujer desaparecida de inmediato.

Demasiado.

La señora García era mayor, superaba los sesenta. Como muchas mujeres de luto eterno, vestía de negro. Tenía un bonito cabello de color gris y sus facciones eran limpias, de piel suave y sin apenas arrugas. Calzaba unas aparatosas pantuflas dos tallas mayores que sus pies. Sin saber cómo ni por qué, Miquel se preguntó si sería otra viuda de la guerra, y cuántas habría en la nueva España donde los hombres habían caído a miles por nada, salvo por el odio que unos y otros habían metido en sus corazones.

Venció el desaliento.

Súbito, inesperado.

La clase de fantasma que aguarda agazapado en el corazón y aparece cuando menos te lo esperas.

—Perdone que la moleste, señora. Me han dicho el dueño del edificio y Manuel que usted era amiga de la señorita Argilés.

—Bueno, éramos vecinas, ya sabe. Casi puerta con puerta... Pero sí, la verdad es que habíamos hecho cierta amistad. —Le cambió la cara al preguntar con ansiedad—: ¿Le ha sucedido algo?

—No, no. Tranquila. Es sólo que no dejó una dirección y necesitábamos hablar con ella.

—Oh, ya veo. —Se llevó una mano tranquilizadora al pecho antes de volver a dar signos de preocupación—: ¿Y para qué necesitan hablar con ella? ¿Quién es usted?

—Papeleo oficial, no se preocupe. Nada importante. Creo entender que viajaba mucho.

—Ah, de eso no sé nada.

—¿Le dijo por qué había venido a vivir aquí?

—Su casa se había incendiado y la estaban reparando.

—O sea, que esto era temporal.

—Sí, sí.

—Cuando se despidió de usted, ¿le dijo por qué se marchaba tan inesperadamente?

—Su madre se había puesto muy enferma y la necesitaba. Cuando las cosas vienen mal dadas... —Puso cara de martirio—. Se le quema el piso, su madre se agrava... Esos problemas, todos de golpe, marcan mucho, ¿sabe?

—¿Le dio una dirección?

—No, pero dijo que me llamaría un día de éstos. Era muy amable.

—Usted la dejaba recibir llamadas telefónicas.

—Y llamar, claro. Las mujeres solas hemos de ayudarnos. Pero ella telefoneaba poco. Más bien la llamaban.

—¿Su novio?

—Sí, y el otro.

—¿Qué otro?

—No sé, un tal Cristóbal.

—¿Cristóbal qué más?

—Nunca mencionó el apellido.

—¿Le comentó algo ella?

—No, no. Ni yo pregunté. Cada cual tiene su vida privada. No soy una chismosa. —Levantó la cabeza con orgullo.

—¿Les conoció usted?

—Al novio sí. Un muchacho muy agradable. Demasiado joven para Sofía, pero... —Se encogió de hombros—. El amor es así. Yo creo que en el fondo se sentía muy sola. A veces la belleza no es un premio, sino una carga. Yo también fui guapa de joven y sé por qué lo digo.

—¿Oyó alguna conversación que pueda ayudarnos a dar con su paradero?

—No, señor. Cuando hablaba por teléfono, yo me iba a mi habitación. El aparato está en el comedor. ¿Quiere pasar a verlo?

—No, no es necesario.

—Usted dirá lo que quiera, pero me está alarmando con sus preguntas. —Se quedó seria.

—Le repito que no tiene motivo. Hemos de encontrarla

por un asunto personal, urgente. Un tema relacionado con su trabajo.

—Que yo sepa, Sofía no trabajaba. Tenía una pequeña renta.

—Bueno —suspiró Miquel—. Hay cosas que... son secretas, ¿entiende?

—¿Ah, sí?

La señora García también iba al cine.

Le miró como si fuera Clark Gable en una película de espionaje.

—¿Diría usted que estaba enamorada de ese joven?

—Bueno, cuando hablaba con él lo hacía con voz muy dulce, romántica. Era muy melosa. No daba esa impresión, pero sí, por teléfono era la mar de tierna, En cambio, con el otro...

—¿Qué le pasaba con él?

—Discutían. Cuando él la llamaba, ya se ponía tensa. Tampoco es que la telefonease mucho, apenas cuatro o cinco veces en este tiempo, pero sí. Un hombre desagradable. Cuando la llamaba, era para quedar. Un día Sofía no estaba y me dejó a mí el recado.

—¿Algún lugar concreto?

—No, únicamente la hora. Y, desde luego, podía decir que se llamaba Cristóbal, pero español no era.

—¿Está segura de eso?

—Era extranjero. —Movió la cabeza de arriba abajo.

—¿Inglés, francés...?

—No lo sé. Ni idea. Hablaba bien el español, pero el tono era un poco... brusco, no sé si me entiende. Así como muy cortado.

—¿Cuándo ha sido la última vez que la llamó el novio?

—Hoy mismo, esta mañana, y luego ha estado aquí hace unos minutos, muy nervioso y desconcertado. Cuando ha llamado usted, creía que volvía a ser él, porque se ha comportado un poco groseramente. No me creía cuando le he dicho que se había ido y ha venido a comprobarlo personalmente. Se ha quedado... blanco, oiga. Por lo visto, ha tenido un problema familiar y no había podido telefonearla en estos dos o tres últimos días. De pronto... esto: que ella ya no está. —Se quedó pensativa—. Igual es que rompieron y Sofía no me dijo nada, pobrecilla.

—¿Ella se marchó el martes?

—Sí, por la noche.

—Y ese día, ¿la llamó el tal Cristóbal?

—Sí, sí lo hizo. —Alzó las cejas—. ¿Cómo lo ha imaginado?

—Desde luego, es muy raro. —Se hizo el inocente—. Es una mujer extraordinaria, y muy competente.

—A mí me gustaba su fortaleza. Hablaba con mucha propiedad.

—Señora, lamento haberla importunado.

—Oh, no, no se preocupe.

—La que no debe preocuparse es usted. Esas cosas pasan. Cuando la llame, ella misma se lo aclarará todo. Y seguro que su madre se recuperará.

—Dios le oiga.

Dios tenía muchos canales abiertos, pero no se lo dijo.

—Buenas tardes.

La señora García cerró la puerta.

Mientras regresaba a la entrada, el estómago de Miquel rugió de mala manera.

Como en los viejos tiempos.

De un lado para otro, sin comer, sin horarios, y total, al menos antes de la guerra, para pillar a algún choricillo tipo Agustino Ponce, alias Lenin, su compañero de avatares en diciembre pasado. Sonrió al recordar a su flagelo más implacable.

Manuel seguía donde estaba, sentado en silencio y devorando su novelita. Iba a buen ritmo, porque le quedaban ya muy

pocas páginas. Miquel lamentó interrump~
cuando estaba a punto de descubrir al ?

—¿Se va usted ya? —Levantó la vista a~

—Me queda una pregunta.

—Hágala.

—¿Cómo se fue?

No tuvo que pedirle más detalles.

—En taxi. Yo mismo la ayudé llevándole la maleta hasta el coche. Me dio veinticinco pesetas y me agradeció estos meses.

—¿Oyó las señas que le dio al taxista?

—Esta vez no.

—¿Qué quiere decir?

—Que como siempre tomaba taxis, un día sí le oí dar una dirección. Lo pilló aquí mismo, en la entrada. Le abrí la puerta y pidió que la llevara a la calle Milá y Fontanals.

—¿Número?

—Eso ya no lo oí.

No era mucho.

Pero, al menos, era algo.

Una mujer guapa siempre dejaba un rastro.

—Ha sido usted muy amable, Manuel.

—Es mi trabajo. —Se encogió de hombros—. Los vecinos siempre son muy suyos.

Y, mientras Miquel empezaba a andar, él volvió a sumergirse en su novela.

## 20

Era tarde para comer.

Pero tenía hambre.

Tarde para comer y tarde para empezar a buscar una aguja en un pajar.

Recordaba la calle Milá y Fontanals, en el barrio de Gracia, desde Córcega hasta la Travesera de Gracia. No era muy larga, pero tampoco corta hasta el extremo de poder pateársela en media hora, preguntando casa por casa por una mujer guapa llamada Sofía Argilés, si es que ése era su verdadero nombre.

Porque, de pronto, la novia de Rosendo empezaba a brillar con luz propia en la historia.

Se quedó pensativo en la esquina de Besalú con Navas de Tolosa, sin saber qué rumbo tomar.

Patro siempre quería cenar temprano, para no acostarse con el estómago lleno. Si comía algo, por pequeño que fuera, igual le quitaba el hambre y luego ella le pegaría la bronca. Bueno, se la pegaría igual por no haber ido a comer. Menos mal que ya le conocía lo bastante como para saber que, si andaba en algo, se le pasaban las horas.

—¡Ay, Patro, Patro, Patro! —Suspiró, mitad feliz mitad preocupado.

Bueno, antes de ir a casa sí podía hacer algo que le venía casi de camino.

Paró un taxi y le dio las señas.

—Calle Industria 304.

Se arrellanó en el asiento trasero y, mientras el vehículo salía de la zona de la Meridiana, contempló el afán constructor de la nueva Barcelona. Quedaban muchos solares vacíos, por casas tal vez destruidas en la guerra, o porque la ciudad crecía y crecía, expandiéndose entre sus dos fronteras al norte y al sur, el Besós y el Llobregat. Imposible crecer hacia el Tibidabo. Imposible superar la barrera del mar. En el Ensanche ya se estaban añadiendo nuevas plantas encima de los edificios construidos años atrás.

¡Si Cerdá levantara la cabeza!

¿Dónde estaban las manzanas de casas con parques y jardines en su interior?

Y a pesar de todo...

Amaba Barcelona.

¿Cómo se podía querer tanto a una ciudad?

¿Quizá porque ella seguiría y seguiría, cuando Franco y el fascismo hubieran pasado a la historia?

El taxista se portó bien. Ni una palabra. Tal vez porque era un hombre joven y él una persona mayor. Como si no hubiera diálogo posible.

—¿Le va bien en la esquina, señor? —preguntó al llegar a la altura de la calle Marina.

—Sí, sí, muy bien.

Pagó la carrera y caminó unos pasos hasta el número 304 de la calle Industria. De Manuel, el hombre de las novelas en la casa de la calle Besalú, a Manolo, el amigo del pretendiente de Teresina y amo del piso en el que ellos se veían.

La casa era vieja. Se caía a pedazos. Pronto la demolerían para construir otra en su lugar. Mejor que remozarla. Entró en un vestíbulo sin portera ni portería y subió al primer piso. Una anciana le dijo que el señor Pujades vivía en la planta baja. Miquel ni se había dado cuenta de que al fondo de la escalera, en una zona oscura, había una puerta. Regresó al nivel de la calle y llamó con los nudillos, porque el timbre no funcionaba. Abrió un hombre tosco y peludo, muy peludo. Eso se hacía patente porque vestía una camiseta, no precisamente limpia. En una España donde abundaban los flacos, él era la excepción. Su barriga, prominente, hubiera sido un embarazo para una mujer. Entre despeinado y sin afeitar, su aspecto era deplorable. Se lo quedó mirando, mitad dudoso, mitad tenso.

Miquel le imprimió dureza a su tono de voz.

Era el inspector Mascarell, el de antes de la caída de Barcelona.

—¿Manuel Pujades?

—S-s-sí —tragó saliva él.

—¿Dónde puedo encontrar a Adalberto Martínez Meléndez?

—¿Quién? —Tragó saliva de nuevo.

Los ojos de Miquel rebasaron su voluminosa figura y se adentraron por el piso. Había cajas por todas partes.

—¿Quiere que venga con la caballería a ver qué encontramos, exprimimos su ficha...? ¿Qué prefiere?

—No. —Le tembló la barbilla.

—Pues suéltelo.

—Calle Bonasort.

—¿Dónde está eso?

—Aquí cerca, por encima de la calle Lepanto. Detrás del cuartel.

—¿Número?

—El cinco. Primer piso.

—¿Tiene teléfono?

—¿Yo? No.

No iba a llamar a su amigo. Mejor.

—¿Además de a la Teresina, suele traer a más mujeres aquí?

Manolo Pujades tembló un poco más.

—Yo ya le decía que...

—Conteste.

—Antes sí. Bueno, no todas a la vez. Si tiene alguna... Bueno, ya sabe.

—No, no sé. ¿De qué le conoce?

—De la guerra. —La nuez subió y bajó de golpe—. Quiero decir de nuestra cruzada.

Otro que sabía de qué iba el percal.

—¿Qué favores le hace él a usted?

—¿Fa...vo...res?

Se le estaban doblando las piernas. Miquel optó por no seguir, aunque se sentía bastante sádico en ese momento.

—De acuerdo. —Levantó una mano en son de paz—. Es suficiente. Tranquilo. Sólo una pregunta más. ¿Dónde trabaja Adalberto?

—En una peluquería.

El de la secreta.

El que le decía que era policía a Teresina.

—¿Es peluquero?

—Sí. La peluquería es de su madre, por eso él entra y sale cuando quiere, según si hay mucho trabajo o no. La tienen casi al lado, en la calle Padilla.

¿Mataba a Teresina, por tonta?

No, mejor al crápula.

—Me juego lo que quiera a que está casado. —Dibujó una falsa sonrisa en su rostro.

—Sí, señor.

—Y a que tiene hijos.

—Tres.

Miquel inició la retirada.

—A ver lo que hacemos, ¿eh? —Movió el dedo índice de su mano derecha arriba y abajo tres o cuatro veces.

—No se preocupe, señor.

—Me da que sí.

—Que no, que no, que no se preocupe.

—Y como vuelva por aquí con una mujer...

—Eso se acabó, descuide. Yo es que...

Miquel ya salía de las penumbras de la planta baja. Al llegar a la calle enfiló Marina arriba y luego se orientó a la derecha hacia la calle Lepanto una vez rebasó la Travesera de Gracia. Le bastó con preguntar una vez para que una señora le indicara dónde estaba la pequeña calle Bonasort.

Otro nombre catalán en la Barcelona prohibida.

Aunque de «buena suerte» hubiera poca.

Tampoco encontró portera en la casa de los Martínez. Subió al primer piso y a mitad de escalera ya oyó la algarabía. Según Manolo Pujades, eran tres hijos. Pues bien, el follón parecía surgir de un colegio entero. Por encima de las voces infantiles, escuchó los gritos de una mujer.

—¡Callaos! ¡Ya está bien! ¡Carlitos, deja a tu hermano! ¡Pepito, no le tires del pelo! ¿Queréis volverme loca? ¡Haz el favor!

Llamó a la puerta esperando lo peor.

La mujer que se la abrió tendría los treinta y pocos. Ajada, despeinada, ojerosa, madre al filo del fin. Le miró con ojos perdidos, incapaz de reaccionar de buenas a primeras. Llevaba un niño de meses en brazos. Niño que lloraba a moco tendido, y nunca mejor dicho lo del moco porque le caían dos, enormes, verdosos, uno por cada cavidad nasal. Por detrás de ella aparecieron Carlitos y Pepito. Dos buenas piezas. Uno de siete años y otro de cinco, más o menos.

Y Patro quería hijos.

Bueno, uno...

—¿Está Adalberto?

—No, aún no ha llegado. Está en la peluquería.

—¿Padilla, qué número?

—Arriba del todo, subiendo a mano derecha, esquina con la calle Llorens i Barba. —Empezó a reaccionar ante su presencia y aprovechando que sus dos monstruos estaban callados. No así el más pequeño, que ahora lloraba mirando a Miquel—. ¿Por qué lo quiere?

—Por nada, tranquila.

No lo estaba.

—¿Ha hecho algo malo?

—No, señora. Sólo quiero hablar con él de un negocio.

—¡Ay, Dios! —No se lo tragó—. ¿Es policía?

Como si la palabra «policía» fuese un detonante, el niño en brazos volvió a dar rienda suelta a su berrinche.

—¿Tengo aspecto de policía? —quiso saber Miquel.

—Pues sí, señor. ¿Por qué?

—Entonces lo siento. —Fue a dar media vuelta, pero antes apuntó con un dedo implacable a los dos niños—. ¡Como os portéis mal, vuelvo!, ¿de acuerdo?

Asintieron con la cabeza.

Mientras bajaba la escalera y la señora Martínez cerraba la puerta del piso, lo único que siguió taladrando el aire fue la estentórea bronca del más pequeño de los hermanos.

Miquel caminó hasta la calle Padilla moviendo la cabeza de lado a lado. Aquel imbécil no sólo engañaba a su mujer, sino que se permitía el lujo de tener su picadero en el mismo barrio y moverse impunemente por él. Con tres hijos esclavizando a la esposa, eso debía de ser fácil.

Cuando llegó a la peluquería se sentía muy, muy combativo.

El hombre que había visto con Teresina era el único varón del local. Había otras dos mujeres, una aprendiza, de unos dieciocho o diecinueve años, y una mujer mayor. Adalberto le lavaba el pelo a una señora, hablando y haciendo gala de su simpatía. La clienta parecía encantada con él.

—Si es que tiene usted un cabello precioso, doña Engracia. Que se lo digo yo, que me toca atender cada herbolario...

—Calle, calle, zalamero.

—¿Zalamero yo? Le juro...

Dejó de parlotear cuando Miquel se paró delante. El tono no dejó lugar a dudas.

—He de hablarle.

—¿Ahora?

—Salga. —Movió la cabeza en dirección a la puerta.

—Pero oiga...

Miquel no dijo nada. Le bastó con hundirle una mirada más afilada que un cuchillo de carnicero. El peluquero se estremeció. Sus dos compañeras le observaban con ojos críticos, sobre todo la mayor. Cara de «Si es que tarde o temprano...» o de «Ya lo decía yo». Una vez en la calle, no tuvo más que contar hasta cinco.

—¿Se puede saber qué...? —comenzó a decir Adalberto Martínez.

Miquel no le dio tiempo a seguir.

Le cogió la nariz con el pulgar y el índice de su mano derecha, y se la retorció de mala manera, sin el menor miramiento.

El seductor se vino abajo por el dolor.

—¡Ay, ay, ay! ¿Qué hace? ¡Suélteme!

No le soltó.

Tampoco se defendió.

No estaba tan loco.

—Óyeme bien, cabrón de mierda. —Aproximó los labios al oído del peluquero para que le quedara claro—. Como vuelvas a acercarte a Teresina, en lugar de machacarte la nariz te machacaré los huevos. Y te juro que te van a quedar inservibles para los restos. ¿Me has entendido? Luego, redondeando el asunto, haré que te corten las piernas, para que seas un mierda también de tamaño además de serlo como persona. ¿Vas captando de qué va esto?

Seguía apretándole la nariz, con saña, y lo tenía ya más que doblado sobre sí mismo. Adalberto Martínez ni se defendía.

—¿Q-q-quién es... usted? —Empezó a llorar.

—Soy su padre, cabrón.

—C-c-coño...

—Vas a decirle que se acabó. Una sola vez. Y nada de despedidas. Invéntate lo que quieras, que es lo tuyo, para que te llore lo mínimo. Como la toques, como le pongas un solo dedo encima, te mato, porque lo sabré, pero antes le cuento a tu mujer de qué vas. A ella y a tus hijos.

Adalberto Martínez ya estaba arrodillado en tierra.

Manos en alto, boca cerrada. Cara de dolor.

—¿Sí o no? —elevó la voz Miquel.

—¡Sí, sí, se lo juro!

Le dio una última vuelta de tuerca, con saña, como quizá nunca había tratado a nadie en su etapa policial. Y, cosa rara, lo disfrutó.

Tenía fama de pacífico.

Pues hacía una excepción.

Acabó soltando al peluquero.

Las dos empleadas de la peluquería contemplaban la escena atónitas desde el otro lado de los cristales del escaparate. La mayor parecía sonreír por lo bajo.

—Hijo de puta. —Se despidió del hombre—. Merecerías que te fusilaran.

Le dio la espalda y, entonces sí, sintió el peso de una profunda amargura rivalizando con la sádica satisfacción que le embargaba.

# 21

Si le decía a Patro que no había comido, primero, se enfadaría, y a continuación, le asaetearía a preguntas acerca de lo que había estado haciendo. Y no es que no quisiera decírselo. Es que el simple hecho de no comer lo que más denotaba era preocupación y problemas.

Su habilidad para sumergirse de lleno en lo que estuviera haciendo, sobre todo si tenía que ver con una investigación.

De no haber caído la República, estaría igualmente jubilado.

¿O le dejarían seguir ejerciendo por sus buenas dotes como investigador?

—Menos lobos —se dijo a sí mismo en voz alta.

Nadie era indispensable.

Las personas se hacían viejas. Era ley de vida.

Y los jóvenes subían siempre con nuevos ímpetus y remozadas estrategias.

Algún día no habría ni policías.

¿No lo había dicho así aquel tal George Orwell, al que había conocido en Barcelona en mayo de 1937, poco antes de que escribiera *Homenaje a Cataluña*?

Un mundo sin policías, controlado por un Gran Hermano robótico o algo así.

Llegó a casa temprano, y le pareció maravilloso que Patro estuviese allí.

Se encontraron, como siempre, en mitad del pasillo, y él la

abrazó con su habitual intensidad, como si hiciera días que no la veía.

—Hola, cariño —le susurró al oído.

—Hola, cielo. ¿Has comido?

—Sí.

—¿Dónde?

—En un bar. Es que me ha pillado un poco lejos a la hora de comer.

—¿Y estaba bueno?

—Sí.

Le costaba mentir. Y más le costaba mentirle a ella. Por si fuera poco, en ese momento, ya que hablaban de comida, su estómago lanzó uno de aquellos avisos cavernosos que más semejaba un grito de agonía.

—¿Y eso qué es?

—Es que he comido temprano.

—Miquel...

—Patro... Oye, ¿a qué huele? —Cambió de tercio al notar el aroma.

—Es que he pasado por la Avenida de la Luz y te he comprado una oblea.

—¿En serio? —Se le animó el semblante.

—Te gustan más que la miel a un oso.

—Si es que están de muerte. Nunca he podido bajar a la Avenida de la Luz sin comprarme una de esas galletas. Nada más asomarte a las escaleras o subir desde el metro, ya las hueles. ¿Me dejas que la coma ahora?

—No, después de cenar, de postre.

—¡Mujer!

—¡Ni se te ocurra! —Le impidió el acceso a la cocina.

Sabía que no la convencería.

—¿Y qué hacías tú en la Avenida de la Luz?

—He ido a que me hicieran el duplicado de la llave que perdí. Las hacen muy bien en ese taller que hay ahí abajo.

Desde la puerta de la cocina, Miquel vio el abanico Rifacli, tostado, con los bordes punteados. Se le hizo la boca agua. Comer aquellas obleas era, sin duda, uno de los pocos placeres que le quedaban a Barcelona.

¿Cuánto hacía que no paseaba por la Avenida de la Luz, viendo cómo hacían las obleas y degustándolas, mirando al muñeco de Montroy Pedro Masana que vertía vino de una bota a la que nunca se le acababa el chorrito, ojeando los anuncios de las películas del cine?

¿Cuánto hacía que ni siquiera pasaba cerca de la calle Córcega, entre Balmes y Enrique Granados, donde había vivido toda la vida con Quimeta?

¿Cuándo...?

—Han traído una cosa para ti. —Patro le empujó un poco más, hasta el comedor.

—¿Una cosa? ¿Qué es?

El sobre estaba encima de la mesa. Cerrado. Lo habían llevado en mano. En la parte frontal aparecía su nombre, en castellano. Nada más. Al cogerlo y darle la vuelta, descubrió el sello en relieve del Gobierno Civil de Barcelona.

Primero, el susto.

—Ábrelo, ¿no? —le apremió Patro al ver que no se movía.

Lo hizo. Delante de ella, por supuesto. En el interior encontró una simple nota.

Explícita.

«Venga mañana a verme. Ildefonso Ramírez.»

Ni siquiera un «por favor».

—¿Quién es? —quiso saber su mujer.

—Un conocido.

—¿Tienes conocidos en el Gobierno Civil?

—Sí.

—Míralo, el importante.

—Es sobre el caso de Agustín Mainat. Tendrá alguna información.

—¿Y te la va a dar a ti, así, sin más, por las buenas?

—Ya te he dicho que es un conocido. Aún me queda alguno.

—Pero será de ellos, ¿no?

«Ellos.»

Siempre «ellos».

¿Cuándo volvería a haber un «nosotros», o un «todos», que no viniera impuesto por la fuerza?

Desde que le había parado los pies al falso pretendiente de Teresina, estaba rabioso.

—Le salvé la vida a su hijo. —Tocó la nota con un dedo—. Todo esto de Agustín Mainat parece muy cerrado. No hay demasiado por donde meterle mano e investigar.

—¿Te has pasado el día haciendo preguntas?

—Sí.

—¿Y?

—¿Por qué no te lo cuento dando un paseo?

—¿Quieres ir a pasear?

—¿Por qué no? Hace una tarde estupenda. Así espero a la hora de la cena. Si me quedo aquí, me voy a comer esa galleta aunque sea pasando por encima de ti.

—Ya pasas bastante por encima de mí. —Le guiñó un ojo pícara.

En otro tiempo se hubiera puesto rojo.

En otro tiempo.

—Voy a arreglarme. —Se apartó ella antes de que la atrapara.

La siguió hasta la habitación. Se quedó en la puerta. Patro se quitó la bata y se puso una falda. Tenía las piernas bonitas, delgadas, con las pantorrillas perfectamente contorneadas y los muslos armónicos. Calzó unos zapatos cómodos sin apenas tacón. Después estiró la blusa y se miró en el espejo, de frente y de perfil. Tenía el pecho ideal, ni muy grande ni muy pequeño. Acabó dándole volumen al pelo con las dos manos.

¿Cuántas veces su feminidad le conmocionaba?

—Mirón —le dijo.

—Sabes que no me canso de hacerlo.

—Cuando sea viejecita...

Iba a decirle que, cuando ella fuese viejecita, él llevaría años, o siglos, criando malvas. Pero se abstuvo. Patro también había cortado la frase antes de completarla.

Caminaron hasta el recibidor. Ella se puso una chaquetilla. Luego cruzó la puerta que él ya tenía abierta y bajaron la escalera en silencio. La portera los saludó al pasar. Ya no eran Patro Quintana y el señor Miguel. Eran «los Mascarell». Eran «el matrimonio del segundo tercera». Salieron a la calle y él mismo tomó el rumbo hacia la izquierda, por Valencia. Patro se le colgó del brazo y armonizó su paso con el suyo.

—Va, cuenta.

Miquel no supo por dónde empezar.

—Agustín lo tiene mal. —Suspiró.

—Si no lo ha hecho, si hay el menor indicio, tú darás con él.

—Antes te preocupaba que me metiera en problemas.

—¿Conoces el dicho «si no puedes combatirlo, alíate con ello»?

—No es exactamente como lo dices, pero sí, lo conozco. —Sonrió—. ¿Así que me apoyas para no tener que enfadarte?

—Eres lo que eres, en estos casi tres años ya me he dado cuenta. —Le dio un beso rápido en la mejilla, no fueran a ser la causa de un escándalo público—. ¿No se quiere a la gente más por sus defectos que por sus virtudes?

—Ahora soy defectuoso.

—Mucho. Por eso te quiero tanto. —Le dio otro beso.

—Cada vez que me meto a investigar algo, sufro por ti —reconoció.

—Lo sé. Pero me siento orgullosa. Lo que hiciste en diciembre con ese inglés y su novia y cómo lo resolviste todo... Y antes, cuando lo del atentado a Franco, o en octubre del 48, dando con la tumba de aquel chico... Tuviste que ser el mejor policía de Barcelona.

—No lo hacía mal. —Sacó un poco de pecho.

—Venga, cuenta qué has descubierto, con quién has hablado. —Se pegó más a él.

Era el mejor de los públicos.

Y, aunque seguía sufriendo, iba aceptándolo más y más, asimilándolo. Ya no era el primer caso en el que se metía desde su llegada a Barcelona en julio del 47.

Una breve, muy breve eternidad.

Se lo contó, despacio, al detalle; en parte, para reflexionarlo también él y atender las campanitas de su mente, las que repicaban a veces sin saber por qué, las que le alertaban de algo en lo que no caía de buenas a primeras; y en parte, porque así lo compartía con su mujer, su verdadero otro yo. Le habló de todos los Fernández, la sobria Elisenda, la irascible Amalia, el enamorado Rosendo. Le habló de la misteriosa novia Sofía, desaparecida de inmediato tras la muerte de Gilberto Fernández, y de la que sólo tenía un posible rastro: la calle Milá y Fontanals, a la que había ido un día en taxi, tal vez para visitar a una amiga, o a comprar algo o... ¿Cómo saberlo? No era más que un albur, la clásica búsqueda de una aguja en un pajar que emprendería al día siguiente. Y le habló del nuevo y no menos misterioso hombre surgido en el caso, aquel Cristóbal de acento extranjero, inesperado como un clavo asomando en un ataúd en medio de la historia. Se lo contó todo menos lo último: su visita sorpresa al canalla que había seducido a Teresina.

Eso se lo guardó.

Caminaban despacio.

La tarde era muy agradable.

Parecía imposible que en los albores de aquella nueva primavera pudiera haber algo malo en alguna parte, que la gente se matara, que la gente se odiara, que hubiera...

En una pared vio la mancha oscura.

La imagen de Franco.

El yugo y las flechas.

Podía ser primavera, pero para España continuaba el largo invierno de la posguerra y la dictadura.

Contrastes y mentiras.

De pronto, sonrió.

Debajo de la clásica pintada «¡Arriba España!», alguien había escrito en catalán: «*I quan arriba?*».

Todavía no lo habían borrado.

A lo mejor, «ellos» ni siquiera pillaban el chiste.

# Día 4

*Sábado, 22 de abril de 1950*

## 22

El protocolo de acceso al despacho de Ildefonso Ramírez Soto fue el mismo del jueves. Ujieres y miradas. Pasos y rostros avinagrados, como si allí todo fuera trascendente. Ni siquiera el hecho de ser sábado alegraba un poco el ambiente. Pero al menos no hubo espera. Nada más decir quién era, fue anunciado e introducido en el sacrosanto templo de la vida urbana y política barcelonesa.

Aunque Miquel no estuviera muy seguro de lo que se cocía allí ahora.

Nada había cambiado en el despacho. El retrato de Franco, el crucifijo, la mesa de caoba, las dos butacas. La diferencia con respecto a su primera visita fue que, esta vez, el dueño del lugar sí se puso en pie al verle aparecer.

Le tendió la mano.

—¿Cómo está, Mascarell?

Iba a decirle que dos días más viejo, pero llevaba tiempo dándose cuenta del escaso humor de los franquistas, y menos aún de la caterva de adláteres, camisas negras, azules y el largo etcétera que les seguía.

Así que se limitó a decir:

—Bien. Bueno, sorprendido.

—¿Por?

—Su mensaje. Fue toda una sorpresa.

—Usted vino a verme. Me preguntó por alguien y he pensado que quizá le interese conocer algo más acerca del tema. Siéntese, por favor.

Miquel se quedó casi anestesiado.

Estupefacto.

¿Le había llamado para «informarle» de algo relacionado con el caso de Gilberto Fernández?

¿A él?

¿Un ex policía republicano indultado y salido de las cárceles de Franco?

Miquel se puso en guardia. Había salvado la vida de su hijo, pero no creía en los milagros.

—No esperaba tanto —reconoció.

—Me alegró volver a verle. —Ildefonso Ramírez ocupó de nuevo su lugar detrás de la mesa—. De alguna forma me sentí... aliviado. Tantos amigos murieron. Tantos conocidos, de uno u otro bando. Y de pronto apareció usted. Me hizo reflexionar, darme cuenta de nuestra suerte, del valor de lo que tenemos ahora. Vencimos, Mascarell, vencimos. —Se lo dijo sin ambages, como si fuera una verdad incuestionable—. Pero no pienso que usted fuera un derrotado. Hoy está aquí, libre, ha recuperado el tiempo, tiene una nueva vida y el valor suficiente como para creer en la inocencia de un hombre acusado de asesinato. —Le miró fijamente y agregó—: Yo admiro eso, ¿sabe? Integridad, convicción, lealtad... Me imagino que seguirá pensando que ese joven es inocente.

—Sí, lo pienso y estoy seguro de ello.

—¿Igual que hace dos días?

—Más.

—¿Por qué?

—Creo en las personas.

—Las personas cambian.

—No tanto.

El hombre del Gobierno Civil plegó los labios y le escrutó con una mirada.

—He seguido el caso a lo largo de estos dos días, después de su visita —reveló—. No lo habría hecho de no ser por usted, le soy sincero. He de decirle que, a pesar de los interrogatorios, el acusado continúa negando haber cometido el crimen.

A pesar de los «interrogatorios».

Miquel trató de no parecer preocupado o alterado, y, mucho menos, furioso.

Le costó.

—¿No querrán una declaración firmada a la fuerza? —se atrevió a manifestar.

—Desde luego que no —dijo Ildefonso Ramírez—. Pese a la gravedad del caso, no es nuestro estilo. Pero es obvio que todo apunta en su dirección.

—¿Y el móvil?

—Eso es lo que investigamos. Bueno, lo que investigan sus actuales colegas.

Había palabras que seguían doliéndole.

«Actuales colegas.»

Siguió sentado, aparentando tranquilidad.

Estaba allí por algo, y quería saber qué era.

Esperó.

—Le he preguntado si creía en la inocencia de Agustín Mainat igual que hace dos días y me ha dicho que más —habló despacio su interlocutor—. Eso me hace pensar que ha estado haciendo preguntas aquí y allá.

Pies de plomo.

Cuidado.

—Sólo unas pocas. Las justas —se avino a convenir.

—Usted era un buen policía.

—Era, por desgracia.

—El mejor.

—Gracias.

—Dicen que «quien tuvo, retuvo». —Sonrió—. ¿No es un desperdicio que esté retirado a la fuerza?

Seguía sin saber a dónde quería ir a parar.

—Ya estaría jubilado. —Se encogió de hombros.

La mirada de Ildefonso Ramírez se hizo más profunda. Miquel la sintió en su mente. Una taladradora.

¿Habrían contado ya los Fernández que un falso policía igual a él había estado molestándoles?

Mantuvo la serenidad.

—Voy a decirle algo. —El hombre del Gobierno Civil se acodó sobre su mesa, abandonando la indolencia de su primera postura, apoyado en el respaldo de su butaca—. Este asesinato es... diferente —empleó la palabra con dudas—. Es posible, sólo posible, que el señor Gilberto Fernández se llevara algo de la embajada. O, si no se lo llevó físicamente, que lo tuviera en su cabeza, ¿me explico?

—¿Por qué no lo interrogaron antes de trasladarle a España, o al llegar aquí?

—Porque ha sido su muerte la que ha puesto todo patas arriba.

—Señor Ramírez...

—¿Sí? —Lo alentó a seguir al ver que se detenía.

—¿Me está usted hablando de secretos?

—En Washington se cuece todo lo que afecta al mundo libre. Alta política, amigo mío.

Era la primera vez que empleaba la palabra «amigo».

Pese a lo de su hijo.

—Si es alta política, ¿qué pintaba un joven como Agustín Mainat en todo ello?

—Es periodista.

—Por Dios, ¿piensa que estaba buscando una exclusiva o algo así? Ni siquiera habría podido publicarla. —No quiso mentar la palabra «censura».

Ildefonso Ramírez llegó a sonreír.

—Ya veo que seguimos sin caerle demasiado bien.

—Yo no he dicho eso.

—No se trata de censura —la empleó él—, sino de protección. Hablamos de la seguridad del Estado, el mantenimiento del orden, la paz y la concordia entre naciones. Estados Unidos es el actual garante del equilibrio internacional. Algo así como el policía del mundo. Es la gran potencia. España acabó con el comunismo. Ellos lo están frenando en el resto del planeta.

—¿Y para qué querría Agustín Mainat unos... llamémoslos «secretos»?

—Su padre fue fusilado por rojo.

—Él no lo es.

La sonrisa de Ildefonso Ramírez dio paso a un destello en la mirada.

—Tiene usted agallas.

—No, le aseguro que no. Me las dejé en el Valle. Sólo quiero lo que usted ha dicho: vivir en paz. Pero ese muchacho merece el beneficio de la duda mientras no confiese o se demuestre fehacientemente que él lo hizo.

—Eso es lo que me gusta de usted. —Asintió su oponente—. Bastó con que un conocido, ni siquiera un amigo, tuviera problemas, para que se arriesgara y se presentara aquí, poniéndose en evidencia. Cuando sacó a mi hijo de aquel lío, hizo lo mismo. Creyó en él, y luchó por demostrarlo. Fue el único.

—Señor Ramírez —empezó a sentirse inquieto—, todavía no me ha dicho para qué me ha llamado...

La espera fue un poco más larga de lo normal, como si el hombre todavía se lo estuviera pensando. Un ramalazo de frío le recorrió la espina dorsal. Ildefonso Ramírez le debía la vida de su hijo, de acuerdo, pero aun así...

En los nuevos tiempos, él no era nadie.

Y menos si metía las narices en un caso de asesinato.

Recordó a Rosa Aiguadell.

«Espías.»

—De acuerdo —dijo Ramírez—: Gilberto Fernández tuvo

un lío con una mujer. Ésa fue la causa de su cese inmediato y fulminante. Nadie supo nada y, probablemente, él perdió la cabeza por ella. Cuando los servicios secretos americanos detectaron que ella era una agente soviética, decidieron tenderle una trampa. Hablaron con el señor Fernández para que colaborara. Iban a proporcionarle información falsa. Lamentablemente, por el motivo que fuese, ella lo supo, se lo olió... Ya no importa. El caso es que desapareció, de la noche a la mañana. Se les fue de las manos y los americanos se subieron por las paredes. No están habituados a eso. —Hizo una breve pausa—. Con ella fuera de circulación, llegó la defenestración del responsable de todo. Mandaron aquí a Gilberto Fernández, y fin del asunto.

—¿No le encerraron?

—No.

—Extraño, ¿no le parece?

—En primer lugar, se trató de minimizar el escándalo, impedir que llegase a la prensa. Allí lo publican todo. En segundo lugar, Gilberto Fernández colaboró desde el primer momento, y aseguró que no le había facilitado nada importante a su amante, ningún secreto que comprometiera la seguridad española o americana. En tercer lugar, la esposa no es cualquiera. Elisenda Narváez tiene influencias. Movió los hilos adecuados e, incluso, para el Gobierno fue mejor calmar las aguas que agitarlas. Ella presentó a su marido como una víctima, un incauto caído en manos de una profesional. No le bastó eso: removió cielo y tierra para que su esposo se mantuviera en el servicio diplomático. Lo malo es que acababan de darle un nuevo destino, y no precisamente en un paraíso, sino en el fin del mundo.

—Marruecos.

—¡Vaya! —Se sorprendió Ramírez.

—Hablé con la señora Narváez. —Decidió poner las cartas sobre la mesa por si acaso.

Ildefonso Ramírez no quiso valorar la confesión de su visitante.

—Como volver a empezar de nuevo —dijo—. Ni siquiera puedo imaginármela allí, en una embajada tan difícil. Apuesto a que en menos de dos años ya habría conseguido sacarle de ese agujero para disfrutar de algo mejor.

—Puesto que me está contando todo esto, ¿puedo preguntarle el nombre de esa espía?

—El apodo en clave era Irina, pero a lo mejor también era su nombre real. Allí se hacía llamar Esperanza Miranda, hija de cubanos. Según Gilberto Fernández, hablaba español sin el menor acento. Una auténtica Mata Hari.

Miquel ya no se contuvo más.

—¿Por qué me está contando todo esto?

Ildefonso Ramírez abrió las manos. Un cordial gesto de sinceridad.

Miquel tragó saliva.

—Quería que supiese que éste es un caso con implicaciones políticas de altos vuelos, y pedirle, simplemente, por su bien, que no se meta en líos. No creo que pueda protegerle si lo hace, ¿me entiende?

—Le entiendo.

—Si Gilberto Fernández tenía algo en la cabeza, murió con ello. Pero si, pese a todo, estaba en posesión de documentos, papeles... no han aparecido por ninguna parte.

—¿Y por qué iba a llevarse documentos o papeles de la embajada?

—No lo sabemos. No es más que una hipótesis. Ellos lo consideran todo, simplemente. Y cuando digo ellos me refiero tanto a los servicios secretos americanos como a los españoles. El detonante ha sido su muerte. Parecía un caso cerrado, pero de pronto...

—Se han puesto nerviosos.

—Sí, demasiado. Por eso he sentido la necesidad de avisarle y protegerle. Usted es de los que cuando meten las narices en algo...

—No lo hago —mintió.

—Creo que sí —soltó con un deje de sarcasmo.

—Pues sí que me tiene en buen concepto. —Se atrevió también a sonreír él.

—Amigo mío. —Era la segunda vez que se lo decía—. Usted tuvo su momento, y sigue vivo pese a que éste ya pasó. Ahora es el nuestro, pero sé que no es de los que se rinden. Vieja escuela, me consta. Es cabezota, tozudo, fiel... Tendría que dejarlo así, gozar de lo que le queda. Ha vuelto a casarse. ¡Disfrútelo! Si Agustín Mainat es inocente, tarde o temprano lo sabremos.

Y mientras, le hacían una cara nueva.

Desde el lunes.

¿Cuánto era capaz de resistir un ser humano?

—Debería agradecerme lo que le he dicho, y mi interés por usted. —Se levantó Ildefonso Ramírez poniendo punto final a la charla.

—Y se lo agradezco —asintió Miquel imitándole.

Se dieron la mano.

Con fuerza.

—Le dije a mi hijo que estaba usted vivo. Se alegró.

Sin pretenderlo, Miquel pensó en Roger.

Tuvo ganas de salir de allí cuanto antes.

# 23

Durante el trayecto en taxi hasta la casa de Rosa Aiguadell, la cabeza empezó a darle vueltas hasta que se le convirtió en un vértigo, un hervidero de sensaciones cargadas de inquietud.

¿Se había vuelto tan desconfiado que ya no se fiaba de nadie?

¿Lobos con piel de cordero?

Washington, la embajada española, un tipo fácilmente seducible, una espía rusa, una defenestración y, como remate, la muerte del principal implicado.

La guinda era que Ildefonso Ramírez se lo contara.

—Maldita sea... —llegó a rezongar en el taxi.

—¿Se ha dejado algo, señor? —le preguntó el hombre.

—Sí, la moral —dejó ir.

Evidentemente, el taxista no le pilló la intención.

Se limitó a seguir con lo suyo.

Iba a entrar en el edificio, todavía con la cabeza en el Gobierno Civil y en la conversación mantenida con Ramírez, cuando por la puerta del vestíbulo vio aparecer a la novia de Agustín Mainat.

—¡Rosa!

La joven se detuvo. Estaba hecha un desastre y no lo disimulaba. Ojeras, desarreglo, palidez. La viva imagen de la derrota y el dolor. Tenía las pupilas orladas por un rojo intenso que dejaba entrever una mirada triste y vacía. Como el día era frío y desapacible, llevaba un abrigo primaveral. Al reconocerlo, intentó sonreír.

Le salió una mueca imprecisa.

—Señor Mascarell...

—¿Cómo estás, querida?

Se encogió de hombros.

—Siguen sin dejárnoslo ver. Lo intentamos, pero nada. Ni a su madre. Es una locura. Yo... me temo lo peor.

—¿Que firme una declaración de culpabilidad?

—No. Él nunca haría eso si es inocente. Temo que le maten.

Todo era posible.

Y, desde luego, Rosa no sabía lo que era estar una semana sin dormir, sometido a la constante presión de un interrogatorio, torturas...

—¿Ha averiguado algo? —volvió a hablar ella.

—No mucho, salvo que tengo cada vez más claro que no lo hizo.

—¡Pues claro que no! —Se le crispó el ánimo.

—Lo malo es que no hay muchas opciones.

—¿Seguirá intentándolo?

—Sí. ¿Tienes prisa?

—He quedado con la madre de Agustín en la puerta de La Modelo. ¿Por qué?

—Necesito hacerte unas preguntas.

—No quiero volver a subir a mi casa. —Envolvió sus palabras con un gesto de amargura—. Mi madre casi está peor que yo. Primero no quería que saliera, luego insistía en acompañarme. Esta situación es tremenda.

—¿Podemos hacerlo aquí, tomando algo, o mientras caminamos?

—De acuerdo. Voy a coger el autobús. Si me acompaña a la parada...

Empezaron a caminar, uno al lado del otro, con Rosa marcando la dirección de sus pasos. Miquel iba a formular la primera pregunta, pero ella se lo impidió al decirle:

—La policía interrogó ayer a la madre de Agustín.

—¿Qué querían saber?

—Si se había visto con el señor Fernández.

—Eso parece probar que se toman en serio la teoría del acoso por su parte.

—¿Y ése no es un motivo para que el hijo quisiera pararle los pies a él?

—¿Qué les dijo ella?

—La verdad, que lo intentó; de manera muy desagradable, pero sin éxito. Y que, por supuesto, no le contó nada a Agustín, así que no podía saberlo. Nadie salvo ellos dos, la señora Mercedes y el señor Fernández, sabían eso.

Miquel se detuvo de pronto, al recordar el principal motivo de querer ver a Rosa Aiguadell.

Seguía con la cabeza alborotada.

—¿De verdad no puedes subir a tu piso?

—¿Por qué?

—Me iría bien tener por un día o dos la foto que me enseñaste. La del Tibidabo.

Rosa abrió su bolso. No tuvo que buscar demasiado.

La foto estaba allí.

—Después de mostrársela a usted pensé que podía ser de alguna utilidad, por si me preguntaban cosas en comisaría o en la misma Modelo. —Se la entregó.

—Gracias.

—Pero prométame que me la devolverá.

—Te lo juro.

—Es la más reciente, y estamos juntos. Se nos ve felices…

La contempló con tristeza y melancolía mientras Miquel se la guardaba en el bolsillo derecho de la chaqueta.

Reanudaron la marcha.

—¿Para qué la quiere? —preguntó Rosa.

—Una corazonada.

—¿No quiere compartir conmigo lo que sabe?

—No son más que conjeturas.

—Si usted fue policía, son algo más que conjeturas. Por favor, sea bueno.

Patro solía decirle: «Me gusta que seas malo».

—La presunta novia de Rosendo apareció de repente. Llega aquí y a los pocos días una mujer guapa, mayor, interesante, le seduce hasta el punto de perder la cabeza por ella. Ayer la localicé, fui a donde vivía, pero resulta que desapareció sin dejar rastro al día siguiente del asesinato.

—¿En serio? —Le cambió la cara.

—Con un muerto de por medio, no hay casualidades, Rosa —dijo Miquel—. Así que esa mujer sabe algo.

—¿Qué cree que puede saber?

—Ni idea. Pero una mujer, y menos como ésa, no va y viene así como así, ni desaparece sin más después de un asesinato, ni vive en un agujero como el que tenía, salvo que quiera pasar inadvertida a pesar de todo.

—¿Pudo hacerlo ella?

—Quién sabe.

—¡Ya está: el señor Fernández descubrió que su hijo tenía esa relación, no la aprobó, a lo mejor pensó que era una cazafortunas o algo peor! ¡Discutieron, o quiso comprarla, o amenazó con hacerle algo malo, y ella lo apuñaló!

Volvían las películas.

—¿Un drama pasional?

—¿Por qué no? —siguió, excitada.

—Por lo que sé, Gilberto Fernández no la conocía. Ni siquiera sabía de su existencia. Rosendo y Amalia estaban muy enfadados con su padre. ¿A santo de qué le iba a presentar él a una novia que, encima, era tan exuberante y mayor?

—Eso es cierto. —Reapareció la tristeza al derrumbársele su teoría—. La situación era muy mala. Agustín me hablaba de las peleas en casa de Rosendo. La más enfadada era Amalia. La semana pasada llegó la noticia de que a su padre lo enviaban a Marruecos y hubo una gran disputa. Incluso la señora Fernández le dijo a su marido que ni loca se encerraría en un país árabe, con sus costumbres arcaicas, casi obligada a no moverse de casa o a llevar velo y esas cosas.

—¿Amenazó con no acompañarle?

—Bueno, le dijo que volvería a usar sus influencias para cambiar eso. Que le había salvado una vez y volvería a hacerlo. Todos estaban contra él. A fin de cuentas, era el culpable de la situación.

Unos empleados estaban preparando ya un tenderete para vender libros al día siguiente. Barcelona se volcaría en sus calles. Libros y rosas. Era algo más que la fiesta de la cultura o del amor. Era el verdadero día de Cataluña.

Ni la dictadura podía impedir eso.

—Rosa, concéntrate en Sofía, por favor.

—¿A qué se refiere con que me concentre?

—Que trates de recordar detalles, cosas que pudiera decir o hacer, lugares de los que pudiera hablar. Si no la localizo, perderé la única pista que ahora mismo puedo seguir.

—Ya le dije que sólo salimos dos veces.

—¿Mencionó algo, una calle, un lugar al que fuera o quisiera ir?

—No.

—¿Y el nombre de un tal Cristóbal?

—No, tampoco, seguro. No era de las de hablar, sino más bien de las de actuar. Ya le dije que se pegaba a Rosendo como una lapa, y que todo eran caricias, miradas, besitos...

—Pero Rosendo hablaría de ella con Agustín, de dónde procedía, familia, cosas así.

—Si lo hizo, serían conversaciones de hombres, ya sabe.

—¿No intentó hacerse amiga tuya?

—Me trataba con condescendencia, como si yo fuese una

173

hermana pequeña, o menos. —Se encogió de hombros—. Yo me sentía... impresionada por ella. Un patito feo, ¿sabe? Pensaba que si Agustín se ponía a comparar... A veces también él se la quedaba mirando embobado. Y no podía culparle. Cuando reía, echaba la cabeza hacia atrás y desparramaba su mata de pelo negro como una cascada. Abría la boca, con los labios pintados de rojo, y lucía esos dientes tan perfectos, blancos. Y vestía como una actriz, escotes generosos, zapatos de tacón, su perfecto maquillaje.

—Una mujer de mundo.

—Sí.

—Y Rosendo colado.

—Se le iban los ojos. Sofía es pura seducción. En una mujer, eso y tener unos pocos años más, se nota. Lo bueno es que una mujer así no puede esconderse.

Pensó en lo que acababa de decir Rosa.

No. Una mujer así no podía esconderse.

Ésa era su baza.

Llegaban al paseo del General Mola, a la parada del autobús. No quería retrasar más el desplazamiento de la novia de Agustín hasta La Modelo, aunque lo más seguro fuese que, tras otro día de esperas y llantos, tampoco se lo dejaran ver.

Las mujeres no contaban.

Salvo en la guerra, que también las fusilaban por ser esposas o madres de rojos.

Miquel se dio cuenta de que llevaba dos o tres días con un pésimo sentido del humor, más crítico que otras veces, viendo el mundo con un poco más de mala leche, por no decir cabreo directo. Con un día como aquél, cielo plomizo, posible lluvia intermitente, todo era peor. Pero ¿cuándo no caía un poco de agua o, directamente, hacía frío por Sant Jordi?

—¿Es tu parada?

—Sí.

El autobús podía llegar de un momento a otro.

Se acercó a ella y le dio un beso en la mejilla.

—No desesperes. —Fue lo único que acertó a decirle.

—Por favor, no nos deje.

—No lo haré. Y tengo que devolverte esa foto.

—Ojalá lo haga cuando estemos juntos de nuevo Agustín y yo.

Vivía en la esperanza.

Rosa no les conocía tan bien como él.

«Ellos.»

—Sé que es difícil, pero sé fuerte —le deseó.

—Gracias.

Se separó de ella.

Cuando volvió la cabeza, la vio prepararse para subir al autobús de la línea I. El que iba de la ronda de San Pablo a la plaza de Maragall. El que pasaba más cerca de la calle Entenza y su cárcel.

## 24

La recepcionista de *La Vanguardia* era la misma de diciembre pasado, cuando visitó y conoció a Agustín Mainat. Más aún: le recordó, porque nada más verle aparecer por la puerta arqueó las cejas. Seguía siendo una chica vital, se le notaba. La sonrisa acentuó sus facciones juveniles.

—Buenos días. Veo que se acuerda de mí.

—Sí, sí señor. ¿En qué puedo servirle?

—¿Me respondería a unas preguntas?

—¿Yo? —Se sorprendió.

—Es sobre Agustín Mainat.

Se le ensombreció el rostro. Su cara reflejó pena, dolor, angustia... Miró hacia atrás, en dirección a la puerta que comunicaba su cubículo con la redacción. Cuando volvió a dirigirse a él, bajó la voz.

—Usted era amigo suyo, ¿verdad?

—Sí, por eso vine hace unos meses.

—¿Sabe cómo está?

—No. No dejan que nadie le vea.

—Ya. —Se mordió el labio inferior—. Desde luego...

—Él no lo hizo. —Se arriesgó un poco en su tono categórico.

—¡Pues claro que no lo hizo! ¡Pero si es un trozo de pan, por Dios! —Cambió la cara de pronto al darse cuenta de que ambos estaban de acuerdo—. Lo dice en serio, ¿no?

—Muy en serio.

—¿Quién es usted?

—Fui policía.

Eso la impresionó.

—¿Está investigando lo que pasó?

—Tal vez. —No quiso lanzarse a la aventura.

—¿Qué quiere saber?

—¿Vino la policía a registrar las cosas de Agustín?

—Sí. —Movió la cabeza de arriba abajo como si le pesara una tonelada—. Y vaya si lo registraron, oiga. Todo. Sólo les faltaba la lupa de ese detective inglés.

—Sherlock Holmes.

—Como se llame.

—¿Se llevaron algo?

—¡Pero si no encontraron nada! —Elevó un poco la voz, airada, aunque manteniendo el mismo tono bajo—. Llegaron como un huracán, se pasaron una hora y se fueron igual, con las manos vacías y unas caras... Ni dijeron qué estaban buscando.

—¿Había hombres de paisano?

—Sí, la mayoría. Parecían gemelos.

—¿Han vuelto?

—No, ¿para qué?

—¿Cuándo fue la última vez que vio a Agustín?

—Pues esa misma mañana, la del lunes.

—¿Estaba nervioso, inquieto...?

—Para nada. Llegó a su hora, como siempre, sonriendo a pesar de ser lunes. Bromeó sobre mi vestido primaveral, que lo estrenaba ese día, y se metió para dentro. A los veinte o treinta minutos, después de la llamada, se marchó.

—¿Qué llamada?

—Un hombre pidió por él. Yo misma se la pasé.

—¿Algún nombre?

La muchacha apretó las cejas.

—El que luego murió.

—¿Gilberto Fernández?

—Sí.

—¿Y él se marchó después de esa llamada?

—Corriendo.

—¿Le dijo algo al irse?

—Que volvería en un rato. Y miró su reloj. Parecía tener una cita, prisa, no sé.

—¿Estaba serio, preocupado?

—No, no, como al llegar.

—¿Hacía eso a menudo? Me refiero a ausentarse del trabajo en plena mañana.

—Aquí hay cierta flexibilidad, a fin de cuentas las noticias están en la calle. Los periodistas entran y salen mucho. Pero él no. Más bien era de sentarse y escribir.

—¿Ese hombre había telefoneado otras veces?

—No, nunca.

—¿Le contó esto a la policía?

—¡Claro! A mí también me interrogaron, vaya unos. Y me miraban de una forma... Tuve pesadillas esa noche. ¡Es que lo hacen como si todo el mundo fuera sospechoso o supiera más de lo que dice y callara algo!

Bendita inocencia.

—¿Pudo comentarle algo Agustín a un compañero?

—La gente suele trabajar por la tarde. A primera hora no hay tanta gente. Agustín llegaba siempre temprano. Le gustaba preparar bien sus textos. Cuando salió por la puerta —señaló el acceso a la calle Pelayo—, echó a correr. Fue la última vez que le vi. —Se entristeció de golpe—. No le soy de mucha ayuda, ¿verdad?

—Al contrario. Me ha dicho cosas que no sabía.

—¿Ah, sí? —Mostró una súbita alegría.

—¿Alguna vez vino a buscarle al trabajo un amigo llamado Rosendo, solo o acompañado de una mujer muy guapa?

—No, nunca.

—¿Y su novia?

—Ella sí, una o dos veces, cuando salía muy tarde. Muy agradable, ¿no? ¿La conoce?

—Sí.

—Pensar que iban a casarse...

—¿Cómo se llama usted?

—Violante.

—Bonito nombre.

—¿A que sí? Primero no me gustaba. Me hacía parecer rara. Pero ahora sé que es diferente y me siento orgullosa de él. Me lo pusieron por mi abuela, ¿sabe? Murió en los bombardeos de marzo del 38.

¿Por qué siempre, en cualquier conversación, surgía la muerte? ¿Quizá porque no había una sola familia en Barcelona sin un caído?

—Lo siento.

Violante puso cara de resignación.

Le calculó unos veintidós o veintitrés años. Así que en marzo del 38 tendría únicamente diez u once.

Sabía lo que era el miedo, el hambre y el frío, pero quizá ya lo hubiese bloqueado en su mente.

Una salvaguarda.

Sonó el teléfono de la centralita y, antes de que lo cogiera, Miquel se despidió.

—Gracias.

—Hasta pronto.

Lo dijo de una forma que casi parecía convincente.

Hasta pronto.

Miquel salió a la calle y se detuvo. Miró Pelayo arriba Pelayo abajo, con la calle Balmes al frente. La casa de Gilberto Fernández no estaba lejos. El lunes, Agustín probablemente habría ido andando. Como mucho diez minutos, o menos tratándose de un hombre joven como él.

Le quedaba la búsqueda de la aguja Sofía Argilés en el pajar de la calle Milá y Fontanals.

Por una vez, pasó de taxis y fue a la plaza de Cataluña a buscar un tranvía que le llevara hasta el cruce de la avenida del Generalísimo —la Diagonal— con el paseo de Gracia. Lo que, tras la guerra, habían bautizado como la plaza de la Victoria, aunque para todos fuese el Cinco de Oros.

# 25

El tranvía 26 le dejó en la parada de paseo de Gracia con Diagonal y se apeó por la puerta delantera. Como en cualquier casa con dos puertas, mala de guardar, el cobrador iba de una a otra para que ningún chico se le colara si el tranvía iba lleno. Cruzó la principal avenida de Barcelona sin mirar, a su izquierda, el monumento que los franquistas habían convertido en un símbolo de su victoria. Al pie del obelisco podía leerse: «A los heroicos soldados de España que la liberaron de la tiranía rojo-separatista. La ciudad agradecida».

No todos llamaban Cinco de Oros al cruce. Otros, más ilustrados, preferían llamarla plaza del Lápiz.

Allí, el 26 de enero de 1939, había sido testigo de la entrada de las tropas nacionales en la ciudad.

Allí.

El día era gris, desapacible, incluso frío. Podía llover en cualquier momento. Un día ideal para ponerse a pensar en el pasado.

Caminó por la calle Córcega hasta el inicio de Milá y Fontanals por la parte baja y decidió lo más elemental: subir por el lado izquierdo, el de los impares, y al llegar al final, ya en Travesera de Gracia, bajar por los pares. Mejor eso que andar cruzando la calzada una y otra vez. Cogió la fotografía que acababa de prestarle Rosa y, con ella en la mano, entró en la primera casa.

¿Cuánto hacía que no seguía así una pista, revestido de paciencia, enseñando una imagen sin muchas esperanzas de conseguir resultados pero comprendiendo que era necesario, lo único que podía permitirle seguir avanzando en una investigación?

Comenzó a recolectar noes y miradas de indiferencia, cuando no de miedo.

—¿Ha visto alguna vez por aquí a esta mujer?

—No.

—¿Seguro? Mírela bien. Es muy guapa y llamativa. Se hace notar.

—No, no, lo siento.

Como mucho, aparecía algún gracioso:

—Caballero, si la encuentra usted me avisa, porque, si la encuentro yo, me la quedo.

No en todas las casas había porteras o porteros. No en todas las escaleras aparecía un vecino o vecina, en el caso normal en el barrio, de no tener portería. Fue anotando en un papel los números fallidos, por si necesitaba volver a intentarlo. Lo peor eran las casas bajas, de una sola planta, vacías y sin rastro de si estaban ocupadas o no. Los sábados por la mañana se trabajaba igual que cualquier día de la semana; incluso más, porque las tiendas habituales vendían el doble, para dos días. Cuando rebasó la calle Libertad, que en su prolongación a la derecha se convertía en Monistrol, habiendo inspeccionado más o menos un tercio del tramo izquierdo, tenía aproximadamente la mitad de los números marcados con una equis.

Entró en una relojería. Un hombre arreglaba un reloj con una lupa incrustada en su ojo derecho y unas pinzas en la mano. No quiso importunarle y esperó a que notara su presencia.

—Buenos días —repitió una vez más.

—Yo a esta hora nunca sé si decir eso o buenas tardes. —Le sonrió el relojero.

—¿Ha visto a esta mujer por aquí? —Le pasó la fotografía y puso un dedo sobre la imagen de su objetivo.

El hombre se tomó su tiempo.

—Diría que sí. —Vaciló.

—¿Cuándo?

—Pues... eso ya no sabría precisárselo. Creo que es ella, aunque llevaba un pañuelo en la cabeza y gafas. Tampoco es que esté seguro. Debió de ser hace un mes o un mes y medio.

—¿Le trajo un reloj para reparar?

—No. Compró un despertador.

Por primera vez, Miquel se dio cuenta de que en la tienda se escuchaba el incesante pelotón de tictacs producido por los relojes que colgaban de las paredes. Una eterna letanía de fondo. Segundos, minutos, horas, días. Tiempo.

Admiró la paciencia de aquel tipo.

—¿Recuerda algo más?

—Ya le digo que ni siquiera estoy seguro de que fuera ella, aunque lo parece.

—¿Le suena Sofía Argilés?

—No me dijo su nombre, lo siento.

—¿Y alguien llamado Cristóbal?

—Pues no.

—No importa. Me ha sido de gran ayuda.

—¿Es usted policía?

—No. Soy su padre. Llevo meses buscándola.

—Los hijos crecen hoy muy disolutos, ¿verdad? —Hizo una mueca paciente.

Regresó a la calle con nuevos ánimos. No era mucho, pero al menos alguien creía haberla visto por allí. Desde luego, era más fácil que se hubiera hecho notar en una tienda o comercio. La sensación de pérdida de tiempo, por si aquel taxi que la llevó un día hasta la calle Milá y Fontanals fuese una mera casualidad, parecía desvanecerse.

—Vives por aquí, ¿verdad, Cristóbal? —murmuró en voz alta.

Continuó subiendo por el lado izquierdo y preguntando por la novia de Rosendo Fernández. Poco a poco, su moral volvió a resquebrajarse de nuevo. Casi dos horas después llegó al final de la calle, que moría en la Travesera de Gracia, sin que nadie hubiera reconocido a Sofía Argilés. Como mucho, otro gracioso le dijo que su tío se llamaba Cristóbal, aunque ya había superado los noventa años.

Tenía dos opciones: comer por allí, descansar un rato y bajar haciendo el recorrido del lado derecho; o, estando tan relativamente cerca de casa, comer con Patro y seguir por la tarde.

Agustín Mainat seguía preso.

Machacado.

Y él pensaba en comer y descansar.

—¡No puedes salvar a todo el mundo a la vez! —le regañaba a veces Patro—. ¡Primero conténtate con salvarte tú!

¿No decía siempre, desde sus inicios en la policía, que una mente despejada era más valiosa que nada?

Miquel miró hacia abajo.

La calle Milá y Fontanals.

Se sintió agotado.

Peor: superado.

Dos o tres horas más.

—¿Dónde estás, preciosa? —le dijo a la foto de Rosa, Agustín, Sofía y Rosendo—. Y, sobre todo, ¿qué papel juegas tú en este lío? ¿Por qué saliste corriendo tras la muerte de Gilberto Fernández?

Compró *La Vanguardia* en un quiosco, se la puso bajo el brazo y decidió no rendirse.

A pesar de sentirse furioso, herido.

En su amor propio.

Llevaba unos días malos, estaba claro. En su último lío había contado con la «inestimable» presencia de Lenin a su lado, y quiso echarle las manos al cuello en más de una ocasión. Ahora casi hubiera agradecido su interminable cháchara, aquella verborrea que, muy a pesar suyo, a veces incluso resultaba graciosa. No le gustaba el color de sus pensamientos. Era como volver hacia atrás por el túnel del tiempo.

La vida de un inocente estaba en juego.

Buscó un bar, o una tasca, y cuando localizó a lo lejos, en Travesera, lo que parecía ser un pequeño restaurante, sucedió lo inesperado.

Bajó del bordillo sin mirar.

El ciclista, por su parte, era un kamikaze.

No fue un impacto muy duro. El hombre trató de eludirle, frenó, hizo un zigzag extraño sobre el suelo mojado y perdió el equilibrio patinando sobre las baldosas de la calle antes de rozarle a él y desplazarle de lado. Lo único que vio Miquel fue una gorra, unos ojos desorbitados y asustados, una boca abierta, aunque juraría que de ella no salía ningún sonido y mucho menos un grito de aviso o alarma.

El ciclista rebotó en el bordillo y saltó por encima del manillar de su bicicleta. Miquel cayó de costado, braceando en el aire sin encontrar ningún punto de agarre, y se golpeó la pierna derecha y la cadera del mismo lado al llegar al suelo. Pese a lo aparatoso de ambos aterrizajes, aunque más el del ciclista, uno y otro se quedaron mirando a unos tres metros de distancia mientras la gente empezaba a arremolinarse a su alrededor.

Posiblemente la culpa hubiese sido suya, por andar despistado y absorto en sus pensamientos. Pero los transeúntes se pusieron de parte del peatón, que además era un hombre mayor.

—¡Para haberlo matado!

—¡Si es que van como locos!

—¡Ya no se puede ni andar por la calle!

—¡Un señor tan mayor, el pobre!

—¡Pero por qué corres tanto tú, hombre!

El ciclista, ya sin la gorra, era un tipo joven, no llegaba a los treinta. Se aproximó con cara de susto para interesarse por él. A Miquel lo levantaron entre dos hombres de complexión robusta. Las voces se alzaron de nuevo.

—¿Se ha roto algo, señor?

—¿Le duele?

—¿Le llevamos a un dispensario?

El golpe le dolía, sí, pero más el orgullo.

Su primer atropello.

—Lo siento —se le ocurrió decir.

—¿Cómo va a sentirlo usted, si ha sido ese cafre? —gritó una mujer.

—Oiga, señora... —intentó protestar el ciclista.

Miquel levantó las dos manos. Se hizo el silencio.

—Estoy bien —dijo—. Sólo ha sido el golpe. Y tanta culpa tiene él, si iba rápido, como yo por haber bajado de la acera sin mirar. No necesito ir a un dispensario, ¿de acuerdo?

Quería irse antes de que apareciera un guardia urbano, o un policía, o las dos cosas.

No estaba de humor para aguantar idioteces.

—¿Seguro que...?

Miquel levantó la cabeza por encima de la muralla de airados curiosos. La circulación por Travesera no se detenía, aunque empezaba a ralentizarse, así que localizó el taxi libre a unos metros.

Levantó la mano.

—Menos mal —dijo alguien.

—Hubiera podido ser peor, sí —le secundó otro.

—Una mala caída...

—Un golpe en la cabeza...

—Si tuviera algo roto, no podría andar.

—Es lo que yo digo.

—¡De milagro! —Se santiguó la señora de antes.

—Váyase —le dijo Miquel al ciclista—. No sea que les dé por lincharle.

Se metió en el taxi venciendo el dolor de la pierna y le dio las señas de casa. Al conductor le bastó con verle la cara para no atreverse ni a preguntar qué había sucedido.

Lo que más le costó fue no gritar y empezar a dar golpes.

## 26

Lo peor de las caídas y los porrazos era que, en caliente, dolían, pero con el paso de las horas, todo iba en aumento y a peor. Salían los cardenales y aparecían las repercusiones paralelas: cojera, agarrotamiento muscular y otras lindezas.

No se sentía tan mal desde el último de sus percances en el Valle de los Caídos.

Y si allí había resistido, masticando el dolor, ¿no iba a hacerlo ahora, aunque tuviera más años?

Seguía sujetando *La Vanguardia* con la mano. Ni la había soltado. Ojeó la portada y chasqueó la lengua. Todo eran fotos de flores, preludio del Sant Jordi del día siguiente. «Tulipanes en los jardines de Pedralbes», rezaba el titular.

Por lo menos no había sotanas ni uniformes.

Casi sonrió al ver parte del texto que acompañaba las imágenes: «... la hermosura de los tulipanes triunfa de una manera imponderable sobre la gracia movediza de las nubes, sobre la geometría de los setos y de los macizos verdecidos, sobre los escorzos de mármol de las estatuas».

Casi sonrió, sí.

Tulipanes en Pedralbes.

Las maravillas de un país normal, en paz.

Y el lenguaje, florido.

La carrera fue corta. Pagó y se bajó haciendo un alarde de fortaleza. Podía caminar, pero le dolía. Pasó por delante de la garita acristalada de la portera, vacía, y subió a su piso. Nada más abrir la puerta supo que Patro no estaba en casa. Primero por el silencio, segundo porque faltaba su chaquetilla primaveral y tercero porque no la vio aparecer corriendo por el pasillo para fundirse en sus brazos.

Más como una novia amante que como una esposa habituada.

Fue a la habitación, se quitó los pantalones, un poco sucios y también algo húmedos, pero afortunadamente no rotos, y se examinó la cadera y la pierna. No había rastro del impacto, ni la menor coloración violácea. Por lo menos de momento. Hizo un par de flexiones y desistió de seguir. Sabía que si se sentaba, luego le dolería más.

Pero se sentó.

Muy cansado.

Y encima el golpe.

Trató de concentrarse en el periódico mientras esperaba a Patro, pero no pudo. Estiró la pierna varias veces, para que la sangre fluyera. Acabó dejándolo a un lado y, tras apoyar la cabeza en el respaldo de la butaca, cerró los ojos.

Los personajes del drama danzaron en su mente.

Mujeres, mujeres, mujeres. Elisenda Narváez, Amalia, Sofía Argilés, la madre de Agustín, Rosa Aiguadell... Los hombres eran las víctimas. Gilberto Fernández el muerto, Agustín su presunto asesino, el despechado Rosendo...

El misterioso Cristóbal.

Según Violante, la recepcionista de *La Vanguardia*, Gilberto Fernández había llamado por teléfono a Agustín y éste había salido disparado para su casa.

¿Por qué?

¿La trampa perfecta?

Pero el muerto era precisamente el diplomático.

¿Quién movía los hilos de la trama?

Agotado o no, decidió ponerse en pie para evitar que se le

cerraran los ojos. Se puso los otros pantalones y bajó la escalera despacio, peldaño a peldaño, dominando las punzadas de dolor. Caminó hasta la mercería seguro de que Patro estaría allí.

Se equivocó.

Teresina estaba sola.

—¿Y la señora?

—No lo sé, señor —le dijo con algo más que seriedad.

—¿Todo bien?

—Sí, sí.

Decidió probar, para rematar el tema.

—¿Y tu novio?

Los ojos de Teresina se encendieron. El brillo de unas lágrimas sepultó su inesperada tristeza.

—Se acabó —dijo en un largo suspiro.

—Vaya, lo siento —mintió Miquel.

Teresina se encogió de hombros sin llegar a llorar.

—Su trabajo es muy complicado, y por seguridad...

—Claro, claro. Bien. —Abrió de nuevo la puerta—. Sabes que puedes confiar en mí, ¿de acuerdo? Como un padre.

—Gracias, señor Mascarell.

Otra caminata, de vuelta a casa.

Se encontró a Patro justo en la esquina, cargada con una bolsa de la compra. Al verle cojear se asustó.

—¿Qué te pasa?

—Nada, me he caído.

—¿Dónde, cómo, cuándo? —le ametralló a preguntas.

—Un ciclista que se pensaba que corría el Tour de Francia. —Decidió echarle las culpas al pobre hombre de la gorra, antes que confesarle a ella que era un viejo tonto e imprudente que bajaba de la acera sin mirar la calle.

—¿Y te duele mucho?

—No, sólo un poco.

—¿No tendrás nada roto?

—Que no, mujer.

—Anda, sube, que te lo miro.

Lo peor del dolor era fingir que no se tenía, impedir que la menor mueca delatara la verdad. Lo consiguió bastante bien. Al llegar al piso, fue directo a la cama con ella. Se quitó los pantalones y se dejó examinar la zona dañada.

Patro se la presionó.

—¿Te hago daño?

—Si me aprietas sí, mujer.

—Bueno, tú esta tarde no sales, desde luego.

—He de hacerlo.

—Ya.

—Patro...

Su mujer cruzó los brazos y, puesta en pie, le miró desde arriba. La cara era de determinación. En un cuerpo a cuerpo estaba casi seguro de que ganaría ella, así que comprendió que llevaba las de perder.

—Piensa en Agustín —dijo.

—Yo pienso en ti. Si vas por ahí cojo o arrastrando la pierna, va a ser peor, y lo sabes. Si mañana estás bien, haz lo que quieras, tozudo. Ahora voy a ponerte un parche, calentito.

—¿No quieres saber qué he hecho? —Palmeó la cama para que se sentara a su lado.

—Primero el parche. Después comemos y me lo cuentas.

Demasiado seria para convencerla de nada. En lugar de recibir mimos y caricias, la bronca. A veces las mujeres eran raras.

Comprendió que le dejaba investigar, pero que, en el fondo, no le gustaba. Sólo le seguía la corriente.

Miquel se quedó solo, cada vez más herido en su amor propio.

Otro día perdido.

Patro regresó a los cinco minutos con el clásico parche Sor Virginia envuelto en una toalla y calentito.

—¿Dónde te duele?

—Aquí. —Se tocó la cadera.

Se lo aplicó a lo bestia, sin más. Miquel soltó un alarido al quemarse.

—¡Te aguantas, que si quema es que cura! —le dijo ella con una lógica muy femenina.

—Pero ¿por qué estás enfadada?

—No estoy enfadada.

—¿Qué quieres, que me quede en casa todo el día, o vaya a vender hilo a la mercería? ¡Caray, Patro, que ese chico está metido en un lío muy gordo y lo van a pasar por el garrote vil sin juicio siquiera!

Temió que se echara a llorar.

—Un día te meterán preso otra vez. —Le apretó el parche con la mano.

Tenía que calmarla.

La mejor forma era despertar su curiosidad.

—¿Sabías que el muerto se vio metido en un caso de espionaje en Washington?

—¿Yo, cómo voy a saberlo?

—Te lo estoy contando, mujer.

—¿Un caso de espionaje? ¿En serio?

—Por eso lo echaron de allí.

—Vaya, peor me lo pones. —Soltó un bufido—. ¿O sea que ni siquiera es algo de aquí, todo viene de allí?

—¿Quieres que te lo cuente? —La miró con dulzura.

—Voy a preparar la comida. —Dejó de presionarle el parche y se levantó—. Tú aguanta, ¿eh? No te lo quites. Son cuatro horas por lo menos. Me lo explicas mientras comemos. Y luego te quedas en casa o vamos al cine. Pero nada de investigar cosas. Mañana será otro día.

Lo dejó solo.

Como un viejo inválido.

—Cagüen...

Siguió en la cama hasta que fue a buscarle para comer.

—¿Te ayudo?

Iba a decir que podía solo, pero no. Se agarró a ella y, procurando que el parche no se soltara, logró incorporarse. Patro le puso un lazo para mayor seguridad. Luego fueron al comedor y se sentaron en la mesa.

—Ahora sí. Soy toda oídos.

Por lo menos, era un alivio contarle los detalles de su investigación. De paso los veía en perspectiva, los razonaba mientras hablaba en voz alta. Patro no le interrumpió ni una sola vez hasta que él dio por terminada su historia.

—¿Qué opinas? —La invitó a meter baza en el tema para así, de paso, calmarla un poco más.

—¿Qué quieres que opine? Está claro que esa tal Sofía no es trigo limpio. ¿Y tiene un cómplice extranjero, aunque se llame Cristóbal? Aquí pasa algo raro.

—Esta tarde quería seguir buscándola.

—¿Casa por casa? Anda que lo tuyo...

—Mujer...

—Mañana estarás mejor.

—O no.

—¿Quién es ahora el agorero? Te conozco. Tú me haces caso a mí esta tarde y yo cedo mañana. Sé que te preocupa Agustín, pero ya han pasado muchos días. Lo que haya sido, ya está. Lo que importa es lo que vaya a ser. Sólo te tiene a ti.

—Sí, ¿verdad? —Le impresionó la forma en que lo acababa de decir.

—Como yo —lo remató Patro.

—Eres un ángel.

—Y tú un demonio. —Sonrió.

—Bien —suspiró él—. Has sonreído.

—No me vengas con ésas. ¿Quieres más?

—Estoy lleno.

—¿Una pera?

—No, no, en serio. —Alargó la mano y cogió la de su mujer.

Se miraron en silencio.

—Enséñame esa foto —le pidió ella.

—Está en el bolsillo de mi chaqueta.

—Ya voy yo. —Impidió que se levantara.

La vio salir y la vio regresar con la fotografía en la mano. No tuvo que preguntar cuál de las dos mujeres era Sofía.

—Es guapa.

—Mucho.

—No puede ser casual que una señora así aparezca de pronto, se líe a Rosendo Fernández, maten a su padre y desaparezca.

—Es lo que yo pienso, por eso trato de dar con ella.

—Y la policía no sabe nada de eso, ¿verdad?

—Me temo que no. Ya tienen un culpable. No van a buscar más.

—Les llevas ventaja.

—Huy, sí —dijo con sarcasmo.

—¿Qué harás si la encuentras? No creo que se te rinda y confiese lo que haya hecho.

—Se lo diré al inspector Oliveros.

—¿No crees que Agustín les habrá contado algo de todo esto?

—No sé si lo habrá asociado. Para él, Sofía es la novia de Rosendo. —Bebió un sorbo de agua—. La clave está en que fue el propio Gilberto Fernández el que le llamó. ¿Para qué? Ni idea.

—Cariño —el tono de Patro se volvió lúgubre—, esto me da que es un caso de altos vuelos. Un diplomático, espías como en las películas, secretos... No quiero ser pesimista, pero...

—No crees que pueda ayudarle.

Patro se encogió de hombros.

—Poder, sí puedes. Lo que pasa es que tú estás solo. Me duele porque te metes tanto en lo que haces...

—Si no me metiera tanto, no estaríamos juntos.

—¿Crees que no lo sé? —expresó con dolor.

Volvieron a mirarse, hasta que Miquel sintió una punzada en la pierna y no pudo evitar un gesto traidor.

—Anda, túmbate un rato —le aconsejó ella.

No rechistó.

Lo necesitaba.

—Luego, según cómo estés, vamos al cine, cerquita, o en taxi, y así te distraes y dejas de pensar.

La foto del Tibidabo quedó en la mesa.

Rosa, Sofía, Agustín y Rosendo, felices.

Lo único que Miquel no le había dicho a Patro era lo más inverosímil.

Una locura.

La sospecha de quién podría ser Sofía Argilés.

# Día 5

*Domingo, 23 de abril de 1950*

# 27

Cuando abrió los ojos era más de media mañana y estaba solo en la cama.

—Maldita sea... —lamentó.

Comprendía que Patro le hubiese dejado dormir. Comprendía que lo primero era su salud. Comprendía que, si no estaba bien, no ayudaría mucho a Agustín. Lo comprendía todo, pero le dolía en su amor propio.

Lo segundo que le dolía era la pierna.

Quiso salir de dudas cuanto antes. Se levantó, puso los pies en el suelo y se incorporó.

Dolor, sí, pero soportable.

Podía caminar.

Soltó un suspiro de alivio.

Salió de la habitación y, antes de iniciar el ritual de cada día, buscó a su mujer.

—¡Patro!

Silencio.

—Pues sí que... —rezongó.

Hizo sus abluciones. Orinar, afeitarse, lavarse y prepararse algo de desayunar. Justo cuando terminaba escuchó el ruido de la puerta y los pasos precipitados de Patro regresando al hogar. Al verle en la cocina, ya vestido y desayunando, se puso triste.

—¡Oh, vaya! ¿Ya estás levantado?

—¿Adónde has ido?

—A buscar unas ensaimadas para celebrar el día. —Se las mostró compungida—. Es domingo, ¡y Sant Jordi! Si vieras cómo está todo a pesar del mal tiempo...

—Lo imagino.

—¿Te las guardo?

—Sí, ahora he de irme ya.

—¿Y la pierna?

—Bien, bien. Mira, ¿ves?

Le hizo una demostración, quizá excesiva, soportando las punzadas de dolor a causa del exceso de sus gestos.

—Voy a acompañarte —dijo ella.

—No.

—¡Es domingo, no tengo nada que hacer!

—Yo trabajo solo.

—¡No estás trabajando!

—Patro...

—¡Como si paseáramos!

—Voy a buscar a una mujer llamando puerta a puerta a lo largo de una calle.

—¡Parecerá menos sospechoso si vamos en pareja!

—Mírame.

—Te miro.

—No.

—¿Por qué no?

—¡Porque estaría pendiente de ti, preocupado!

—¿Crees que va a ser peligroso?

—No es eso, mujer... —Le agotaba discutir con ella—. Te lo repito: trabajo solo.

—¡En diciembre bien que lo hiciste con Lenin!

—¡Porque se pegó a mi trasero como una lapa! ¡Mira que era insoportable, el muy pesado!

Patro lo abrazó y le dio un beso, melosa.

—Va...

Miquel cerró los ojos para no verla.

—No.

Era su tono más rotundo y categórico. Patro lo entendió.

Se acabó el abrazo y el beso.

Se puso de morros.

—Como se ponga a llover, tú vuelve a caerte y te cuidará tu tía la de Badajoz. —Se apartó de su lado.

—No tengo ninguna tía en Badajoz, ni en ninguna parte.

—Pues eso.

Era mejor no discutir con ella. Llevaba las de perder. Salió de la cocina, se puso la chaqueta, recogió la foto de Sofía y la buscó para despedirse.

—Ni te acerques —le previno Patro al verle aparecer.

—Fea.

—Antipático.

Caminó hasta la puerta sonriendo con malicia. ¿Desde cuándo eran dos críos? En la calle había una dictadura, y asesinos sueltos, unos con uniforme y otros impunes tras haber matado a un diplomático caído en desgracia. También había una ciudad apagada y un país roto. Pero en casa, a veces eran simplemente eso, dos críos.

Tan deliciosamente absurdo...

—Te quiero —susurró Miquel en el rellano tras cerrar la puerta.

Una ex prostituta salvada. Un ex policía resucitado. Dos mitades. Un nuevo mundo. Una esperanza.

Ahora, él era la única que tenía Agustín Mainat.

Cada vez lo veía más claro.

—¿Y si, a fin de cuentas, fuiste tú, hijo? —Se sintió desanimado al llegar a la calle.

No le hizo caso a su mal augurio. Miró el cielo plomizo y amenazador, buscó un vendedor o vendedora de rosas y caminó hasta una paradita donde compró la flor para Patro. La más bonita, la más roja. Lo único rojo autorizado por el régimen. Costaba diez veces lo de un día normal, pero valía la pena. Era un símbolo. Algo escaso en un país cuyos únicos símbolos eran los de la dictadura. Regresó con ella a la portería y vaciló. No quería más broncas, ni que Patro insistiera en acompañarle, así que se la entregó a la portera.

—¿Podría subírsela a mi esposa cuando pueda? Es que tengo un poco de prisa.

A ella se le dulcificaron los ojos.

—¡Ay, señor Mascarell, usted siempre tan atento y detallista!

—Es que es Sant Jordi, mujer. —Lo catalanizó negándose a decir San Jorge.

—Ya, ya, pero no todos los hombres son iguales. ¡Descuide que se la subo ahora mismo para que la ponga en agua! ¡Qué bonita es, oiga!

—Gracias. —Pensó que el próximo año le compraría una también a ella.

Tomó un taxi en la esquina. Le dio la dirección: Milá y Fontanals con Travesera de Gracia. Le quedaba todo un lado de la calle, el de los números pares. Esta vez, por desgracia, le tocó un taxista hablador.

—Qué, señor, de paseo, ¿eh?

No abrió la boca. Sólo asintió.

—¡No se le ocurra ir por el centro, que está todo...! ¡Madre del Amor Hermoso, es como si hubieran soltado a todo el mundo a la misma hora! ¡Y venga rosas y libros! ¡Nos hemos vuelto todos cultos, ya ve!

No abrió la boca. Sólo asintió.

—¿Y ha visto a esos escritores? Qué cultos parecen, ¿verdad?

No abrió la boca. Sólo asintió.

El taxista decidió no volver a abrir la suya y el resto del breve trayecto lo hicieron en silencio. Cuando llegó a su destino era casi la una del mediodía.

Muy poco tiempo.

Y cojeando.

Extrajo la fotografía del bolsillo y entró en la primera casa para enfrentarse a la primera portera.

Una hora más tarde, a media calle, empezó a desesperarse.

Una mujer tan guapa no pasaba inadvertida. De no ser por el relojero del día anterior y porque éste la había reconocido, ya habría empezado a pensar que aquélla era una pista fallida. Encima, en domingo, las tiendas estaban cerradas.

Media hora después pasó por delante de la relojería, también cerrada, y un poco más abajo de la calle Monistrol entró en un bar a la altura del cruce con Santa Eulalia. No había nadie. Estaba extrañamente vacío dada la hora y siendo domingo. Le quedaban apenas un puñado de edificios donde preguntar. Luego...

El camarero, un hombre joven con la nuez más salida que la nariz, esperó que le pidiera algo. Miquel le metió la fotografía frente a los ojos, señalando a Sofía Argilés con un dedo.

—¿La ha visto por aquí?

—Sí, un par de veces.

Miquel se quedó casi sin habla.

Casi.

—¿Dónde?

—Bueno, yo siempre estoy aquí dentro, pero si limpio el escaparate y todo eso, a veces... —Se hizo el indiferente—. Pues vaya, que me fijo en la gente, sin ánimo de ser indiscreto. —Volvió a mirar la foto plenamente convencido—. Y sí, a ella la he visto entrar o salir más o menos eso, un par de veces, de una casa de aquí al lado, en la calle Camprodón. Justo en la esquina. Una señora así no pasa desapercibida, y eso que iba tapada, con un pañuelo en la cabeza y gafas oscuras.

—¿Iba sola?

—Sí. Una vez bajaba de un taxi, por eso la vi entrar en la escalera, y otra precisamente lo contrario, se subía a uno. Todo muy rápido

—Gracias. —Se guardó la foto.

—No será peligrosa, ¿verdad?

—No —dijo Miquel—, pero sus cinco hijos están preocupados por ella.

Dejó al camarero con la boca abierta, salió del bar y llegó a la esquina. La casa era baja, de tres plantas, y discreta, como tantas miles. A la izquierda, la entrada, estrecha y sombría. A la derecha, una puerta de madera, grande, como para que pudiera entrar un carro o un coche al otro lado, acristalada en el centro. Los cristales eran opacos. Imposible ver nada. Entró en la portería. La escalera quedaba al frente, y a la derecha, la puerta de la tienda o vivienda contigua, la que daba a la calle. No supo qué hacer, así que prefirió ir subiendo, pegando el oído aquí y allá. Eran dos puertas por rellano, tres pisos. Siete vecinos contado el de la planta baja. Escogió la puerta del segundo primera por una razón: escuchó el llanto de un niño. No quería encontrarse con Sofía de buenas a primeras, ni con el tal Cristóbal, si vivía allí.

La mujer que le abrió llevaba un crío llorón pegado a sus faldas y cara de no estar de muy buen humor. Por lo menos el niño se calló de golpe al verle. A lo mejor le tomaba por el hombre del saco. No quiso defraudarle y atacó a su madre de forma directa.

—¿En qué piso vive? —Plantó la fotografía ante sus ojos señalando a Sofía Argilés.

La respuesta fue rápida.

—No vive aquí, pero va y viene. Es en la planta baja.

—¿Se llama Sofía?

—No lo sé. No he hablado con ella. La he visto muy pocas veces, entrando o saliendo.

—¿Quién vive abajo?

—Un señor.

—¿Cristóbal?

—Lleva muy poco, apenas dos o tres meses. No sé ni su nombre. Más que hablar, gruñe. Nada de «buenos días» o «buenas tardes». Lo que le digo, un gruñido. Creo que no es de aquí.

—Ha sido de mucha ayuda, señora. —Se guardó la fotografía.

—¿Han hecho algo?

—No. Y usted no me ha visto, ¿de acuerdo?

—Sí, señor.

Se separaron, empezó a bajar la escalera y, nada más cerrarse la puerta, el niño volvió a llorar.

—¡Cállate, Anselmo, o ese señor volverá! —oyó gritar a su madre.

Miquel puso cara de circunstancias.

Llegó por segunda vez a la entrada. Una puerta y, al otro lado, el silencio.

¿Y ahora qué?

¿Llamaba a Sebastián Oliveros?

¿Así, sin más, sin pruebas, sin nada?

Optó por poner cara de vendedor a plazos y sonrió de oreja a oreja. Después tomó aire y llamó a la puerta.

La sonrisa desapareció al segundo intento.

Nadie.

¿Se habían ido los dos, Sofía de su piso de alquiler y ahora su amigo, o lo que fuese el tal Cristóbal?

Regresó al bar. Hora de comer. Nada de irse a casa con Patro. Había dado con el eslabón perdido. Tenía que vigilarlo y, a ser posible, ver a los dos responsables del misterio. Nada más entrar en el local, el camarero se le acercó de nuevo.

—¿Qué, la ha encontrado?

—Sí, pero no está.

—Lo de los cinco hijos era broma, ¿no?

—¿Usted qué cree? —Se sentó a una mesa.

—Que una señora así esté en un sitio como éste es raro, y las dos veces tapada, como disimulando, sí, pero que tenga cinco hijos... Ande ya, hombre. ¿Para qué la busca?

—¿Puedo comer algo? —Pasó por alto la pregunta.

El tipo no se amilanó.

—Detective, ¿eh?

—¿Se lo parezco?

—Psé. —Se echó a reír—. No van a ser todos como en las películas. Venga, ¿qué va a ser?

—¿Qué tiene?

—*Cocretas*, tortillitas, ensaladilla... Hoy todo el mundo está de paseo por las Ramblas.

—¿Ensaladilla rusa?

—No, hombre, no. Rusa no. —Se puso serio.

—Tráigame un poco de todo, a su aire. —Se sintió cansado para ponerse a pensar en qué le gustaría comer—. Y de beber, agua.

—¿Un vinito no?

—Agua.

El camarero lo dejó solo.

Por desgracia, desde el bar no se veía ni siquiera la esquina, así que mucho menos la puerta del lado de la calle Camprodón. Lo único que podía hacer era comer rápido y volver a intentarlo, pasarse la tarde por allí, esperar a la noche. Pero eso, con la dolorida pierna, iba a ser un infierno.

—¡Marchando las *cocretas*! —Reapareció el camarero a su lado.

# 28

La comida no había sido nada del otro mundo, pero sí suficiente para sacar el vientre de penas. Lo malo era que, después de estar sentado un rato, la pierna volvía a dolerle, despertando de su calma. Hizo lo que pudo para no parecer un viejo sin bastón, pagó y abandonó el bar. No esperaba volver a poner más los pies en él, así que no fue generoso con la propina.

Por segunda vez entró en aquel portal. Gracia y Sants siempre habían sido sus barrios favoritos en la Barcelona vieja y eterna de toda la vida. Casas pequeñas, bajas, olor a edad, sabor e historia mezcladas. Le fascinaban las barandillas gastadas, los peldaños combados, los olores pegados a las paredes despintadas y sucias. Bajo la escalera había un hueco con algo que parecía una manta aplastada en la parte más oscura. Quizá alguien hacía el amor allí a falta de un lugar mejor.

Llamó a la puerta de la planta baja y esperó.

La respuesta fue la misma de la primera vez: el silencio.

¿Qué posibilidades había de que, si Sofía optó por desaparecer de su piso a la carrera, su amigo no hubiera hecho lo mismo?

Tampoco estaba seguro de que Cristóbal viviera allí.

Subió al último piso. Al pasar ante la puerta de la madre con el niño, volvió a oírle llorar. Suspiró. En la tercera planta llamó a la primera puerta y, al no obtener respuesta, a la segunda. Le abrió un hombre sólo un poco más joven que él. Sostenía un pitillo, cuyo humo le cegaba el ojo, en la comisura izquierda de los labios.

—Usted dirá. —Le miró con recelo y respeto.

—Estoy buscando al señor Cristóbal. —Puso la directa.

—Es en la planta baja.

—¿Le conoce?

—No, ¿por qué?

—¿Sabe su apellido?

—¿Quién es usted?

—Responda, por favor.

—No, no sé su apellido, y el nombre, de casualidad.

—¿Ha visto a esta mujer? —Le enseñó la fotografía.

Ya no se mostró huraño, al contrario.

—No, no la conozco, lo siento.

—¿La ha visto por aquí?

—Me voy cuando aún no ha amanecido y regreso ya de noche. Nunca he visto a esta señora. Y, como le digo, sé que él se llama Cristóbal porque me lo mencionó el dueño el otro día, al ir a pagarle el recibo del mes. Él también me preguntó si me había hecho amigo suyo. Le dije que no. Estaba intrigado por su acento.

—¿No es español?

—No, qué va. Marca mucho las palabras.

—Gracias, ha sido muy amable.

—No se merecen.

Se quedó unos segundos en el rellano cuando el hombre cerró la puerta. Eso le permitió escuchar el breve diálogo interior.

—¿Quién era, Fede?

—¡Calla y no grites! No sé, uno que hacía preguntas sobre el de abajo, el raro.

Ya no oyó nada más.

De vuelta a la planta baja.

Llamada.

Más silencio.

Se asomó a la calle. Nadie. Empezaba a lloviznar. Se mordió el labio inferior y se preguntó si valía la pena arriesgarse.

Entraba, echaba un vistazo rápido y salía en menos de tres minutos.

—¡No! —le gritó la voz de Patro desde lo más profundo de su cabeza.

No le hizo caso. Lamentó lo de la propina porque tuvo que volver al bar. Con la humedad, la pierna le dolía más. Iba a necesitar más parches de las narices abrasándole la piel. El camarero alzó las cejas al verle. Por lo menos ahora ya había más clientes. Dos hombres en una mesa y un tercero en la barra.

—¿Se ha dejado algo? —Miró el lugar en el que había estado sentado.

—No. ¿Tiene un clip?

—¿Un qué?

—Eso con lo que se sujetan los papeles. O un alambre.

—Voy a ver. —Las cejas bajaron a ras de ojos.

Desapareció al otro lado de una cortina y tardó un par de minutos en volver. Cuando lo hizo, llevaba un pedazo de alambre de unos cinco centímetros de largo.

—Gracias. —Lo tomó Miquel—. ¿Qué le debo?

—¿Estaban buenas las *cocretas*?

—Mucho.

—Pues ya está, abuelo.

El alambre merecía que se callara. De lo contrario, le habría metido lo de «abuelo» por salva sea la parte. Le enseñó los dientes en una sonrisa fría y, una vez más, abandonó el bar.

Llovía un poco más.

Antes de ponerse a hurgar en la cerradura con el alambre, llamó a la puerta, por si acaso. Hubiera preferido que alguien le abriese, pero el piso seguía estando vacío. Se agachó, se encomendó a todos los santos pese a no ser religioso, porque como entrara alguien en el portal le pillaría como quien dice con los pantalones bajados, y empezó a manipular la cerradura.

En sus buenos tiempos, era cosa de coser y cantar.

Ahora cosía, cantaba y maldecía.

—¿Es que hacéis las cerraduras a prueba de policías? —lamentó.

Lo intentó un minuto más.

Dos.

Ya sudaba.

De pronto escuchó un clic y la puerta se movió.

No tuvo más que empujarla, colarse dentro y cerrar.

No encendió ninguna luz. La puerta de cristal translúcido que daba a la calle proyectaba la suficiente claridad en el interior de la vivienda, al menos en el lugar donde se encontraba, una amplia sala que también habría podido servir de cochera o para albergar una tienda. Apenas había muebles, dos sillas viejas, una mesa rota y un par de sillas plegables hacinadas en un rincón. La vivienda seguía por la parte izquierda.

Lo primero que encontró junto al distribuidor, porque no había ni pasillo, fueron dos maletas.

Hechas.

Cerradas.

—¿Otro viaje? —susurró a media voz.

La primera habitación era la de matrimonio, con su cama. Estaba revuelta por los dos lados, sin hacer. Por no haber ni había armario, únicamente una mesilla de noche y otras dos sillas, hermanas de las de la sala, con un par de prendas en cada una. Masculinas unas. Femeninas otras.

Miquel examinó la mesilla de noche.

Un callejero de Barcelona.

Y un libro.

Un libro... ruso.

Conocía las letras, la grafía, de los años de la Guerra Civil.

—Coño —masculló sorprendido, aunque sin énfasis.

A veces incluso le molestaba acertar cuando sus intuiciones se hacían realidad. Sobre todo si, como era el caso, eso lo complicaba todo mucho más.

Muchísimo más.

Abandonó la habitación y se metió en la cocina.

La señal de alarma repiqueteó en su cabeza por primera vez.

Porque allí, en una mesita de plástico, de las que se usaban en terrazas o para comer en la playa, había dos platos con restos de comida, dos vasos con algo de vino y dos tazas de café... aún calientes.

Se quedó pálido.

—Mierda... —exhaló asustado.

Que nadie abra una puerta no significa que un piso esté vacío.

Al contrario.

Cuando hay alguien en su interior, alguien que no desea ser visto ni quiere hablar con nadie, lo más lógico es guardar silencio y callar.

Miquel apretó las mandíbulas.

Toda su experiencia, tantos años de policía, aunque fuera en otro tiempo, y de pronto...

Cometía una estupidez.

Enorme.

Salió de la cocina olvidándose del dolor de su pierna. Le separaban apenas seis o siete pasos de la puerta. Podía ir despacio, con los nervios en tensión, dispuesto a todo, o lanzarse a la carrera y confiar en tener un poco de suerte.

Si llegaba a la calle...

Intentó la carrera.

Lo intentó.

Debió de ser al dar el primer paso, cuando escuchó el rumor a su espalda. Y con el segundo, notó la presencia, percibió el peligro, apareció la pura constatación del miedo.

Ya no completó el tercero.

Tampoco pudo volverse.

Esperó el golpe.

Y cuando llegó, se lanzó de cabeza a la oscuridad igual que si acabase de tirarse desde un trampolín.

Un largo viaje.

El agua estaba muy fría.

# 29

Ahora lo que le dolía, y mucho, era la cabeza.

En su vida le habían dado un golpe así.

Cuando regresó del largo viaje pensó que era una pesadilla, que abriría los ojos y se encontraría en la cama, con Patro. Se abrazaría a ella y todo desaparecería.

Pero no.

El viaje seguía, pesado, duro.

La cabeza, la pierna, las náuseas...

Sólo le faltaría vomitar.

Porque estaba atado, con las manos detrás de la espalda, y sentado a una silla. No hacía falta abrir los ojos para darse cuenta de eso una vez comprendida la realidad.

La maldita realidad.

Respiró a fondo y esperó.

Alguien hablaba cerca.

Intentó concentrarse.

Entender algo.

No, no es que le fallara la concentración. Es que él no sabía ruso. Porque hablaban en ruso.

Un hombre y una mujer.

La última vez que había oído a alguien hablando ruso había sido en Barcelona, en algún momento de finales del 38, cuando aún se creía en la victoria, cuando todavía la batalla del Ebro se jugaba a cara o cruz.

Entreabrió los ojos.

No estaba en aquella sala grande, la que daba a la calle a través de la puerta de madera y el espacio acristalado. Tampoco se encontraba en el dormitorio. Le habían metido en un cuartito vacío, absolutamente vacío, con una miserable bombilla colgada del techo y dos sillas: una, la que ocupaba él, y otra, a un lado.

De todas formas, aunque hubiera sabido ruso, las voces hablaban muy bajo.

Hora de enfrentarse a los hechos.

Con suerte...

No, la suerte se le había acabado, eso era evidente.

La rabia fue superior a todos los dolores.

No quiso pensar en Patro.

—¡Eh! —llamó.

No tuvo que hacerlo dos veces. Por la puerta de la habitación entró ella.

Ella.

Tan guapa o más que en la foto, aunque iba sin arreglar. No era de esas mujeres que necesitasen mucho. Le bastaba con sus ojos, el gris profundo que los hacía misteriosos, y con sus labios, grandes, hermosamente dibujados por una mano celestial en su rostro. Lo demás, cabello, óvalo facial, pecho, talle, caderas, manos, piernas, era una suma de armonías llevadas al extremo. En Hollywood habría sido una diosa.

Se lo quedó mirando desde el umbral de la puerta, con los brazos cruzados y el rostro impávido.

—Pavel. —Habló por primera vez.

Apareció él. Un poco mayor, como de cuarenta o cuarenta y pocos, discreto aunque fornido, rostro afilado, ojos duros, labios rectos. Lo primero que hizo, en ruso, fue recriminarle algo a ella. Posiblemente que hubiese empleado su verdadero nombre.

Pavel.

Miquel siguió conectado a los ojos de la mujer.

Fue un largo pulso antes de que ella hablara.

—¿Quién es usted?

Castellano perfecto, sin acentos, absolutamente neutro. Voz fuerte, agradable. Tono en el que se mezclaban un sinfín de sensaciones, desde la curiosidad hasta el disgusto, la sorpresa o el hastío.

—Nadie —dijo Miquel.

Pavel se apartó de la entrada. Dio dos pasos, sacó un revólver de detrás de su cuerpo y le hundió el cañón en la sien.

—No va a disparar —volvió a hablar Miquel—. No lleva silenciador y alarmaría a todo el mundo.

El cañón se incrustó tanto que pensó que quería atravesarle el cráneo.

Lo peor era el semblante.

Frío.

Sin un átomo de piedad.

—¿Quién es usted? —repitió la pregunta ella.

—Me llamo Miquel Mascarell, pero eso ya lo saben porque me habrán quitado la cartera.

—No parece un ladrón.

—No lo soy.

—De acuerdo, sabemos su nombre, pero no lo que hace ni por qué está aquí. ¿Va a decírnoslo?

—Dígale que me quite el arma de la cabeza. Me hace daño.

Pasaron tres segundos. La mujer miró a Pavel. Éste, finalmente, apartó el revólver y se hizo a un lado, apoyando la espalda en la pared.

Miquel evitó mirarle a la cara.

Prefería la turbia belleza de ella.

—Soy amigo de Agustín Mainat.

Las cejas de Sofía subieron por el efecto de la sorpresa, ondulando la mitad de su frente, que se pobló se arrugas horizontales.

—¿Y?

—Trataba de ayudarle.

—¿Por qué?

—Porque él no mató a Gilberto Fernández.

Podía esperarlo todo, menos esa pregunta:

—Entonces ¿quién lo hizo?

Miquel volvió a sostener aquella especie de combate ocular. Y esta vez también con Pavel. Intentó ordenar sus ideas, pero no pudo. El golpe le había parcelado la mente, poblándole la razón de claroscuros y neuronas sin conexión posible. ¿Les decía que ellos?

Se sintió muy desconcertado.

—¿Cómo ha dado con nosotros? —Le tocó el turno a Pavel, con su castellano tosco, rudo, tan sesgado como lo era el tono cortado de sus palabras.

—¿Importa mucho eso?

Pavel dio un paso con el revólver en la mano.

—De acuerdo, de acuerdo. —Miquel apartó la cabeza antes de que volviera a incrustarle el cañón en la sien—. El portero de la casa donde vivía usted —se dirigió a Sofía— la oyó un día decirle a un taxista que la llevara a la calle Milá y Fontanals.

Pavel le lanzó a su compañera una mirada cargada de veneno.

—¿Ha ido casa por casa preguntando por mí?

—Sí.

—Eso es mucha paciencia.

—La vida de Agustín Mainat lo vale.

—¿Quién más sabe esto?

—Muchas personas.

—Miente.

—Entonces ¿por qué pregunta?

Sofía se apartó de la puerta. Continuó con los brazos cruzados, pero dio un par de pasos por delante de Miquel, con los ojos fijos en el suelo. Cualquier hombre perdería la cabeza por ella, si ella lo quería. Le bastaban sus armas de mujer.

—¿Tanto le importa ese hombre? —continuó el interrogatorio.

—Sí, es hijo de un amigo mío.

—Agustín no tiene padre.

—Porque Franco lo hizo fusilar.

Le tocó el turno a Pavel, más conocido en la vecindad por el nombre de Cristóbal.

—¿Cree que matamos a Gilberto Fernández?

—¿Quién si no?

—¿Por qué?

—No lo sé. —Mintió a medias—. He visto sus maletas. Ella se marchó nada más saber lo de su muerte, y ahora van a huir los dos en cuanto les sea posible, quizá hoy o mañana. Depende de sus contactos, ¿me equivoco? ¿Por qué tanta prisa si no le asesinaron?

—Es usted un necio —escupió las palabras Pavel—. Cree que sumando dos y dos siempre salen cuatro.

—Nunca fui bueno en matemáticas.

—¿Es chiste? —Le enseñó los dientes en una mueca nada agradable, saltándose el artículo intermedio.

Sofía era ahora la que mantenía la calma.

Tal vez por estar más habituada y por ser muy dueña de sus actos, sus gestos, sus miradas.

—En su cartera hay un documento que dice que usted está en libertad, y que fue condenado al acabar la guerra. —Se colocó delante de Miquel llenando su espacio visual.

—Así es.

—¿Estuvo preso?

—Fui condenado a muerte y pasé ocho años y medio en la cárcel, haciendo trabajos forzados.

—Pero le indultaron.

—Sí.

—¿Era republicano?

—Sí.

—¿Comunista?

Podía mentir. Pero no le dio la gana.

Por ética, por principios...

—No. Sólo republicano.

—¿Qué hacía antes de la guerra?

¿Más ética? ¿Más principios?

—Era policía.

Sofía levantó las cejas por segunda vez.

Pavel soltó una maldición en ruso.

—Señor Mascarell. —Ella empleó un tono muy dulce—. Se lo repito: ¿cree que le matamos nosotros?

—Ya no lo sé —concedió tras unos segundos de pausa.

Volvieron a hablar en ruso. Airado uno, más pausada otra. El diálogo creció en intensidad. Pavel acabó esgrimiendo el revólver en el aire antes de acabar apuntándole. Estaba enfadado, mucho.

Miquel tragó saliva.

Iban a marcharse y no podían dejar cabos sueltos.

¿Por qué no les había dicho, al menos, que sí, que era comunista, rojo, rojísimo, y que viva Stalin y la gran Madre Rusia y...?

Ocho años y medio en el infierno del Valle habían sido muchos.

Podía ser lo que le diera la gana.

—¿Por qué se interesó por mí? —Retornó a su dolor de cabeza la voz de Sofía.

—¿Lo pregunta en serio?

—Sí, muy en serio.

—Usted apareció en escena, casualmente, al poco de llegar los Fernández, y conquistó a Rosendo con un simple pestañeo, de manera rápida y directa. Fue a por el eslabón más fácil. Después, ¡muere su padre y le falta tiempo para desaparecer! ¿Por qué vivía sola, provisionalmente, teniendo a Pavel aquí? ¿No era todo una trampa? —Suspiró rendido—. ¿Le parecen poco estas cosas?

Lo que hizo Sofía de pronto, inesperadamente, fue extraño. Desconcertante.

Se abrió de piernas, con la falda subida hasta más arriba de la mitad de los muslos, y se le sentó encima, de cara. Pasó sus dos brazos sobre los hombros de Miquel, los apoyó en ellos y juntó las manos por detrás. Sonreía. Eso fue quizá lo peor, o lo más singular, por hermoso. Sonrió como una viuda negra a punto de devorar a sus víctimas, si es que las viudas negras se las comían, que no estaba seguro. Sus rostros se hallaban separados por apenas quince o veinte centímetros. Podía no sólo verle los ojos inmensamente grises, la piel perfecta, la boca húmeda. También podía olerla. Casi sentirla. Exudaba sexo. Poseía las claves de la seducción. No tenía que forzar nada, era innato.

Una bomba atómica silenciosa.

Transcurrieron unos segundos.

Miquel se olvidó de Pavel.

Hasta que Sofía se acercó un poco más, y un poco más, despacio, y le besó en la frente.

Un largo beso tan cálido como singular.

Cuando se separó, su sonrisa aún era más falsamente tierna.

—Sabe cómo me llamo, ¿verdad?

Punto final.

—Sofía.

—No, vamos. —Hizo un mohín de disgusto—. Sea sincero.

—¿Qué quiere decir?

—No sé cómo, ni por qué, pero estoy segura de que lo sabe. —Le acarició la mejilla con la mano—. Ha venido buscando respuestas. ¿No quiere morir sabiéndolas?

Miquel sintió el ramalazo de frío.

Por si le quedaban dudas, o esperanzas...

—No sé de qué me habla —se esforzó una última vez.

El nuevo beso le alcanzó en la comisura del labio.

Notó la punta de la lengua de Sofía en su carne.

Miquel dominó el estremecimiento y... ¿el asco?

—Sé que sí lo sabe —jadeó ella junto a su oído—. Lo leo en sus ojos.

Hora de quitarse la careta.

Él también consiguió sonreír.

—De acuerdo, Irina —dijo—. ¿O debo llamarla también Esperanza Miranda?

# 30

Irina asintió con la cabeza.

Complacida.

Se separó de él, le acarició la mejilla por segunda vez y se levantó de encima.

Miquel se lo agradeció porque le dolía horrores la pierna.

Pavel dijo algo en ruso.

La mujer ni le contestó.

Cogió la otra silla, la colocó frente a su prisionero y se sentó en ella cabalgando una pierna sobre la otra. Se subió la falda por encima de las rodillas.

Miquel no apartaba la vista de sus ojos.

—¿Qué edad tiene?

—Ochenta.

Le hizo reír.

—Debió de ser un buen policía.

—Gracias.

—¿Por qué no ha mentido?

—¿Cuándo?

—Cuándo le he preguntado si era comunista.

—¿Me habría salvado eso la vida?

Irina hizo una mueca con los labios.

—A lo mejor hubiéramos podido sacarle de España.

—Estoy casado.

—Oh.

Fue una exclamación sin alma.

Miquel le echó un rápido vistazo a Pavel. Sobre todo para saber dónde estaba y qué hacía. El hombre era ahora quien se apoyaba en la pared, brazos cruzados, el arma todavía en su mano derecha.

—¿Qué sabe o cree saber? —preguntó ella.

—Hasta hace unos minutos, nada.

—¿Y ahora?

—Las piezas suelen encajar tarde o temprano.

—¿Cómo sabe mi nombre?

—Alguien me comentó el motivo de la repentina marcha de Gilberto Fernández de Washington. Su aventura con una hermosa mujer llamada Esperanza Miranda... que resultó ser una espía rusa llamada Irina, nombre en clave o real, eso ya no lo sé.

—Vaya.

—Cuando el señor Fernández fue descubierto, también tuvieron que salir por piernas, ¿no es cierto?

—Cuestión de horas, sí. —No le importó reconocerlo—. Siga.

¿Hablaba y trataba de ganar tiempo? ¿Para qué? Era un viejo, le dolía la cabeza y la pierna, estaba atado, y ellos eran dos, revólver incluido.

Ningún Séptimo de Caballería acudiría a su rescate.

Estaba solo.

—Ustedes son espías —concedió—. Acabó la Segunda Guerra Mundial, pero la Tercera ya ha empezado, no en los campos de batalla, sino en los despachos, en las embajadas, en los pasillos de cualquier lugar donde se esconda un secreto o crean que merece la pena matar por una información.

—No creerá que la guerra se ganó en esos campos de batalla, ¿verdad?

—¿Ah, no?

—La guerra se ganó por eso, por la información. Ella es el

poder del nuevo mundo y la clave del nuevo orden. El país que más sepa dominará a los demás. Dígame, ¿no lo ve incluso más limpio?

—Depende.

—¿De qué?

—Siempre hay muertos.

—Daños adyacentes. —Se encogió de hombros.

—¿Por qué...?

—No haga preguntas y continúe, por favor —dijo ella con toda calma.

De vuelta al camino.

—Por alguna razón que no atino a entender, tal y como está España de aislada en estos días, a ustedes les interesa meter las narices en nuestros asuntos. ¿Qué mejor objetivo que la embajada en el país más poderoso del mundo actual? Buscaron a una presa fácil en Washington y dieron con Gilberto Fernández, un hombre con una clara vocación de mujeriego. Hasta es posible que allí tuviera algún que otro desliz. Le debieron de seguir, conocer a fondo y, llegado el momento, usted entró en escena. Por Dios, ¿cómo resistirse? Es preciosa.

—Gracias.

—Preciosa y buena actriz, seguro —continuó—. Los hombres suelen creer lo que quieren creer. En lugar de preguntarse el señor Fernández cómo alguien tan fuera de su alcance podía enamorarse de él, se subió a la parra de su ego y su masculinidad. ¿Qué le dijo, que era guapo, que hacía el amor como nadie y la hacía sentir en la gloria? Apuesto a que se lo tragó todo, feliz, felicísimo, convencido. ¿Y qué hacer luego para deslumbrarla? Pues lo más sencillo. Ni tuvo que preguntarle. Nada que le hiciera sospechar. Quiso alardear, darse importancia, hacerle pensar que era incluso más importante que el embajador. Un secretito por aquí, una confidencia por allá. Y usted, cada vez más melosa, más encantadora. El poder y la gloria. Gilberto Fernández se le pavoneó hasta que debió de meter las narices más allá de donde debía. O eso, o los propios servicios secretos americanos sospecharon.

Irina plegó los labios en señal de admiración.

Pavel dijo algo en ruso.

Ella lo negó.

Balanceó la pierna que tenía cabalgando sobre la otra, se miró la huesuda rodilla y unió las dos manos sobre ella.

—Los americanos nos detectaron, sí. —Le dio la razón—. Por suerte, Gilberto era muy mal actor. Nos pusieron una trampa, la detecté y Pavel y yo escapamos a tiempo. Luego supimos que a él le habían devuelto a casa.

—Y le siguieron hasta aquí.

—Sí.

—¿Por qué, si ya no iba a trabajar más en Washington?

—Piénselo —lo invitó Irina.

Lo hizo.

Aunque le dolía tanto la cabeza que...

—Gilberto Fernández sabía más cosas, ¿me equivoco?

—No, no se equivoca.

—Él le contaba siempre algo, motu proprio, para impresionarla. Lo revestía de misterio, importancia, sacando pecho... Usted hacía pocas preguntas. No había prisa. Era una presa perfecta. Pero lo más gordo seguía en su cabeza, y antes de que él se lo revelara, llegó el fin.

—Va bien.

—Demasiado trabajo y demasiado tiempo, incluso para usted, aguantándole, como para renunciar a una presa tan valiosa.

—No se renuncia a cazar un venado por el hecho de que, en apariencia, te hayas quedado sin balas.

—Usted y Pavel, con sus papeles falsos, incluso españoles, porque en uno se decía que había nacido en Vigo, se vinieron a Barcelona. De nuevo a vigilarle, estrechando el cerco. ¿Acercarse a él? No. Ya sabía que usted era una espía. ¿Cómo obligarle a que contase de una vez, al cien por cien, todo lo que a ustedes les interesaba? Fácil: seducir al hijo. Y, una vez seducido, chantajear al padre. Podían decirle que si no colaboraba matarían a Rosendo, o incluso sin llegar a eso, hacer saltar por los aires el poco prestigio que podía quedarle, revelando su verdadera personalidad de crápula empedernido a su mujer y sus hijos.

Irina parecía impresionada.

Ya no sonreía con suficiencia.

Le escuchaba en silencio.

—¿Voy bien?

—Mucho —asintió—. Ya le falta poco.

—Tengo una duda. ¿Llegaron a chantajear a Gilberto Fernández?

—¿Por qué lo pregunta?

—Porque su mujer me dijo que llevaba unos días tenso.

—Debió de ser un gran policía, ¿sabe?

—Sí, lo fui.

—¿Y se ha convertido en un residuo humano, aceptando este régimen fascista?

—No lo he aceptado. Me lo han impuesto.

—Una persona como usted debería estar de nuestro lado.

—No sé qué lado es el suyo.

—El del comunismo. —Se le llenó la boca al decirlo, con el orgullo y la ceguera de los que creen en una sola verdad absoluta—. Nosotros representamos al proletariado del mundo, luchamos contra el capitalismo que arrastrará a todos al abismo tarde o temprano, defendemos la única libertad que le queda al ser humano.

—¿Creen que con Stalin son libres?

Hablaba con ella, así que se había olvidado de Pavel.

La bofetada le hizo girar la cabeza y su cerebro rebotó

de lado a lado, diseminando esquirlas de dolor por todo su cuerpo.

—¡Pavel, no seas así! —Le recriminó ella en castellano.

—¿Por qué no le matamos ya?

—¿Tienes algo mejor que hacer mientras esperamos? ¿No te parece interesante?

—¡No, no me parece interesante! ¡Por tu culpa tenemos este problema! ¡Cuanto antes lo arreglemos, mejor!

Irina no quiso seguir discutiendo.

Reapareció aquella fría sonrisa en su rostro.

Pura magia, capaz de hipnotizar a cualquiera.

—Me gusta usted, señor Mascarell —dijo—. Es una lástima que sea tan inconsciente.

—No tiene por qué hacerme nada. ¿Creen acaso que puedo ir a la policía?

—Es posible.

—No tiene sentido. Me devolverían a la cárcel, o me quitarían el indulto y me fusilarían.

—Entonces ¿cómo esperaba ayudar a su amigo Agustín?

—No lo sé, quizá enviando un anónimo —mintió.

—Mire —Irina parecía hablarle a un niño—, ¿sabe lo que nos harían si nos cogieran?

—Lo imagino.

—Ahora dígame, en serio, ¿por qué habríamos de matar a Gilberto?

—Si ya le chantajeó, pudo amenazarla con denunciarles.

—Eso le habría condenado a él aún más. Así que se equivoca. Y siempre nos quedaba un castigo mayor: matar a Rosendo, aunque no es nuestro estilo.

—Entonces ¿ustedes no...?

—No.

Iba a morir, así que resultaba un poco absurdo pensar ahora en quién habría asesinado a Gilberto Fernández y por qué.

Agustín Mainat acabaría en el garrote vil.

Y, a lo peor, a él nunca le encontraban.

Patro se volvería loca.

—Si tiene alguna pregunta, hágala —lo invitó Irina—. Después de todo, se lo ha ganado.

—Hábleme de esos secretos.

—¿Le interesan?

—Quiero saber por qué hay espías, espiados, por qué se organizan esas cosas y la gente es capaz de matar o ser matada. Es un nuevo mundo, y aunque me vaya de él...

—Siente curiosidad.

—Sí.

—De acuerdo —asintió ella.

—¡Irina! —protestó Pavel.

Su compañera se lo dijo en ruso, seca. A veces parecía que el jefe del dúo fuese él. Otras, que mandaba la que más carne metía en el asador, haciendo el trabajo de campo, seduciendo y acostándose con las víctimas, como si Pavel sólo fuese un guardaespaldas, o el mediador que se ocupaba de pasar la información.

El hombre chasqueó la lengua.

—¿Me da un vaso de agua? —pidió Miquel.

Otra orden en ruso.

Pavel salió de la habitación.

—Siempre está enfadado —lo excusó Irina.

—¿Es su marido?

—¡No! —Soltó una risa.

—Claro. No le veo yo muy celoso.

—No es más que trabajo, señor Mascarell.

Se la imaginó «trabajando» en la cama, primero con Gilberto Fernández y después con el alucinado Rosendo.

Reapareció él, con un vaso de agua. Se lo tendió a Irina y ella se lo acercó a los labios. Miquel lo bebió igual que una esponja. Después de haberlo apurado, la mujer se lo devolvió a Pavel, que lo dejó en el suelo.

Siguió apoyado en la pared, siempre con el revólver en la mano.

—Bien. —Irina parecía disfrutar de su papel, como si el hecho de tener público la hiciese salir de las sombras por primera vez—. ¿Conoce Washington?

# 31

Miquel curvó hacia arriba la comisura de su labio izquierdo.

—En Cataluña he llegado hasta la Costa Brava y Andorra. En España, hasta Madrid y el maldito Valle de los Caídos. Por supuesto, a la fuerza. ¿Washington? Eso es demasiado para mí, señora.

—Le encantaría.

—No creo.

—Todo es política, intereses, pactos, misterios. Un buen policía, sobre todo si es honesto, se lo pasaría en grande persiguiendo delincuentes que se disfrazan de grandes prohombres del sistema.

—Para ser usted rusa, comunista, parece muy fascinada por el sistema occidental.

—Pura decadencia, se lo aseguro. Están cavando sus propias fosas. Ellos mismos se disparan a los pies y no se dan cuenta. Creen que bailan, pero dan saltos. Cuando se es testigo del mal que va a acabar con tus enemigos, disfrutas.

Era una fanática.

Se abstuvo de decírselo.

Seguía ganando tiempo.

—Tuvo que ser un desastre dejar aquello y perseguir a Fernández hasta Barcelona.

—Bueno, es una bonita ciudad. ¡Qué pena que la República perdiera la guerra! Lo habríamos pasado bien aquí.

—Quédese y cambie de vida. Muerto Gilberto Fernández, se casa con Rosendo y goza de un nuevo futuro.

—Es usted divertido. —Soltó una carcajada—. Pavel no entiende el sentido del humor de los españoles. Yo sí. Y me encanta. ¿Verdad, Pavel?

Le respondió en ruso. Probablemente una grosería.

Irina se miró las uñas de su mano derecha.

Uñas de manicura.

—La embajada de España en Washington era y es un coladero, señor Mascarell. Algo insólito, típico de un país como el suyo, que ni siquiera es un país, sino un robo. ¿Sabe que está tan desprotegida que los americanos entran y salen de ella cada noche, según un viejo dicho suyo, «como Pedro por su casa»?

—Ni idea.

—Créalo. Por un espía nuestro supimos que en julio de 1942 la OSS, la Oficina de Asuntos Estratégicos de Estados Unidos, entró por primera vez en la embajada española en Washington. Se hicieron con los códigos de comunicaciones sin el menor problema, y durante los años siguientes, teniendo en cuenta que cada mes se cambiaban, siguieron entrando para hacerse con los nuevos. Así los americanos han descifrado todos los mensajes supuestamente secretos que se han intercambiado con Madrid hasta hoy. No había, ni hay, sistemas de seguridad. Nada. Los americanos, pues, han sabido desde siempre las intenciones de Franco. Sólo cabía esperar. Había un independentista catalán desencantado, llamado Ricardo Sicre, ya nacionalizado allá, que les ayudó al comienzo. También sacan maletines llenos de papeles, los fotografían, los devuelven dejándolos tal cual y listos. El mismo espía que consiguió conocer todo esto, por un contacto en la OSS, nos dijo que la embajada es el lugar más extraño del mundo y que tiene fascinados y muertos de risa a los americanos. Se trabajaba mal, ninguna secretaria toma notas correctamente, ningún hombre puede dictar, escriben las cartas a mano y las comentan con ellas. Eso sí, la mayoría, salvo un hombre llamado Silva y el agregado militar, ambos muy nazis, simpatizaban ya entonces con los estadounidenses. Como buenos españoles, todos los que trabajan allí pierden mucho tiempo hablando y bebiendo manzanilla. Cada día hay una celebración.

—¿No hacen corridas de toros?

—Está usted muy ingenioso. —Irina sonrió.

—Y a ti te gusta perder el tiempo. —Le reprochó Pavel, ahora en castellano.

—¿Tienes algo mejor que hacer? A mí me cae simpático. —Mantuvo la sonrisa al volver a mirar a Miquel—. Cuando nos enteramos de lo que sucedía, y más con el final de la guerra mundial, empezamos a alarmarnos. Resulta que España, por su posición geoestratégica, va a contar mucho en el futuro. Teníamos que saber qué estaba ocurriendo y, lo más importante, qué hacían los americanos para granjearse su amistad, meterse en su cama y darles unas palmadas en la espalda. Eso se convirtió en prioritario para Moscú.

—Y la mandaron a usted.

—Por supuesto. —Levantó la barbilla—. Lo malo es que la embajada está en suelo americano y ellos tienen todas las de ganar. Nosotros no podíamos hacer lo mismo. Había que actuar con astucia y rapidez. Bastaba una sola persona para que nos dijera qué estaba sucediendo, cómo y cuándo iban a producirse los pactos, las alianzas, y en qué sentido iban. Por eso escogimos a Gilberto Fernández. No es el primer español al que le van las faldas. El embajador Juan Francisco Cárdenas, falangista de pies a cabeza, era un pervertido que tuvo relaciones sexuales con ambos sexos. Eso sí, muy refinadamente. Iba a Nueva York fingiendo visitas médicas y allí contactaba con chicos jóvenes. Donald Downes, responsable en la OSS de todo el operativo, ideó una excelente treta para, encima, colocar a una espía directamente como secretaria. Un astuto plan, hay que reconocerlo. Encontraron a una candidata, le hicieron un hueco en la embajada y así introdujeron su caballo de Troya. Ella solía estropear la caja fuerte y, por supuesto, se mandaba a un cerrajero que, de paso, hacía duplicados de la llave para los americanos.

—Asombroso.

—Se lo cuento para que se divierta —afirmó Irina con total despreocupación.

—Ha hablado de pactos y alianzas futuras, pero España ha quedado fuera de todo, incluso del Plan Marshall.

—Oh, el European Recovery Program —lo pronunció en inglés—. Cierto. Cuando el 12 de julio de 1947 se planteó en una cumbre entre estados el plan de reconstrucción de Europa, España se quedó fuera. Lógico. Pero todo de cara a la galería. De hecho, pronto llegarán las primeras ayudas bajo mano. Por un lado, Estados Unidos no puede hacerse amigo de un país fascista. Por otro lado, España derrotó al comunismo. Es por esta razón por la que, se lo aseguro, esto va a cambiar en los próximos años. Ustedes van a ser americanizados. El proceso ya está en marcha.

—¿Y van a impedirlo?

—Depende. Al menos intentaremos que todo se retrase o, en su defecto, queremos conocer de antemano los planes para tomar nuestras propias medidas preventivas y adelantarnos a los acontecimientos.

—¿Dice que el proceso ya está en marcha?

—Del todo. Desde la implantación de la Coca-Cola hasta los lugares en los que ondearán las primeras banderas americanas en suelo español.

Miquel se perdió por unos segundos.

El dolor de cabeza era ya una cuña. La pierna ni la sentía.

Por lo menos, Irina se sentía cómoda hablando.

Tenía público.

—¿Qué tiene que ver una bebida con esto?

—Todo y nada, según se mire. La mejor forma de conquistar un país es infiltrándose en sus gustos y captando su cultura para, poco a poco, anularla como propia. Ustedes ya consumen cine americano. Bien, ¿por qué no su bebida más famosa? Hace un año directivos de Coca-Cola visitaron al mismísimo Franco y a su ministro de Industria. Querían implantar su bebida de forma masiva. Ahora, se lo seguro, el proceso está ya en marcha. Franco dio el visto bueno. Por lo que sabemos, ustedes tendrán la primera fábrica aquí mismo, en el Poble Nou de Barcelona. En el futuro prepárense a beber eso en lugar de sus vinos o su cava, y comiendo o cenando.

—¿Está loca?

—Ya lo verá.

—Oiga, que bajo una dictadura o no, tenemos buen paladar.

Irina soltó otra carcajada.

—Su Franco...

—No es «mi» Franco —la interrumpió.

—Da igual. Su dictador va a vender España a los americanos.

—¿Y eso?

—Por una parte, busca y necesita reconocimiento internacional, salir de nuevo en los mapas. Las Naciones Unidas votaron abiertamente a favor del boicot contra España el año pasado. ¿Cuánto tiempo puede aguantar Franco este aislamiento? Necesita a los americanos, y ellos a Franco. España es un grano en el culo de las democracias europeas, pero han decidido que, en lugar de rascarlo, van a ponerle un parche. No de golpe, pero sí poco a poco.

—¿Cómo venderá Franco España? —insistió Miquel.

—Cuando Gilberto Fernández fue expulsado, en Washington se empezaba a negociar un acuerdo para que Estados Unidos estableciera bases americanas en suelo español. Mi misión era averiguar dónde y cuándo.

—Dictador o no, no puede...

—Sí puede —asintió Irina—. Se hablaba de Zaragoza, Rota, Morón de la Frontera, Torrejón de Ardoz, y más o menos, de 1952, 53, 54... Firmarán un pacto de defensa mutua, un puro eufemismo. Habrá apoyo militar y, lo más importante, económico. Para la Unión Soviética es imprescindible conocer estos detalles, a fin de tomar nuestras propias medidas y contrarrestar en lo posible el daño que esa expansión pueda causarnos. Imprescindible y vital, por seguridad y supervivencia. Si hay bases en España y estalla una nueva guerra, se usarán contra nosotros, en suelo europeo. Gilberto Fernández conocía esas conversaciones, y estaba a punto de conseguir que me hablara de ellas, dándome las primeras estimaciones geográficas y temporales. Por eso le seguimos hasta aquí, y por eso cambiamos la táctica, haciéndonos con Rosendo, para presionarle.

—Entonces... su muerte los ha dejado...

—Otra expresión española, «con el culo al aire», sí.

Miquel cerró los ojos, tanto por el dolor de cabeza como por el vértigo de aquellas inesperadas confidencias.

—Le mataron los servicios secretos americanos, o los propios españoles. —Suspiró al volver a abrirlos.

—Todo es posible —reconoció ella.

—A Pavel y a usted sólo les queda salvarse de la tormenta.

—Nos iremos esta noche. Mañana estaremos al otro lado de la frontera, camino de casa.

—Entonces déjenme aquí.

—Si le amordazamos y le atamos, morirá igual, y más lentamente. No somos tan crueles.

—Les juro que...

—No jure. —Irina puso cara de pena.

—¿No se da cuenta de que no puedo delatarles? Me involucraría a mí mismo. ¿Qué ganaría yo haciéndolo?

—De verdad que lo sentimos.

Miquel miró a Pavel.

Seguía impertérrito, hastiado de tanta charla, con el revólver en la mano.

Un revólver sin silenciador.

—¿Puedo escribirle una carta a mi mujer?

Esta vez no hubo respuesta. Irina se levantó de la silla y se colocó delante de su compañero, de espaldas a él. Hablaron, una vez más, en ruso.

Quizá le dijera cómo matarlo.

Miquel se sintió enfermo.

Rabioso.

Morir en un lugar vacío, en mitad de Barcelona, solo.

Tan perdido.

Irina salió de la habitación. Tal vez para no verlo.

Pavel se acercó a él.

Miquel cerró los ojos.

Los abrió al darse cuenta de que lo único que estaba haciendo el ruso, era ponerle un pañuelo en forma de mordaza en la boca.

Después se marchó también y le dejó solo.

Todavía se filtraba luz por la puerta. Era de día. Sin un silenciador, lo más lógico era matarle con un cuchillo o estrangulándole.

Así que lo harían luego, de noche, antes de irse.

No quería sentir más miedo, pero le fue imposible evitarlo.

No quería sentir más tristeza, pero se inundó con ella hasta dolerle el corazón mucho más que la cabeza o la pierna.

# 32

Cada segundo pasó a ser un minuto, cada minuto una hora y cada hora...

¿O no?

Tal vez sólo fuera su mente, jugándole las últimas malas pasadas de su vida.

¿Cuántas veces había estado a punto de morir? O mejor dicho, ¿cuántas veces había creído que iba a morir?

En el Valle, ésa era una sensación diaria.

Noche a noche, amanecer a amanecer.

Se llevaban a los que no volvían. Gritaban sus nombres. Los muy cabrones incluso se tomaban una pausa antes de decir los apellidos, así metían el miedo en el cuerpo a todos los que se llamaban igual:

—¡José María... Sanjuán! ¡Pablo... Quincoces! ¡Miguel... Salavarría!

Pero en el Valle estaba solo. Ahora no.

Miraba la puerta de la habitación esperando ver aparecer a Pavel o a la misma Irina, aunque estaba seguro de que lo haría él. ¿No le mataban ya por si acaso tenían que quedarse unas horas más y no querían sangre o el hedor de un muerto cerca? ¿Mejor hacerlo justo antes de marcharse?

¿Y la tortura que representaba eso?

No le habían atado las piernas. Si las movía y arrastraba la silla...

—¡Te lo dije! —escuchó la voz de Patro en su mente.

No era más que un viejo tratando de mantener la dignidad, jugando a ser el policía que había sido. Un buen policía. Lástima de los años, y de las circunstancias, y de que ya nada fuera igual. Antes perseguía ladrones y, de vez en cuando, a un desgraciado que había matado a su mujer. Ahora... ¿Espías? El mundo se estaba volviendo loco.

De vez en cuando, Irina y Pavel hablaban en voz baja, siempre en ruso.

De vez en cuando, discutían.

Por la puerta abierta de la habitación, la luz diurna fue menguando.

Llegaba la noche.

Otra broma: morir en Sant Jordi.

Era evidente que Irina y Pavel esperaban algo, o a alguien. Aun llevando papeles falsos, era un riesgo. Si habían entrado y salido de Estados Unidos, y entrado tres meses antes en España, tenían que ser extremadamente cautos. Los otros servicios secretos tampoco eran tontos ni mancos. A la OSS se les habían escapado, pero ¿y si les habían seguido el rastro hasta España?

Qué más daban las preguntas...

Bueno, el caso era mantener activa la mente, no caer en el pánico.

La cabeza de Irina asomó por la puerta.

Miquel se puso a gemir y a mover la suya.

Ella se le acercó y le quitó la mordaza.

—¿Qué quiere?

—Agua, por favor.

—Bien.

Fue a ponerle otra vez la mordaza y él apartó la cabeza.

—No, déjeme respirar un poco.

—Si se pone a gritar, Pavel le hará daño.

—No gritaré. Sé que no conseguiría nada.

Los ojos de Irina le escrutaron. Le atravesaron. No era la primera vez que lo hacía. Miquel apreció de pronto algo más que frialdad en el fondo de aquellas simas grises. Vio... ¿simpatía?

¿Por eso le había contado todo aquello?

—Vuelvo enseguida. —Se dirigió a la puerta.

—Gracias.

Aprovechó para abrir y cerrar la boca, respirar por ella. La espía no estuvo mucho rato fuera de su vista. Regresó con un vaso de agua y se lo aproximó a los labios. Miquel bebió despacio, para no atragantarse o empezar a toser.

Cuando el vaso estuvo vacío, ella lo dejó en el suelo y fue a ponerle otra vez la mordaza.

—Espere —suplicó él.

—¿Qué quiere ahora?

—¿Cuándo van a hacerlo?

No le respondió. La mirada siguió siendo diferente.

—¿Por qué me mira así?

—¿Cómo?

—Tan... intensamente.

—Me recuerda a mi abuelo.

—¿Vive?

—Sí, en San Petersburgo. Mi padre murió en Stalingrado.

—Lo siento.

—Es un héroe de la Unión Soviética. Mató a muchos alemanes antes de que le mataran a él.

Sin saber por qué, Miquel la imaginó amando, primero, a Gilberto Fernández, y después, a su hijo.

La Mata Hari perfecta.

—Usted también me mira de una forma especial —dijo Irina.

—No recuerdo haber visto a ninguna mujer como usted.

—¿Y su esposa?

Pensó en Quimeta. Pensó en Patro.

—Distintas —dijo—. Muy guapas, pero distintas.

—¿Habla en plural?

—Han sido dos.

La rusa sonrió.

Esta vez le puso la mordaza sin que Miquel hiciera nada. Al llegar a la puerta se volvió y le dijo:

—Trate de descansar y dormir. Ya no nos iremos hasta mañana.

Descansar y dormir.

Sentenciado a muerte, sentado en una silla, atado, con la cabeza apaleada y una pierna que ya no sentía.

No solía llorar, pero tuvo ganas de hacerlo.

Después cerró los ojos y se abandonó.

Tanto, que llegó a hacer lo que ella le había dicho, aunque no del todo.

Se adormiló.

Llegó a despertar una vez, dos, tres. Ya había oscurecido por completo. Veía el reflejo de la luz de la cocina o la sala al otro lado de su cárcel. Él seguía con la pequeña bombilla encendida sobre su cabeza. Algo era algo. En un par de ocasiones creyó ver el rostro de Irina asomándose por la puerta, pero cuando miraba hacia ella ya no estaba. De Pavel, ni rastro.

El implacable Pavel.

Se adormiló otra vez.

Y se despertó sobresaltado, para encontrarse con ella arrodillada frente a él.

¿Ya?

No. Llevaba otro vaso de agua en la mano.

Le quitó la mordaza.

—¿Tiene sed?

—Sí.

—¿Hambre?

—No.

—Beba.

Repitió los gestos de antes. Miquel bebió despacio. Sus ojos permanecían fijos el uno en el otro. En una película, él sería Clark Gable y ella se enamoraría de él. En la vida real, el héroe era un sesentón y la espía una mujer implacable.

Aunque le recordase a su abuelo.

—Parece un buen hombre —dijo Irina.

—Lo soy.

—Una víctima de Franco y su maldita guerra.

—Así es.

—Lástima que esto sea demasiado grande.

—¿De verdad es tan importante saber cuándo y dónde estarán esas bases americanas en España?

—Sí, mucho. Se lo he dicho antes: hemos de prepararnos. Sin equilibrio, el mundo estallará. Los americanos ya tienen la bomba atómica. Nosotros hemos hecho un gran esfuerzo para estar a la altura. Europa está dividida en dos. Es un inmenso tablero de ajedrez. Podemos intercambiar un alfil por un caballo, y un caballo por una torre, pero no entregar o perder a nuestras reinas.

—Muerto Fernández, se quedan sin premio. Ya no sabrán nada de esas bases ni de los posibles pactos entre España y Estados Unidos.

—Seguiremos intentándolo de otra forma —afirmó con aplomo.

—¿Puedo preguntarle algo?

—Adelante.

—¿Habló mucho con Rosendo acerca de su padre?

—No. Era una operación difícil que había que manejar con cuidado.

—¿No se le ocurre quién podría haberlo matado?

—Usted ha dicho antes que pudieron haber sido los propios servicios secretos americanos o españoles, y no es ninguna tontería, se lo aseguro.

—He pensado en ello y...

—¿Qué?

—¿En su casa, y apuñalado?

—¿Por qué no? Eso suena a crimen pasional. Si no lo hizo Agustín Mainat, es evidente que cayó en la trampa como un corderito infeliz.

—¿No quiere saber quién asesinó a su ex amante?

—Me da igual. —Se encogió de hombros—. Ésa no es mi guerra.

—Tuvo relaciones íntimas con él.

—Por mi trabajo. —Reapareció aquella frialdad gélida—. Gilberto Fernández era un idiota, un completo imbécil. Fue muy fácil seducirle. Rosendo al menos era joven, impetuoso, romántico. Tampoco fui la primera. Una vez escogido, en Washington tuvimos que desembarazarnos de su anterior amante.

—¿Hubo muchas más?

—Me dijo que su mujer era un témpano y que estaban juntos por la posición de ambos. Nada que no fuera habitual. En su juventud, ella estuvo muy enamorada de él, muchísimo, pero con los años... Creo que es demasiado orgullosa. Sabía que su marido tenía aventuras y callaba. La vida de Washington la compensaba. Fiestas, prestigio... Puro capitalismo. —Lo enunció con desprecio.

—¿Llegó a conocer a Amalia?

—No. Oiga —atravesó su cara con un rictus de duda—, ¿todavía le está dando vueltas a la cabeza sobre quién pudo matar a Gilberto?

—Ya ve.

—Es usted pertinaz.

—Y usted, una buena conversadora. Me gustaría tenerla como amiga.

—¿Por qué no escapó antes de acabar la guerra? ¿Por qué se quedó aquí y se dejó atrapar por Franco?

—Mi esposa, la primera, se moría de cáncer. No podía dejarla sola.

—¿Y se sacrificó por ella?

—Sí.

Otra larga mirada.

Otra vez, la caricia en su mejilla.

Irina cogió la mordaza.

—¿Puedo ir al baño? —preguntó Miquel.

—No.

—Me lo haré encima.

Soltó un bufido, recogió el vaso de agua vacío, se levantó y salió de la habitación sin ponerle la mordaza. Al cabo de un minuto entró Pavel por la puerta, pistola en mano.

Le desató sin abrir la boca y luego le incrustó el revólver en la espalda.

—Camine.

Miquel lo intentó, pero la pierna no le respondía.

—Espere, estoy anquilosado.

—Ya, o le siento otra vez.

Hizo un esfuerzo. Un paso con la izquierda. Arrastró la derecha. Otro paso con la izquierda. Otro arrastre de la derecha.

—¿Qué le pasa?

—No siento esta pierna. —Se tocó la cadera.

Pavel no dijo nada.

Así que se lo tomaron con calma.

Cuando llegó al retrete, el ruso le abrió la puerta, con la parte superior acristalada, como la que daba a la calle, y se puso a su lado sin dejar de apuntarle.

—¿Va a quedarse ahí mirando? —dudó Miquel.

—Hágalo.

Lo intentó, y aunque tenía ganas, le costó lo suyo. Como aquella noche de mayo del 49, en la Central, orinando rodeado de chorizos, con Lenin protegiéndole. Hasta le aplaudieron cuando lo logró.

Inspeccionó el pequeño espacio.

Nada.

Seguía sin tener la menor posibilidad.

Por lo menos, ahora, la sangre circulaba por su pierna, despertándosela, vivificándosela un poco.

—¿Listos?

—Sí.

Regresaron a la habitación vacía, le sentó en la silla, le ató las manos a la espalda, de nuevo al otro lado del respaldo, y, esta vez, también le pasó una cuerda por los tobillos. Luego le amordazó e hizo algo más.

Ponerle una cinta con unas campanillas alrededor del cuello.

—Tengo el sueño muy ligero —le advirtió Pavel—. Si esto tintinea, vengo y le pongo a dormir de un golpe, ¿de acuerdo?

Por lo menos no moriría en Sant Jordi.

Miquel asintió con la cabeza.

Pavel apagó la luz y se fue.

# Día 6

## Lunes, 24 de abril de 1950

# 33

Lo que le despertó por la mañana fueron los gritos.

Irina y Pavel discutían.

Probablemente porque seguían atrapados allí, sin poder escapar.

Al menos eso le permitía seguir vivo.

¿Hasta cuándo?

Tardaron en hacer acto de presencia, y una vez más lo hizo ella, no él. Estaba muy seria, se la veía fastidiada. Eso no rebajaba el grado de su belleza. Debía de costarle caminar por las calles, con los hombres volviendo la cabeza para mirarla. No pasaba inadvertida. Por eso el relojero le había dicho que llevaba un pañuelo cubriéndole el pelo y gafas oscuras.

Cuando le quitó la mordaza, Miquel se lo imploró.

—Por favor...

Irina no le contestó.

—Ya... basta... —gimió él.

Escuchó su respiración, el largo suspiro con el que la envolvió. Y en sus ojos fríos titiló una lucecita de culpa. Débil, pequeña, pero auténtica.

—¿Tiene hambre?

No habría podido tragar nada.

—Sólo sed. Y he de volver al baño.

Otro suspiro.

Irina salió de la habitación y se repitió la escena de la noche anterior. Pavel, el revólver, desatarle manos y piernas y hacerle andar hasta el retrete. Miquel consiguió mantenerse en pie a duras penas. Ya no era un ser humano, era un saco de patatas apaleado. Llevaba una bomba de relojería en la cabeza y la parálisis de la pierna amenazaba con ser irreversible. O, al menos, eso parecía. Tuvo que apoyarse en la pared primero, en la puerta después, y finalmente ir tanteando aquí y allá para no derrumbarse. Si caía al suelo, no estaba seguro de poder volver a levantarse. Pavel igual le pegaba.

Una situación asquerosa.

Al llegar al retrete se bajó los pantalones y se sentó en la taza.

—¿Va a quedarse aquí mirando también esta vez? —se atrevió a decirle al ruso.

No hubo respuesta.

—Le advierto que apesto.

Lo mismo.

Pero en cuanto apretó, descargó y se alivió, Pavel dio un paso atrás, al otro lado de la puerta acristalada, poniendo cara de asco.

—Se lo dije.

Siguió apretando, aunque ya se había vaciado, mientras calculaba la posibilidad de saltarle encima impulsándose con sólo una pierna.

No, no iba a lograrlo.

Era más joven, más fuerte y más ágil.

Y además, aunque lograra el milagro, quedaba Irina.

—No quiera morir luchando —le advirtió Pavel como si le leyera los pensamientos—. Mientras sigamos aquí, seguirá vivo.

—¿No llegan sus refuerzos?

De vuelta al silencio.

—¿Y si han de quedarse más tiempo?

—¿Ha terminado?

Miquel se levantó. Había trozos de periódico para limpiarse. *La Vanguardia* servía para muchas cosas aparte de leer. Envolver un bocadillo, extender las páginas por el suelo cuando se acababa de fregar, para pisar por encima de ellas, o limpiarse el trasero eran algunas. Le echó un vistazo al recorte, por si volvía a aparecer el nombre de Agustín Mainat.

Era la sección de deportes.

De vuelta a su silla y a la habitación, Irina le tenía preparado el vaso de agua. Primero, Pavel le sentó y le ató brazos y piernas. Después, ella le hizo beber. Por último, volvieron a colocarle la mordaza.

Se quedó solo.

Patro ya se habría vuelto loca. Llamadas a hospitales, tal vez a la policía, aunque eso era más problemático, búsqueda infructuosa de un desaparecido... Encima, no podía decir nada, qué estaba haciendo ni por qué. A lo peor se encontraba cerca, yendo arriba y abajo de Milá y Fontanals, preguntando por él. Era su única pista.

Si lo hacía y llegaba al bar...

El camarero le diría que...

Miquel se estremeció.

No, eso no era una esperanza, era todo lo contrario. Si Patro llamaba a la puerta y Pavel o Irina se sentían amenazados, o si reconocía a Irina por la foto del Tibidabo, su mujer acabaría allí con él.

¿Se quedaría Patro en casa, esperándole, confiando en su buena estrella?

Otro estremecimiento, acompañado de aquel sudor frío que daba siempre el miedo.

El estómago le crujió.

Pero si comía algo, lo que fuese, lo vomitaría, porque lo sentía cerrado.

Las siguientes horas fueron extrañas.

Primero revisó su vida, antes y después de la guerra, con

Quimeta y con Patro. Como si hiciera balance, o examen de conciencia. Después pensó en el caso, en todo lo que había averiguado desde que el inspector Oliveros le interrogó. Imaginó a cada uno de los implicados matando a Gilberto Fernández y buscó una causa, un motivo, una lógica. A lo mejor, si se lo decía a Irina, ella tal vez ayudara a Agustín con una carta desde donde estuviese.

Una carta para que Oliveros reflexionara.

Se maldijo por iluso.

Se adormiló en algún momento de la mañana y despertó sin saber la hora. El estómago le mandaba ya regulares alaridos de protesta. Probablemente a mediodía, Irina hizo lo habitual: entrar con un vaso de agua. Mientras bebía se lo dijo:

—Ahora sí, será esta noche.

—Mejor.

—No diga eso.

—Matarme es una estupidez y lo sabe.

—No podemos dejar cabos sueltos.

—Y un cuerno.

—Tiene derecho a estar enfadado.

—No estoy enfadado. Estoy triste.

—Si hubiera una fórmula...

—Soy un viejo.

—Es un ex policía que se las sabe todas.

—Quiero irme a casa con mi mujer.

—¿Tiene hijos?

Le sorprendió la pregunta.

—¿Cambiará eso algo las cosas?

—Responda.

—Tenía uno. Me lo mataron en la guerra, en el maldito Ebro.

—Lo lamento.

—¿Usted tiene?

—No. —Lo dijo como si fuera un alivio—. ¿Fue duro?

—Mucho. Lo peor.

—¿Cómo dejaron que sucediera?

—¿Perder la guerra? —Soltó un bufido de sarcasmo—. Ustedes no ayudaron mucho, que digamos; en cambio, los alemanes y los italianos sí arrimaron el hombro con los nacionales.

—Hicimos lo que pudimos.

—Y se lo pagamos. Con oro. Pero, a la hora de la verdad, bien que se marcharon todos.

—Ya estaba perdido. Nos dimos cuenta mucho antes que ustedes. Franco tenía un ejército; la República, no. O al menos no estaban tan bien alimentados ni pertrechados. Ustedes eran una pandilla de voluntarios formando facciones y peleándose entre sí. La guerra dentro de la guerra.

—Es un mal endémico de la izquierda, ¿sabe? La derecha es monolítica, actúa siempre a la de una. Pensamiento único. Nosotros nos lo cuestionamos siempre todo, por ética o porque somos así de inocentes e inconscientes.

—Eso cambiará.

—¿Seguro?

—La Unión Soviética...

—Capitalismo, comunismo... —La detuvo—. No me venga con cuentos. ¿Ése es el nuevo mundo? ¿Han derrotado a Alemania y Japón y ahora lo que queda es un pulso de gallos de pelea o una suerte de desafío machista a ver quién la tiene más grande? ¿De qué cambios me habla si de entrada son capaces de matar a un inocente por miedo de lo que pueda hacer?

Irina fue a ponerle la mordaza.

Miquel movió la cabeza de un lado a otro.

—¡No, ya está bien! ¡Pare!

—No grite, o vendrá Pavel.

—Mierda, Irina... ¡Me dijo que le recordaba a su abuelo!

—Usted no entiende. —Por primera vez vio tristeza en sus ojos.

—Pasé un infierno en la guerra, aquí, en Barcelona. Hambre, frío, bombardeos. Y después la condena, la cárcel, aquella locura de monumento. ¿Todo eso para que me maten como a un perro?

—Señor Mascarell...

—Dígame si cree en mí.

Irina miró la mordaza que esperaba en sus manos.

—¡Dígamelo!

No lo hizo. Se la pasó por la cabeza.

—¿Cómo habla castellano tan bien? —Hizo una última pregunta, desesperado, antes de que le tapara la boca.

Ella se aseguró de que la tuviera bien puesta y se la anudó en la nuca.

—Mi madre era española. —Suspiró con un deje de orgullo—. Fue una gran mujer. Tomó parte en la revolución rusa. —Se detuvo en la puerta—. Es curioso que ésta sea la primera vez que estoy en España.

# 34

No volvió a ver a Irina hasta mucho después.

Y cuando lo hizo, Miquel supo que era el fin.

No entró en la habitación para llevarle un vaso de agua, sino para despedirse.

Iba arreglada, como si fuera imposible ocultar su belleza, pero convenientemente disfrazada para disimularla al máximo. Llevaba un pañuelo en la cabeza, ropa discreta y zapatos sin tacón. La cara sin maquillaje, los labios desnudos pero no por ello menos hermosos, los ojos orlados por una pátina de algo parecido al dolor.

—¡No tardes! —tronó la voz de Pavel en castellano—. Yo todavía he de hacer un par de cosas.

¿Se iba primero ella?

¿Sola?

¿Mejor marcharse por separado y reunirse en un punto de encuentro?

La cabeza de Miquel se puso a pensar a toda velocidad.

Irina se detuvo delante.

Transcurrieron unos segundos.

Hasta que ella le quitó la mordaza y la cinta con las campanillas de la alarma sujetas alrededor del cuello.

No hablaron. Ninguno de los dos. Una vez más, ella hizo aquel gesto singular, cariñoso incluso: acariciarle la mejilla.

Pero no fue el único.

Se inclinó sobre él y lo besó.

En los labios.

Tan fría como tiernamente.

Miquel no supo qué hacer, desarbolado por el gesto. Por un lado, sintió algo parecido al asco. Por el otro, deseó morderla o, al menos, apartarse. La sorpresa fue como un golpe más, en mitad de su razón. Al final se quedó quieto, atónito.

Conteniéndose.

¿Una recompensa?

¿El premio final antes del ajusticiamiento?

Irina se apartó de él y le puso la mordaza olvidando las campanillas.

Eso fue todo.

Dio los dos pasos que la separaban de la puerta y salió sin volver la cabeza. Esta vez, Pavel le dijo algo en ruso y ella respondió «*Da, da, da*» dos o tres veces. Miquel ya no los veía.

Agudizó el oído.

Si Irina se iba sola y Pavel se quedaba en la vivienda, todo sería muy rápido.

Pero daba la impresión de que el hombre salía con ella.

¿La acompañaba?

¿Hasta encontrar un taxi o...?

¿O qué?

Se esforzó más y más.

Captando hasta el más mínimo sonido.

La puerta del piso se abrió y se cerró.

Ningún paso.

Nada.

Pavel no iba a estar fuera más allá de dos o tres minutos, podía apostarlo.

Dos o tres minutos.

La diferencia entre la vida y la muerte.

Miquel ya no esperó más.

Primero movió la silla de lado a lado, con fuerza, buscando volcarla y caer con ella al suelo. Intentó que el golpe fuese sobre el lado izquierdo, pero no hubo forma y aterrizó sobre el derecho, el de la caída en la Travesera. El dolor fue de nuevo tan vivo que gimió bajo la mordaza creyendo que, esta vez sí, se había roto la cadera. Tampoco era cuestión de pensar mucho en ello. Las punzadas en la cabeza acabaron siendo peores. Veía lucecitas, sudaba; si vomitaba se ahogaría.

Y los segundos transcurrían muy rápido.

Se empujó con las piernas. Las tenía atadas a la altura de los tobillos. Parecía un caracol, con la concha encima. Llegar hasta la pared no fue difícil. Lo difícil fue empujarse hacia arriba mientras intentaba que la silla lo hiciera hacia abajo, y pasar los brazos por encima del respaldo para liberarse de ella. Había sido su soporte para no caer al dormirse después de pasar tantas y tantas horas sentado. Consiguió apoyar los pies en un travesaño de la parte baja y eso facilitó el resto. Una vez libre intentó ponerse en pie.

Creía que ya no tenía fuerzas, pero sí.

Conservaba las justas para intentar vivir.

Logró arrodillarse. Luego se apoyó en la pared, resbaló y lo intentó de nuevo. Con veinte o treinta años, habría sido relativamente fácil. Incluso con cuarenta. A su edad, ya no.

—¡Vamos! —escuchó la voz de Patro.

Apenas si tenía sensibilidad en los pies, porque la cuerda estaba fuertemente atada. Eso lo hacía más complicado. Aunque consiguiera arrodillarse, no ya ponerse en pie en tan precario equilibrio, con las manos atadas a la espalda, caería irremisiblemente al tratar de moverse y avanzar. Los milagros se hacían en Lourdes, decían. No allí.

Culebreó y serpenteó, rodó sobre sí mismo ahogándose por el esfuerzo y salió de la habitación.

Su objetivo estaba casi enfrente.

La puerta acristalada del retrete.

Boca arriba, levantó los pies, tomó impulso y los impactó

con todas sus fuerzas lo más alto que pudo. La parte inferior de la puerta era de madera. Los cristales translúcidos estaban en la superior. No llegaba hasta ellos, pero el violento choque contra la madera fue suficiente para que el estropicio fuese inmediato. Se hizo a un lado enseguida, para que la lluvia de los cristales que cayeron por delante no le lastimara la cara. Notó cómo algunos le golpeaban el pecho, hasta que, tras el estruendo, se hizo el silencio.

Miquel miró a su alrededor, a ras de suelo. Iluminado por la débil luz que salía de su habitación-cárcel, descubrió su objetivo: un trozo de cristal lo bastante grande como para que pudiera manipularlo. Volvió a rodar sobre sí mismo, aun temiendo cortarse, y sin ver dónde ponía las manos tanteó el suelo hasta dar con él. Lo cogió con los dedos de la mano derecha y se encomendó a su suerte final.

Cortar la cuerda con la que estaba atado.

Una odisea.

Por dos veces, el cristal resbaló de sus dedos. En una tercera se cortó. Jadeaba y sudaba como si, en lugar de abril, fuese verano. Su traje era una ruina. Miraba hacia el fondo, la sala principal y la puerta que daba a la escalera, esperando ver aparecer a Pavel de un momento a otro.

A veces la diferencia entre la vida y la muerte era un simple pestañeo.

Gritó por dentro cuando la cuerda se aflojó.

Un poco más.

Y la cortó del todo.

No perdió ni un instante. Se arrancó la mordaza. Tenía la mano ensangrentada por el pequeño corte, no muy profundo. La sangre siempre era escandalosa. Después desató sus piernas y se sintió libre.

No como para echar a correr, anquilosado como estaba, pero sí libre.

Necesitaba un minuto más.

Tan simple...

No pudo avanzar ni un metro. Ni dar un paso.

La puerta de la escalera se abrió por fin.

Miquel logró meterse en la cocina. Era cuestión de segundos antes de que Pavel descubriera su fuga. Buscó un cuchillo para hacer frente al ruso pero no vio ninguno. Abrir cajones era un albur. Lo único sólido que encontró fue el palo de una escoba.

Se parapetó junto a la puerta.

Esperó.

Pavel debió de ver el estropicio de la puerta del retrete. De pronto sus pasos se aceleraron. Miquel lo imaginó asomado a la habitación de la que acababa de escapar, revólver en mano.

Contuvo la respiración.

—Vamos, viejo, ¿qué hace? —escuchó la voz airada del ruso—. ¿Quiere sufrir?

Levantó el palo de la escoba por encima de su cabeza.

—Maldito idiota —rezongó el hombre que iba a matarle.

Un roce. Apenas el suave contacto de un zapato sobre el suelo. Pavel examinaba el retrete. Le quedaban el dormitorio principal y la cocina.

Miquel calibró las opciones que tenía de salir corriendo y llegar a la puerta antes que él.

Ninguna.

Apenas podía andar, así que menos correr.

Bajó la escoba. No le haría daño rompiéndosela en la cabeza. Si se la hundía en el estómago y le hacía caer, tal vez sí.

—¡Sé que está aquí! ¡No lo haga más difícil o le juro que va a desangrarse durante horas antes de morir!

Aparecería por la puerta de la cocina de un momento a otro.

Volvió a contener la respiración.

Las estrellas seguían flotando por delante de sus ojos. La

cabeza le estallaba. La pierna le dolía. Todo, todo, estaba en su contra.

¿Podía eso hacerle más fuerte?

—Vuelve, por favor. —Escuchó, una vez más, la voz de Patro en su cabeza.

La sombra de Pavel se proyectó por el suelo de la cocina.

Miquel no esperó a que el ruso entrara en ella, si es que lo hacía a la brava y de manera directa, seguro de su superioridad. Probablemente ya sabía que estaba dentro. Podía meter la mano y disparar, aunque el revólver siguiera sin llevar silenciador, o saltar hacia delante y...

Contó hasta tres y salió él.

Con el palo de la escoba por delante, igual que una lanza.

Pavel no lo esperaba. Se lo encontró de cara y, antes de que pudiera reaccionar, Miquel lo derribó agotando hasta su última reserva de fuerzas. Lo importante era acabar de pie y lo consiguió. El compañero de Irina se venció hacia atrás y cayó de espaldas dentro de la habitación de matrimonio.

Miquel tiró la escoba, dio media vuelta y echó a correr.

Por lo menos, lo intentó.

Porque correr, correr, no corría.

El mundo, sí. El vértigo, sí. La sangre acelerándose en sus venas, sí. Su mente, sí. Él lo hacía a cámara lenta.

—¡Hijo de puta! —gritó el ruso.

Cada paso se convirtió en una victoria. Pero los que le faltaban hasta la salvación sembraban de derrotas el horizonte. Llegó a la sala. A su derecha, la puerta que daba a la escalera del edificio. Enfrente, la mampara de madera con la puerta de cristal translúcido que daba directamente a la calle.

Nunca conseguiría abrir la de la escalera, salir por ella y llegar al exterior.

La única solución era...

—¡Quieto! —tronó la voz de Pavel a su espalda.

No le hizo caso. Se preparó para el impacto. Se cubrió la cara con las manos y dio el último paso antes del salto.

El disparo se produjo en ese instante.

Seco, estruendoso.

Primero no notó nada. Estaba demasiado tensionado para sentirlo. Atravesó la puerta de cristal con todo su peso proyectado hacia delante y sólo al caer desde algo parecido a un precipicio, aunque el nivel de la calle estuviera allí mismo, sintió el pinchazo en el hombro derecho.

La llamarada de dolor lo abrasó después.

# 35

El viaje fue, por un lado, eterno. Por el otro, fugaz.

Miquel voló en medio de los cristales, que flotaron a su alrededor como una cortina de copos de nieve cargados de luz. Todos sus daños y dolores de pronto se concretaron en uno: el del golpe contra el suelo, todavía con los brazos y las manos protegiéndose el rostro. Rebotó en la breve acera, que no llegaba al metro de ancha, y llegó a la calzada víctima de su impulso. Por suerte no pasaba ningún coche por ella.

Nada más saberse aterrizado, se dio la vuelta, esperando ver aparecer a Pavel para rematarle.

Pero lo que vio fue la cara de sorpresa de una parejita de adolescentes, a su derecha, y la de una señora que empujaba el carrito de un niño, a su izquierda.

De hecho, no los había arrollado de milagro.

Ninguno dijo nada.

Ninguno hizo nada.

Estaban paralizados.

Al fondo, en la sala de la casa, vio a Pavel.

Miquel intentó gatear de espaldas, apoyando las manos en el suelo.

No pudo.

Ya no tenía sensibilidad en la derecha.

Entonces sí, el dolor del hombro, el fuego de la bala, lo

acabó de romper y hundir. Se limitó a ver cómo su asesino se acercaba.

La escena cobró vida de repente.

La mujer chilló.

El chico joven se acercó para ayudarle.

Otras dos personas, dos hombres, corrían ya hacia ellos.

Miquel siguió mirando a Pavel.

El ruso estaba en la puerta, revólver en mano, aunque nadie le prestaba atención. El herido se la llevaba toda.

—Señor, ¿está bien?

—Pero ¿qué le ha pasado?

—¡Dios mío, está lleno de sangre!

—¡Hay que llevarle a una farmacia!

—¿Qué dice, hombre? ¡A un hospital!

—¡Paren un taxi!

—¿Dónde?

Las voces formaban una espiral, y en el centro estaba él.

Pavel le miró con rabia.

No hubo una segunda bala.

Ya no.

El ruso se guardó el arma y echó a correr.

Por la calle Camprodón, hacia la de Bailén.

Sólo entonces, Miquel se abandonó, cerró los ojos y decidió que ya era hora de desmayarse del todo.

# Día 7

*Martes, 25 de abril de 1950*

# 36

Estaba en el cielo.

Muerto y en el cielo.

Y eso que nunca había creído en Dios, ni en paraísos, ni en vidas eternas.

Pero como todo era tan blanco...

Bueno, todo no.

La cara de Sebastián Oliveros, que de pronto apareció por encima de la suya, era de colores. El mismo escaso cabello, el bigote, su aspecto serio...

—Ya está despierto —anunció una voz de mujer, como si el hecho de abrir los ojos no fuera suficientemente claro.

Miquel la buscó.

Estaba a un lado.

Una enfermera de mofletes rosados y cara de buena persona.

—¿Puede dejarnos solos? —le pidió el inspector.

—Oh, sí, perdone.

Se marchó.

El cielo, de pronto, era un infierno.

Por la mente de Miquel pasaron las escenas de la noche anterior, antes de que perdiera el conocimiento. Su escapada, Pavel, el disparo...

Ahora, Sebastián Oliveros.

Punto y raya.

Movió la cabeza para ver un poco más allá, pero no había ni rastro de Patro. Su visitante lo tuvo claro.

—Está ahí fuera —dijo—. Pero primero le toca hablar conmigo.

Miquel se relajó, volvió a dejar caer la cabeza en la almohada y cerró los ojos unos segundos. Sólo unos segundos antes de enfrentarse al pelotón de fusilamiento.

—¿Cómo se encuentra?

¿Cómo se encontraba?

Los dolores le asaltaron de golpe, como si estuviesen dormidos, o peor, agazapados a la espera de que pudiera sentirlos. El del hombro derecho, el de la cabeza, el de la cadera y la pierna, el corte en uno de los dedos de la mano. Ya no era un ser humano, era un boxeador de peso pluma recién salido de un combate con el campeón mundial de los pesos pesados.

—Coño... —Se sintió hecho una piltrafa.

El inspector Oliveros sonrió.

Miquel no supo si eso era bueno o malo.

En una dictadura los policías no sonreían. Todavía recordaba el interrogatorio del primer día, su manía en llamarle rojo y en recordarle que lo del 36 al 39 no había sido una guerra civil, sino «una cruzada».

¿Le mandaría de vuelta al Valle sin más, herido, o visitaría el foso del castillo de Montjuïc para una verbena de San Juan anticipada?

—Puedo decirle que está fuera de peligro.

—Gracias.

—El disparo no afectó al hueso. Fue limpio. Entró por detrás y salió por delante. Casi diría que el golpe en la cabeza es más grave, porque tiene un buen chichón. ¿Recuerda algo?

¿Mentía?

¿Se hacía el loco?

No, no valía la pena. Con ellos, no.

Tanto les daba matar a un cuerdo como a un loco.

—Sí, lo recuerdo. Oiga, yo...

—Tranquilo. —El policía le puso una mano en el brazo.

—¿Tranquilo?

—Detuvimos a su pistolero Pavel, alias Cristóbal Manrique. No llegó muy lejos, ¿sabe? Los americanos van a estar muy contentos con él.

—¿Y ella?

—Se esfumó.

Miquel no supo si alegrarse o no.

A veces daba pena estropear una obra de arte, aunque fuese mala.

Una asesina.

—¿Se esfumó? —No pudo creerlo—. ¿Una mujer tan llamativa?

—Precisamente por eso. Podría confundir a cualquiera o conseguir lo que fuese incluso del más listo.

—Ya. —Recordó aquel extraño beso de despedida.

«Voy a matarle, señor Mascarell, pero se llevará un premio.»

Más o menos...

—¿Sabe una cosa? —Sebastián Oliveros seguía manteniendo aquella extraña sonrisa, no muy intensa, sólo justa, medida.

—¿Qué?

—Es usted un desperdicio de policía.

—No le entiendo.

—Creo que sí. —El inspector se sentó en la cama, a su lado, apartando un poco el soporte del gota a gota al que estaba conectado—. Y le diré algo más: es una pena que sea mayor y poco afecto al régimen.

Miquel prefirió no abrir la boca.

Le dolía todavía la cabeza, y estaba algo embotado, pero no tanto como para no pensar deprisa.

—Además, se mueve rápido —manifestó con aplomo el hombre al ver que él no decía nada.

—Inspector, se lo juro, sólo trataba de ayudar a Agustín Mainat.

—Oh, sí, le creo.

—Pensé que unas preguntas aquí y allá no harían daño a nadie.

—Bueno, casi le matan.

—Eso ha sido un accidente. Mala suerte. —Mantuvo su falsa piel de cordero.

Sebastián Oliveros le hundió su mirada más acerada.

—Mascarell, no me venga con cuentos. —Resopló.

—¿Cree que estoy en disposición de meterme en problemas?

—Me da que son los problemas los que acuden a usted.

—En eso...

—Primera pregunta. Y no juegue conmigo, ¿de acuerdo? —Se la formuló sin dejar de atravesarlo con aquella mirada—: ¿Mataron los rusos al señor Gilberto Fernández?

Miquel se lo pensó.

Podía decir que sí, y montarse una película, por si tenía suerte.

Decidió que mejor no.

Bastaba la verdad.

—No, no fueron ellos.

—Es lo que ha dicho Pavel Ivanovich.

¿Se lo parecía o... había algo de contrariedad en el tono de su posible verdugo?

—¿Ha confesado algo Agustín Mainat?

—Mantiene su inocencia.

—Pero parece como si usted creyera...

—Yo no creo nada —le cortó.

Miquel contó hasta tres.

—Inspector.

—¿Sí?

—No entiendo muy bien qué está pasando ni qué hace aquí.

La respuesta le puso todavía más en guardia.

—Yo diría que darle las gracias.

—¿Ah, sí?

—Llámelo excepcionalidad. Tampoco vaya a echar las campanas al vuelo.

¿Seguro que no estaba en el cielo, en el purgatorio...?

¿Se habían vuelto buenos de golpe?

Amador le daba de hostias. Oliveros le daba las gracias.

¿Desde cuándo un rojo-comunista-republicano-y-seguro-independentista-catalán les caía bien o se inclinaban a agradecerle algo?

—No tenían ni idea de que esos rusos estuvieran aquí, ¿verdad? —Puso las cartas sobre la mesa.

—No, no la teníamos.

—No hubieran investigado a la novia de Rosendo, que resultó ser la Irina de Washington.

—No —admitió el inspector, sin dudar más allá de un segundo al escuchar por primera vez aquel nombre.

—¿Puedo preguntarle algo más?

—Puede. Otra cosa es que le responda.

—¿Le dijo usted a Ildefonso Ramírez que me contara esa historia y me hablara del espionaje, Irina...?

—No.

—Yo creo que sí.

—¿Y si así fuera?

—Me dejaría muy sorprendido.

Sebastián Oliveros se lo pensó un par de segundos.

—Ramírez me llamó, sí, para contarme que usted había ido a verle. Me dijo que era un buen tipo, leal, honesto, decente, republicano pero no comunista en los años de la contienda. —Quiso dejarlo claro—. Me contó también lo que hizo por su hijo, mojándose y arriesgando su carrera hasta demostrar su inocencia. —Se pasó la lengua por el labio inferior—. Quería prevenirme, y pedirme que, si llegaba el caso y usted se metía en problemas, no lo detuviera, o le diera un poco de margen. Ex policía, ya mayor... Esas cosas. Fue cuando yo le pedí que le llamara a usted para darle algunos detalles más, a ver qué hacía con ellos. Digamos que tuve una corazonada.

—Le salió bien.

—Usted es cien por cien de Barcelona, y cien por cien policía. Ni ocho ni ochenta años preso se lo quitarían. Ahora el que se ha apuntado el tanto he sido yo. Por eso estoy aquí.

—¿No me detendrán?

—No. Un peligroso espía, un comunista, quiso huir ante el acoso de la policía española al verse acorralado, y en el tiroteo un pacífico transeúnte resultó herido, aunque leve. Tampoco es que los periódicos vayan a dar la noticia. ¿Rusos en España? No es buena publicidad.

—Claro.

—Mire —volvió a sonreír con un deje de ironía—, tengo un expediente suyo así de gordo. —Separó un par de centímetros los dedos pulgar e índice de su mano derecha—. Podría montarme cualquier excusa para sacarlo de la circulación. Por las buenas o con alguna trampa. Como ve, no lo he hecho, ni lo haré. —Acentuó la sonrisa—. ¿Lo he utilizado? Sí, un poco. Y ya está. Fin. Agustín Mainat sigue siendo el principal sospechoso, el único. Usted ha metido las narices en el asunto, sin éxito, y, de carambola, ha dado con dos espías. La muerte de Gilberto Fernández sigue siendo otra cosa. Tarde o temprano, Mainat hablará. Cerraremos el caso y usted, si es listo, hará de tripas corazón y seguirá viviendo tan feliz con esa bonita segunda esposa que se ha buscado.

—¿La conoce? —Tembló instintivamente.

—Está ahí fuera, ya se lo he dicho, esperando que termine yo para entrar a verle. Disfrute de su suerte. Si yo fuese usted, bendeciría cada día de vida que se le regaló al indultarle, por la gracia de su excelencia el Generalísimo.

¿Le decía a Oliveros que lo habían indultado en julio del

47 para cargarle un muerto, aunque el tiro les había salido por la culata?

No.

Se calló.

Después de todo, Oliveros tenía razón en algo: podía considerarse un tipo afortunado.

Ni Pavel había podido con él.

Irina ya estaría lejos.

—Espere. —Retuvo al policía al ver que iba a incorporarse—. Sólo un minuto.

—¿Va a insistir?

—Gilberto Fernández llamó esa mañana a Agustín por teléfono, le hizo salir de *La Vanguardia*, y Agustín fue corriendo, sonriendo según me dijo la telefonista del periódico. Es decir, confiado. ¿Llegó a casa de los Fernández y le mató sin más? Piénselo, por favor.

—¿Qué sugiere?

—Una trampa.

—¿De quién?

—Alguien del entorno del muerto.

—¿Está loco? —Se le avinagró la expresión.

—¿Prefiere que le diga que pudo ser el servicio secreto americano, o incluso el español?

—No sea absurdo, Mascarell.

—No tiene sentido que lo hiciera. —Hizo un último conato de protesta.

Sebastián Oliveros se levantó de la cama.

—¿No van a investigar más, por Dios? —Intentó calmarse Miquel para no parecer ansioso.

El policía llegó a la puerta de la habitación.

—¿De verdad no sospechan de nadie más?

El último silencio.

Ninguna respuesta.

Oliveros le apuntó con un dedo.

—Esto acabó para usted, Mascarell. Ahora sí. No haga que me enfade. ¿Sabe algo? No sé por qué, pero me cae bien. Quizá porque yo también me considero un buen policía y reconozco a un igual. Esto se lleva en la sangre. Usted es honrado, pero no se la juegue o me olvidaré de que me ha puesto en bandeja de plata todo lo demás. Hablo en serio.

Hablaba en serio.

No hacía falta que se lo dijera.

## 37

Patro entró tan a la carrera, y se le echó encima tan apresurada y nerviosa, que casi acabó de lastimarle lo poco que no le dolía.

—¡Miquel, cariño!

—¡Ay!

—¡Oh, perdona! —Se apartó un poco, con las manos en alto, sin saber dónde tocarle.

Miquel la observó. Pálida, ojerosa, como si hubiera perdido diez kilos en dos días, tan blanca que parecía de porcelana. Ella también le cubrió con una mirada preñada de dolor.

—Miquel... —Empezó a llorar.

—No, ven. —Alargó el brazo izquierdo para cogerla.

La hizo sentar en la cama, en el mismo lugar que acababa de ocupar el inspector Oliveros, y le venció el cuerpo y la cabeza para que la apoyara en su pecho, despacio, lejos del hombro herido por la bala de Pavel. Con la misma mano izquierda le acarició el cabello, hundiendo los dedos por entre el pelo para hacerle un masaje de los que tanto le gustaban.

Patro no dejaba de llorar.

—Lo siento —dijo él.

—Lo sé —susurró ella—. Sé que lo sientes.

Continuaron así, unos segundos, hasta que su mujer se incorporó, se pasó la mano por los ojos y se lo quedó mirando, llena de dudas.

—¿Te duele?

—La punta de la nariz y el codo izquierdo, no. —Forzó una sonrisa.

—Va, no hagas bromas. —Se puso triste.

—¿Y qué quieres que haga?

—Dime que volverás a casa y no saldrás en un mes, o en un año.

—¿Como un anciano?

—¡No! ¡Va, no seas así! ¡Dímelo aunque sea mentira!

—Nunca voy a mentirte.

Patro le miró con aquella dulzura suya tan especial.

Y él se dejó mirar, porque en los silencios cómplices se decían muchas más cosas que con palabras.

—No es nada —lo rompió él por fin.

—Ya lo sé. Me lo ha dicho el médico. ¡Pero pudo haberlo sido! ¡Pareces un perro apaleado!

—Tengo la piel dura. —Se hizo el valiente—. Y mucha suerte. ¿Cómo te enteraste?

—Al ver que no venías, fui a la vecina y llamé a los hospitales, muy asustada. No sabes cómo me sentí... —Esta vez contuvo las lágrimas—. Nadie sabía nada. Habías desaparecido. Pensé que te había dado un infarto o algo así y estabas en un callejón, solo.

—¿Un infarto?

—¿Qué iba a saber yo? ¡No me imaginaba que pudieran dispararte!

—¿Y al no estar en ningún hospital...?

—Entonces aún me asusté más. Cuando la policía vino a decírmelo esta mañana, casi me muero del susto. ¡Tú no sabes lo que es estar en casa sin saber nada, haciéndote preguntas, sola!

Pensó en sí mismo, en el Valle, haciéndose preguntas, solo.

Y sin esperanzas.

Pero eso no se lo dijo.

—Ven.

Volvió a inclinarse sobre él y se besaron, despacio, como si en lugar de estar en un hospital fueran jóvenes robando secretos y creando su propio universo en un parque al amparo de los matorrales.

El beso de Patro borró el último, el que todavía le hacía daño en la boca, el de Irina.

Miquel la olió, degustó su sabor.

Se relajó.

—¿Qué dicen los médicos? —No tuvo más remedio que volver a la realidad.

—Que no es nada grave, tranquilo.

—¿Te han dicho para cuántos días tengo?

—Sales mañana, más o menos a mediodía, después de que los doctores pasen visita.

—¿Ah, sí? ¿Mañana?

—De hecho, te dejan un día más en observación por el chichón de la cabeza; que, si no, igual te echaban ya hoy. Ya les he comentado que la tienes dura. La bala del hombro entró y salió, dicen que muy limpia, ya ves. —Se puso más seria—. Harás la convalecencia en casa. ¡Y te portarás bien! Mírate, estás hecho una pena. Si te hubiera alcanzado un poco más abajo...

—El corazón está en el otro lado.

—¿Y qué? ¿Te perfora un pulmón y te parece poco? A tus años...

—Ahí sí me duele.

Patro bajó los ojos.

—Perdona —musitó—. No lo decía en ese sentido.

—¿Cuándo estaré bien?

—Dicen que en un par de meses.

—¿Dos meses?

—¡Cariño, que es un balazo!

—¿Y qué haré yo dos meses con un brazo inmóvil? ¡Encima, el derecho!

—Tranquilo. —Patro esbozó su primera sonrisa—. Ya me pondré yo encima.

—No lo decía por eso.

—Por si acaso, señor romántico.

Otro beso, más dulce, hasta que Patro recuperó la cordura, y con ella el peso de la realidad.

—Ahora dime qué pasó.

—¿No te lo ha contado el policía ese?

—No. Nada. —Se mordió el labio inferior—. ¿Te van a detener?

—No.

—¿No?

—No, en serio. Me han dado las gracias y todo.

—¿Por qué?

—Porque gracias a mí han detenido a un espía ruso.

—¡Ay, Dios! —Se asustó de veras.

—¡Vamos, todo está bien!

—¿Qué va a estar bien? ¿Espías? ¿O sea que..?

—Yo no tengo la culpa de que me metan en líos.

—Un poco sí. Eres como un imán.

—¡Todo el mundo cree que sigo siendo policía y a veces lo aprovecho!

—¡Huy, sí, todo el mundo! —Le aplastó el dedo índice de la mano derecha en el pecho—. ¡Tú sigues creyéndote policía!

Empezó a dolerle la cabeza.

—No te enfades, Patro, que bastante tengo ya. Y encima, Agustín Mainat sigue preso, te lo recuerdo. Todo lo que he estado haciendo no ha servido de nada. Una pista falsa. Es como si me hubiera salido el tiro por la culata.

Patro se cruzó de brazos. Una actitud muy suya.

—No sé si sentirme orgullosa de ti o darte de bofetadas.

—Mejor lo primero.

—¿Pista falsa? ¿Quieres decir que la novia de Rosendo no tuvo nada que ver con la muerte de su padre?

—No, nada.

—¿Vas a contarme lo que ha sucedido?

—En casa...

—No, ahora. ¿O tienes algo mejor que hacer?

—¿Te dejan quedarte?

—Que venga una de esas enfermeras tan guapas y melosas y me diga que me vaya, que le saco los ojos.

Era capaz.

Y aunque le doliera la cabeza, quería tenerla allí, sentirla cerca, poder acariciar su mano, su brazo. Y, de vez en cuando, pedirle un beso.

Mejor que mil medicinas.

Hora de rendirse.

Así que se lo contó. Todo. Todo... salvo lo del beso de Irina.

Patro nunca lo habría entendido.

No lo entendía ni él, salvo que fuera costumbre en Rusia besar a los condenados a muerte.

Cuando acabó el relato, unos minutos después, su mujer parecía hipnotizada.

Los ojos como platos.

—Tienes un valor...

—¿Qué querías que hiciese? Pensaba en ti, y eso me dio fuerzas.

—Maldita sea, Miquel...

Más lágrimas. De nuevo apoyada en su pecho, sin aplastarle, lejos del hombro derecho. Más lágrimas, pero ya no de miedo, sino de alivio. Una extraña paz acabó por envolverlos. La habitación del hospital, el que fuera, probablemente San Pablo por ser el que estaba más cerca de donde había sucedido todo, era una crisálida. Al otro lado, por un momento, el mundo podía esperar.

Miquel dejó que Patro se calmara, que sacara fuera todos sus demonios.

—Me gusta oír cómo te late el corazón.

—Siempre me lo dices.

—Hoy, más.

—Patro.

—¿Qué?

—Siento que le he fallado.

No tuvo que decir que se refería a Agustín Mainat.

—¡No le has fallado! —Dejó de apoyar la cabeza en su pecho y se irguió, pero sin separarse mucho de él, con una mano sujeta a la cama—. ¡Has hecho lo que has podido y más! ¡Casi te matan! ¡Puede que hasta la policía tenga dudas ahora!

—No, ellos no las tienen. Es mucho más cómodo cargarle el muerto a un periodista hijo de un fusilado que seguir buscando en el entorno de Gilberto Fernández.

—¿El entorno? —Patro alzó las cejas—. ¿Quieres decir... la familia?

—Sí.

—¿Uno de ellos?

—¿Quién si no?

—¡Pero eso es... monstruoso!

—Piénsalo. —Por primera vez Miquel expuso con palabras lo que le rondaba por la cabeza desde aquellas angustiosas horas en el piso de Irina y Pavel—. Rosendo pudo enterarse de que su supuesta novia Sofía era la espía que había seducido a su padre y ahora le utilizaba a él para seguir presionándole. Amalia tenía novio en Washington y por culpa de su padre se vio obligada a despedirse de él. Y por último, Elisenda Narváez, la muy digna esposa, herida en su orgullo, tanto por los deslices de su marido como por la vergonzosa expulsión de Estados Unidos y la obligación, de pronto, de tener que irse a una embajada menor, sin glamour, como la de Marruecos. —Hizo una pausa—. Los tres tenían motivos.

—Dijiste que en casa de los Fernández había otra mujer, la hermana de ella.

—No la conozco, ni sé si tenía sus propios problemas.

—¿Y no puede haber nadie más?

—No.

—Si Rosendo hubiera descubierto lo de su novia, ¿no la habría matado?

—Depende de lo que Sofía le contase, y cómo. Esa mujer era... es una bomba. Si él estaba tan enamorado como para perder la cabeza, todo es posible. ¿Sabes qué puede hacer una persona enamorada?

—Sí.

—Pues ya está.

—Miquel, dime una cosa.

—¿Qué?

—¿Qué te dice tu instinto?

—Son tres, ya te lo he dicho. Cualquiera...

—No me vengas con historias, que soy yo. ¿Qué te dice tu instinto?

—Algo.

—Tienes ya una idea de cuál de ellos pudo ser, ¿verdad?

—Después de conocerlos y hablar con ellos, y sabiendo lo que sé, ahora sí.

—¿De quién sospechas?

—Déjame que...

—¡No, dímelo!

—Mira, mañana cuando salga...

Patro enderezó la espalda. Se puso seria.

—Miquel —le detuvo.

—¿Sí?

—No pensarás seguir haciendo preguntas, ¿verdad?

Prefirió cerrar la boca.

—¡Miquel, díselo a la policía!

—¡No tengo pruebas!

—¡Que las busquen ellos!

—¡No lo harán, Patro!

—¿Y entonces qué? Imagínate que tienes razón. ¿Sales mañana, con ese brazo, maltrecho, débil, y te pones a perseguir a un asesino al que no tienes el menor acceso? ¡Esa familia es poderosa!

—Por favor, no grites...

—¡Soy capaz de romperte el otro brazo para que entres en razón!

—Cariño...

—¡Ni cariño ni nada! ¡Para empezar, dime de quién sospechas!

Sus ojos eran dos bolas de fuego.

Y lo peor era que estaba en lo cierto: en cuanto pusiera un pie en la calle lo intentaría, como fuera.

Miquel cerró los suyos y pensó que no le iría mal desmayarse en ese momento.

O tener un pequeño, muy pequeño infarto.

—Buenas. —Escuchó la inesperada voz de una enfermera, alargando la «a» con diáfana alegría al irrumpir en la habitación, antes de agregar—: Vamos a ver qué tenemos por aquí...

# 38

Patro no estaba sola.

Se sentía sola, que no era lo mismo.

Llegó a casa, se fue a la habitación de matrimonio, donde había estado esperando a Miquel durante todas aquellas horas, y se echó sobre la cama con los puños apretados.

No lloró.

La rabia se lo impedía.

Antes de que Miquel apareciera, en julio del 47, cuando ejercía la prostitución de cierto nivel y altos vuelos como única salida para no morirse de hambre, siguiendo la estela de aquellas últimas semanas de la guerra en Barcelona, simplemente no pensaba.

No valía la pena.

Pensar era un lujo.

La adolescente que había vendido su cuerpo por comida en 1938 era la mujer que, de hecho, seguía haciéndolo en 1947. La inercia era la peor de las costumbres. Era joven, y guapa. Se servía de ello y punto. Actuaba. Era una actriz del sexo. No había futuro, sólo el día a día.

Miquel había cambiado eso.

De raíz.

Le había dado amor, cariño, respeto.

Y ella, que jamás hubiera creído poder querer a alguien, se había rendido a él.

Enamorada.

Los años no importaban. El corazón, sí.

Ahora formaban una pareja, un matrimonio. Estaban juntos. Juntos para siempre.

Y eso que las palabras absolutas la asustaban.

Siempre.

A Miquel ya no le cambiaría. Cuando reaparecía en él su vena policial, era otro. O el mismo, pero con un objetivo que se le metía entre ceja y ceja. Otro Quijote. Y si él era un Quijote, a ella le quedaba el papel de Sancho Panza.

Se dio la vuelta en la cama y quedó boca arriba.

Puños apretados.

Rictus de determinación en la cara.

—Vamos, piensa —se dijo en voz alta.

No era una señorita de estar por casa. Ya era una mujer, casada, con un compromiso. Llevar un anillo era algo más que compartir una cama o un espacio en una casa. Llevar un anillo representaba complicidad, en todo, lo bueno y lo malo. Como decían los curas: «Hasta que la muerte os separe».

Necesitaba vivir, no morir.

Y con Miquel.

El tiempo que fuera posible.

Cada vez que él se metía, o le metían, en un lío, ella esperaba, y esperaba, y esperaba, hasta que lo resolvía y volvía la paz por un tiempo. Cada vez. Y en ocasiones se preguntaba si no podía hacer algo más. Algo que no fuera comportarse como una esposa solícita pero angustiada, obediente de su marido.

Ahora, Miquel estaba en un hospital, y la que tenía el control era ella.

El control.

Patro se sentó en la cama.

El corazón se le disparó y la cabeza empezó a darle vueltas.

¿Podía hacer algo?

¿Era capaz de hacer algo?

¿Sola?

La mente se le quedó en blanco.

El corazón dejó de latirle.

Sola no.

—Diablos... —exhaló.

Lo razonó un poco más. Sólo un poco más. Era tan absurdo, tan alocado, tan disparatado, que incluso eso le daba sentido. Nadie imaginaría algo así.

Bastaría una pista, un indicio.

—Puedes. —Apretó los puños—. Claro que puedes.

Todo antes de que Miquel saliera al día siguiente y, con su brazo en cabestrillo, la cabeza hinchada y la cadera y la pierna magulladas, se pusiera a investigar de nuevo, por mucho que tuviera un sospechoso y se lo hubiera acabado diciendo.

Un sospechoso entre tres.

Si ayudaba a Miquel, se ayudaba a sí misma.

Eso era estar juntos.

Saltó de la cama, se quitó la discreta ropa con la que había ido al hospital y se puso otra, la de los paseos, la de estar guapa. Una falda elegante, una blusa liviana, una chaquetilla estampada y primaveral, zapatos de tacón...

Cuando salió del piso, ya maquillada aunque sin excesos, comprobó la hora y echó a correr. Anochecía. De pronto le pesaba el tiempo perdido, las horas de inmovilidad y catarsis. Pilló a Teresina cerrando la puerta de la mercería. La muchacha apenas si la dejó hablar.

—¿Y el señor?

—Bien, tranquila. Sólo ha sido un rasguño. Mañana ya estará en casa.

—¡Ay, gracias a Dios! —Se llevó la mano izquierda al pecho y se santiguó con la otra.

—Escucha. —Fue rápida Patro—. No vendré esta tarde ni mañana, así que, por favor, no faltes.

—No, no señora. —La duda pareció ofenderla.

—¿Te ocuparás de todo?

—Sí, haga lo que tenga que hacer, que me tiene a mí, de verdad.

La creyó. Parecía haberse vuelto juiciosa de golpe.

Cosas de la juventud.

Patro le dirigió una última sonrisa, se despidió y llegó a la calzada estirando el cuello en busca de un taxi. Fueron apenas dos o tres minutos de impaciencia. Vio la lucecita a lo lejos y se lanzó a la carrera para detenerlo y que no se lo quitaran. Cuando se metió en su interior, el taxista, un hombre joven, le dirigió una sonrisa bobalicona.

—Ahora sí que ha llegado la primavera —dijo—. ¿Adónde la llevo, señorita?

No tenía por qué, pero lo que menos deseaba era un taxista hablador, así que le enseñó el anillo y le soltó:

—Señora. Y mi marido es boxeador. Tengo prisa.

Le dio la dirección, le explicó cómo llegar y se arrellanó en el asiento sabiendo que ya no iba a ser importunada.

Fue un trayecto relativamente largo, pero, sobre todo, curioso. Como si fuera la primera vez que lo notase o su sensibilidad estuviese más alerta. La ciudad cambiaba de nombre cuando salía del centro, de los barrios más conocidos, aunque fueran humildes. Había una Barcelona central y otra periférica. Distintas hijas para una misma madre. Lo que denotaba el extrarradio era la miseria, la pobreza, el barraquismo amontonado en zonas perdidas y de fronteras difusas. Allí había emigrantes, parias, rescoldos de una guerra ganada por unos y perdida por otros, pero a la que los eternos derrotados no había hecho sino convertir en residuos. El taxista tuvo que orientarse un par de veces antes de dar con la calle, y aunque Patro ya había estado allí, en la noche todo se le hizo más confuso.

—¿Seguro que es aquí adonde va? —le preguntó el hombre al detener el vehículo.

Patro le entregó un billete de veinticinco pesetas. Recibió el cambio y se bajó.

El taxi se alejó en busca de la civilización y ella se quedó frente a la puerta de la exigua casita. Antes de llamar, ya oyó los gritos de los niños.

Pablito y Maribel.

La cara de Mar, al verla, no tuvo precio.

—¡Patro!

Y la abrazó como si fuera un rey mago el día 6 de enero.

—¿Cómo estás, querida?

La mujer de Lenin no podía dar crédito a sus ojos.

—¡Niños, mirad quién ha venido! ¡La tía Patro!

Seguía siendo «la tía Patro».

Y Miquel, «el abuelo», mal que le pesara.

Porque, aunque decía que Lenin era un pesado insoportable, les habían cogido cariño.

Pablito y Maribel salieron de alguna parte. No los vio hasta que se sintió abrazada por ellos. De pronto, los cuatro formaban una piña en la entrada de la vivienda. El único que no apareció fue Agustino Ponce, Lenin, su objetivo.

Temió que volviera a estar preso.

—¿Y tu marido?

—Trabaja hasta tarde, en el muelle, y llega aquí ya casi de noche, eso si no se para a tomarse un vinito con algún amigo, aunque últimamente ha sentado mucho la cabeza. ¡Está tan cambiado desde lo de diciembre! ¡Pero pasa, pasa! ¿A qué se debe esto?

Con tan sólo tres pasos estuvo dentro, en el comedor, pequeño, atiborrado, oliendo a cena a medio hacer. Llevaba a Pablito pegado a un lado y a Maribel al otro. Se sentó en una silla y entonces pensó en lo estúpida que había sido al no llevarles nada, una botellita de vino o unos juguetes para ellos.

—¿Y el señor Miquel? —se interesó Mar.

—En el hospital.

—¿Y eso? —Se llevó una mano al pecho.

Se lo contó. Mínimamente. Sin muchos detalles siniestros, porque los niños estaban presentes. Una vez tranquilizada, también le explicó qué hacía allí.

—Necesito a tu marido un par de horas, mañana por la mañana.

—¿En serio?

—Sí, ya ves. —La acompañó en la sonrisa—. No conozco a nadie que pueda ayudarme, y menos que tenga tanta... predisposición como él.

—Querrás decir «cara dura».

—Bueno, algo de eso también.

—No sé lo que es, pero cuenta con Agustino.

—Puede ser un poco arriesgado.

—Patro, lo que tú y el señor Miquel hicisteis en diciembre por nosotros no tiene precio. Hubieran podido matarnos. No lo olvidaremos nunca. Encima nos acogisteis en vuestra casa. —Suspiró con ternura y nostalgia—. Agustino haría lo que fuera, no tienes más que pedírselo.

Se habían visto dos veces desde aquello. Una cena allí y otra en su casa. Una extraña amistad. Miquel refunfuñaba, pero empezaba a querer a los dos pequeños, aunque seguía molesto por el hecho de que a él le llamaban «abuelo» y a ella «tía». Si Agustino trabajaba y había sentado la cabeza, lo sucedido, a fin de cuentas, valía la pena.

—¿Te quedas a cenar?

Pablito y Maribel se sumaron a la invitación.

—¡Sí, sí!

—¡Di que sí, tía Patro!

Se rindió. No había ni comido. Encima, Agustino podía tardar todavía un rato. Después de dos días de zozobra, al límite, macabramente segura de que Miquel ya estaba muerto, de verlo por fin en el hospital, y tras tomar luego la determinación que la había llevado hasta la casa de los Ponce, era hora de relajarse un poco.

—De acuerdo —asintió feliz.

Veinte minutos después, agotada por los juegos de los niños pero risueña, justo cuando se sentaba a la mesa para cenar, llegó Lenin.

—¡Patro!

Le besó en las mejillas mal afeitadas. No olía a vino. Seguía igual de delgado, el vivo retrato del líder comunista del cual recibía el apodo, pero parecía otro. Un obrero como tantos. Ahora sí eran una familia.

¿La escasa suerte de los pobres?

Momento de las explicaciones.

—Agustino, necesito un hombre y no conozco a nadie a quien acudir.

—¿Un hombre? ¿Para qué? —Se quedó expectante.

—Para un trabajo de mucha confianza y responsabilidad.

—Pues aquí me tienes. —Lenin miró a su esposa con orgullo—. ¿Para qué soy bueno?

Patro tomó aire y se lo dijo:

—Para que seas mi marido por una hora y descubrir a un asesino.

Logró impactarle.

Las cejas se le pegaron casi al cabello que, mal peinado y revuelto tras un día de duro trabajo, le caía por encima de la frente.

Lenin fue lacónico.

—¡Sopla! —Fue lo único que acertó a decir.

# Día 8

*Miércoles, 26 de abril de 1950*

## 39

Nada más verles aparecer por el vestíbulo de la casa, la portera se les cuadró delante, les miró de arriba abajo y les preguntó:

—¿A qué piso van?

—Al tercero primera. Los señores Fernández —dijo Patro.

Los dos vestían de manera sencilla. Patro aposta, con estudiada asimetría y prendas ya muy antiguas, más que viejas o gastadas, para dar la mayor impresión de humildad. Lenin en cambio llevaba su mejor ropa, lo que él llamaba su traje de «bodas, bautizos y comuniones», aunque, según Mar, hacía años que no iban a ninguna boda, ningún bautizo o ninguna comunión. Con todo, ella estaba preciosa, sin maquillar, deliberadamente aniñada, mientras que su compañero seguía pareciendo lo que era: un tipo discreto, pobre y con aspecto de obrero superviviente de mil calamidades.

La extraña pareja.

La portera se apartó sin decirles nada.

En cuanto se metió en el ascensor y Patro pulsó el botón de la tercera planta, Lenin se miró en el espejo.

—¿Seguro que estoy bien?

—Sí, tranquilo.

—Es que no sé sí... —Acercó su cara al espejo, hasta casi pegarla a él, y se miró los dientes, mal colocados y con una ligera pátina amarilla—. No quiero meter la pata.

—No la meterás si no hablas de más.

—A veces me recuerdas a Miquel. —Sonrió él.

Entre ellos ya se hablaban de tú. Con Miquel, no. Tanto Mar como Agustino empleaban el usted, por respeto.

Como decía Lenin: «El inspector todavía impone».

—Tú pon cara de marido enamorado y listos, ¿de acuerdo?

—Caray, ya te dije que eso era fácil.

Más que peinado, iba repeinado. Y se había lavado o frotado las manos con todo lo que pudiera servirle, jabón, aguarrás o piedra pómez. Las tenía rojas de tanto castigarse la piel. El traje y la camisa también habían conocido tiempos mejores, o un dueño anterior que ya extrajo de ellos su máximo rendimiento. Los zapatos se los había prestado un vecino. Incluso brillaban un poco.

El ascensor se detuvo al llegar a su destino y se bajaron en silencio del camarín. Tomaron aire frente a la puerta de los Fernández. La calma de Patro se vio momentáneamente desarbolada en ese punto. El vértigo la inundó. Pero no tuvo más que pensar en Miquel para calmarse de nuevo. Lo hacía por él.

¿No había fingido tantas veces y con tantos hombres?

Eso era lo mismo, sólo que más largo y más complicado.

Siempre quiso ser actriz, de teatro o de cine.

Era su oportunidad.

Llamó al timbre y esperó.

Calculó las posibilidades. Elisenda Narváez, Rosendo o Amalia.

No le abrió la puerta ninguno de ellos.

Sino otra mujer.

Imaginó que era la hermana de la dueña de la casa, que seguía allí, cuidando de ellos o haciéndoles compañía en unos momentos tan especiales.

—¿Sí? —Les miró como la portera, de arriba abajo, llena de dudas.

—Queremos ver a la señora Fernández.

—Me temo que...

—Escuche. —Patro no la dejó hablar—. Estamos aquí para evitar un escándalo y más problemas para ella, ¿entiende? Serán unos minutos. Luego nos iremos, o nos echan, como quieran. Pero es a la señora a la que más le interesa atendernos.

La palabra «escándalo» fue lo que primero la hizo fruncir el ceño.

—No entiendo... —Vaciló.

—Créame, querrá hablar con nosotros. Es por su bien. No queremos hacer daño a nadie, y menos a su buen nombre. Tiene que ver con su difunto marido, ¿comprende?

Para la mujer fue suficiente. No era su guerra. Cerró la boca, apretó las mandíbulas, llenó de aire el pecho y les franqueó el paso. Luego les acompañó a la salita.

Patro dedujo que era la misma en la que había estado Miquel durante su visita a la casa.

Los dejó solos.

—Bien, ¿no? —dijo Lenin—. Ya estamos dentro.

—¡Chis! —le susurró ella.

Elisenda Narváez no tardó. De hecho, tras echar un vistazo a lo que les rodeaba, apenas acababan de sentarse en sendas sillas. Se pusieron de pie al momento al aparecer la dueña de la casa.

No hubo apretones de manos ni saludos.

Sólo distancia.

Por tercera vez, fueron observados de arriba abajo.

Con desagrado.

—¿Quiénes son ustedes? ¿Qué quieren? —les preguntó la aparecida en un tono nada amable—. ¿De qué escándalo hablan, por Dios?

—Señora. —Patro empleó su tono más suave, como el de una criada ante su ama—. Mi nombre es Carmen, y éste es mi marido Prudencio.

—Tanto gusto —dijo «el marido».

—¿Y? —Les mostró su impaciencia.

—Verá, es que no sé muy bien cómo empezar. —Patro mantuvo con aplomo su actuación temerosa y rendida.

—Pues hágalo pronto o me ocupo de que les echen de aquí. —Los desafió cruzándose de brazos.

Momento de soltar la bomba.

—Estoy embarazada, señora, y el padre de mi hijo es su marido. Bueno, su difunto marido.

Logró impactarla.

Un puñetazo en mitad de su pecho.

Elisenda Narváez se quedó casi sin aliento, parpadeó y abrió los ojos. También la boca, pero no pudo decir nada. Como si se le doblaran las piernas, se sentó en la silla que tenía más cerca. Patro y Lenin optaron por hacer lo mismo, aunque no habían sido invitados a seguir su ejemplo. La escena tuvo unos segundos de tensa calma.

Un muro invisible entre los tres.

—Perdone, pero...

—Estoy embarazada —se lo repitió Patro.

—La he oído. —Se tensó poniendo muy recta la espalda, tratando de recuperarse poco a poco y asimilar lo que acababa de oír, aunque seguía bajo los efectos del shock—. ¿Mi marido? ¿Se ha vuelto loca?

—¿Lo dice porque nos ve así? —Bajó los ojos fingiendo vergüenza—. Sé muy bien que no somos más que lo que somos, señora, pero Gilberto...

—El señor Fernández —quiso rectificarla.

—Para mí era Gilberto, ¿qué quiere que le diga? —Mantuvo los ojos bajos.

Elisenda Narváez miró a Lenin.

Él puso cara de póquer.

—Está usted casada, por Dios. Si está embarazada será de su marido, ¿no?

Patro volvió a levantar la cabeza.

Después del impacto inicial, venía el estudiado aplomo con el que tenía que contar la historia y, sobre todo, conseguir que fuera creíble.

Necesitaba ser lo más convincente posible.

—Gilberto... El señor Fernández me conoció al poco de llegar a Barcelona. Estaba muy deprimido. Mucho. Me invitó a tomar un café, charlamos, vi que le gustaba... —Lanzó una mirada de soslayo en dirección a Lenin, como la de una esposa que confiesa un acto imperdonable—. Empezó a contarme cosas, quién era, lo que había estado haciendo en Ua... Uasin... —Se atropelló buscando la forma de decir aquella palabra—. Bueno, la ciudad donde trabajaba. Me dijo que yo era muy guapa, que necesitaba compañía, que podía ayudarme, hacerme la vida mucho mejor... —Otra mirada a Lenin—. Mi marido estaba en la cárcel, ¿sabe usted? Salió hace un mes. No hemos tenido mucha suerte en la vida. Su marido era tan diferente, tan elegante, atractivo...

—Señor —Elisenda Narváez se dirigió a Lenin—, ¿oye usted lo que dice su esposa?

—Señora —encogió los hombros fingiendo una tristeza sin fin—, no están los tiempos para hacerle ascos a nada, oiga. Si mi mujer se saca unas perras haciendo apaños...

La dueña de la casa no ocultó el horror que sentía.

Ni el asco.

—¿Y por qué ese hijo ha de ser de mi marido estando usted casada?

—Porque estaba en la cárcel, ya se lo he dicho, pero también porque él no puede tenerlos. —Patro se enjugó una invisible lágrima de los ojos—. En la guerra... Bueno, ya sabe.

—Si quiere se lo enseño, señora. —Lenin se puso en pie e hizo el gesto de bajarse los pantalones.

Elisenda Narváez lo miró con infinito pavor.

—¡Quiere hacer el favor de sentarse y no decir estupideces!

Patro bajó todavía más la voz, hasta convertirla en un suspiro amargo y dolorido.

—Su marido me dijo que no me faltaría nada, que me daría dinero y todo eso, no para mí, sino para el niño.

—¿Es eso lo que quieren, dinero? —preguntó con distante orgullo.

—No es sólo eso, es que hay algo más.

—¿Qué más puede haber?

Patro se enfrentó a ella.

—Me dio unos papeles para que se los guardara.

Fue el segundo golpe.

También lo acusó.

—¿Papeles? ¿Qué clase de papeles?

—No lo sé. A lo mejor lo decía para darse importancia, no crea que no lo he pensado. Me dijo que eran documentos secretos y cosas así. Yo no entiendo nada de eso. Los he leído y hablan de negociaciones y bases secretas que los americanos van a construir en España dentro de poco. Gilberto... El señor Fernández me dijo que esos papeles eran dinamita pura y que había espías rusos detrás de ellos. ¿Se imagina? —Patro se estremeció visiblemente—. Por eso me pidió que se los guardara, por si entraban aquí o le sucedía algo.

—Mi marido no pudo llevarse nada de Washington —dijo la mujer con voz seca.

—Pues se equivoca. Según él, cometió el error de hacerlo, por precaución, por miedo, como garantía de que no le harían daño ni los servicios secretos americanos ni los españoles. Pensó que una cosa era que le expulsaran de ahí, y otra que trataran de quitárselo todo. Cuando se dio cuenta del problema, temió por su vida y la de ustedes. Por eso me pidió que se los guardara. Y menudo compromiso. —Movió la mano derecha arriba y abajo—. Cuando me enteré de su muerte... Imagínese.

—No hemos sabido qué hacer —intervino Lenin, con ganas de decir algo—. Llevamos unos días que no vea usted. Por eso pensamos que lo mejor era verla y acabar con esto ya mismo. Si esos papeles salen a la luz, su marido se verá muy comprometido, y no digamos usted, sus hijos, marcados todavía más por el escándalo.

—¿Me están chantajeando? —Le tembló la voz a la mujer.

—No, no, en serio —Patro movió las dos manos por delante, en abanico, para dar mayor énfasis a su determinación—. Estamos aquí en son de paz. Queremos darle esos documentos. Usted podrá decirles a los jefes de su marido que los encontró casualmente. En cambio, si lo hacemos nosotros...

—Sí, es un chantaje. —Dibujó una fría y metálica sonrisa de desprecio en su rostro.

—¡Sólo queremos lo que él me prometió! —se defendió Patro compungida—. ¡Esos papeles son nuestra única garantía! ¡Santo cielo!, ¿qué clase de mujer es usted? ¡Llevo un hijo en mis entrañas! ¡Un hijo de su marido! ¿Es que eso no significa nada?

—Significa que es usted una puta.

—Oiga, sin faltar —se vio en la obligación de defenderla Lenin—. Que nosotros no la hemos faltado al respeto, señora.

—Y usted es un cornudo, señor —le atacó Elisenda Narváez.

—Eso sí, se lo reconozco. ¡Pero mi esposa de puta nada, que su marido bien que la engatusó con su labia y dándose toda esa importancia, que es lo que hacen siempre los ricos con los pobres!

—Cálmate, cariño. —Patro le presionó una mano para que no siguiera.

—Está bien, de acuerdo. —La viuda de Gilberto Fernández parecía dispuesta a terminar cuanto antes—. ¿En qué cantidad han pensado?

—No mucho —vaciló un poco Patro—. Unas pesetas, para el crío.

—Veré lo que puedo reunir. —Hizo ademán de ponerse en pie.

—Su familia es rica —la detuvo Patro—. Gilberto me lo dijo.

Elisenda Narváez apretó tanto las mandíbulas que a ambos lados del rostro se le marcaron dos ángulos rectos duros como piedras.

—¿Diez mil pesetas? —propuso.

—¿Diez mil? —Fingió desesperación Lenin.

—Tener un crío es caro, y no digamos alimentarlo. —Patro se pasó de nuevo la mano por los ojos, borrando unas posibles lágrimas—. Luego están los estudios, y lo rápido que crecen... Señora, una cosa es pagar algo al mes, que está bien, pero otra muy distinta es hacerlo una sola y adiós, para perdernos de vista.

—A lo mejor, si lo habla con sus hijos... —propuso Lenin—. Al fin y al cabo será su hermanastro. Bueno, o hermanastra.

La dueña de la casa cerró los ojos.

Le tembló imperceptiblemente la mano.

—¿Quince mil, veinte mil?

—Cincuenta mil pesetas —dejó ir Patro.

—¿Están locos?

—¿Nosotros? Usted es la que se lo juega todo con ese escándalo, que esas cosas marcan y pesan, señora —quiso dejarlo claro Lenin, cada vez más metido en su papel.

—Esos documentos son nuestra única garantía, que sé muy bien que sin ellos ya nos habría echado escaleras abajo —habló con firmeza Patro—. ¿Qué madre no mataría o haría lo que fuera por su hijo, dígame? Yo... ¡estoy desesperada! ¿Entiende? ¡Desesperada!

Fue el momento de romper a llorar.

No para impresionarla o moverla a la piedad, sólo para demostrarle que si se ponía histérica o se volvía loca, llevaba las de perder.

—¿Y si ese hombre que han detenido no ha sido el asesino? —dejó caer como una losa Lenin.

—¿Qué... quiere decir? —Los ojos de Elisenda Narváez perdieron fijeza por un instante.

—Gilberto me habló mucho de esa mujer que le sedujo allá en América. —Patro ya no empleó lo de «señor Fernández»—. Irina, alias Esperanza Miranda. Muy guapa. ¡Menuda tenía que ser para liarlo! Aquí los periódicos tienen censura, pero fuera no, y si se sabe, será una bomba: España vendiendo lugares para que los americanos se instalen y nos invadan.

—Yo tengo familia en Perpiñán —puso la puntilla Lenin—. Les llevo los papeles y se acabó. ¿Quiere esto, o ser una buena mujer y ayudar al hijo de su marido?

La viuda tocó fondo.

Se vino abajo.

Lo hizo en silencio, pero a ellos se les antojó que se quebraba en medio de un enorme estruendo.

Los últimos segundos fueron los peores.

—¿Me darán esos documentos?

—Claro.

—¿Para qué los queremos nosotros?

—¿Todos?

—Que sí, señora, que sí.

—¿Me dejarán en paz para siempre?

—¿Qué quiere que le hagamos? —gimió Patro—. Usted es importante, nosotros no.

—Le juro que no somos delincuentes. —Lenin puso una

cara de inocencia rayana en la que habría puesto Buster Keaton diciendo lo mismo—. Si no fuera por lo que se nos viene encima... Ella está preñada y yo asustado, mire usted.

—¿Dónde y cuándo quieren que hagamos el intercambio? —suspiró Elisenda Narváez.

# 40

Estuvo a punto de ir con Lenin a buscar a Miquel.

Luego decidió que no.

Cada cosa a su tiempo.

Bastante enfadado y molido a palos estaba Miquel como para, encima, obligarle a aguantar la verborrea de su viejo «amigo» Agustino Ponce.

Además, seguro que Lenin metía la pata antes de que ella se lo contara todo a su modo.

Llegó al hospital y él ya estaba vestido con la ropa que le había llevado el día anterior. La esperaba sentado en la silla de la habitación y leyendo *La Vanguardia*. Nada más verla se puso en pie.

—Ya era hora.

—Se me ha liado la mañana.

—Pues sí que...

—No refunfuñes, va. ¿Qué más te da esperar aquí o sentarte en casa?

—Aquí todo el mundo está enfermo o muerto, mira tú. —Mantuvo el tono hosco, nada habitual en su forma de ser o de tratarla.

—¿Y la cabeza?

—Bien.

—A ver... —Patro intentó tantearle el chichón, pero él se apartó.

—Venga, vámonos ya. A ver si entra uno de esos galenos y se arrepiente de dejarme marchar.

—Si vas a pasarte dos meses en casa con este humor de perros, me voy a la mercería a dormir, ¿eh?

Miquel ya no dijo nada. Por si acaso. Se metió el periódico bajo el brazo y fue a coger la bolsa en la que guardaba la ropa sucia y manchada de sangre con la que había llegado al hospital. Patro se le adelantó.

—¿Puedes caminar?

La fulminó con la mirada.

Y salió de la habitación, con el brazo derecho en cabestrillo y el rostro más avinagrado que ella recordaba haberle visto jamás.

—No hay mal que por bien no venga —le dijo Patro antes de salir por la puerta del hospital.

—¿Ah, sí?

—Durante este tiempo nadie va a obligarte a levantar el brazo para hacer el saludo fascista —bajó la voz mientras le daba un beso cariñoso en la mejilla.

Miquel le lanzó una mirada atravesada.

La vio sonreír.

Y eso le pudo.

Acabó haciéndolo él.

—Desde luego...

—Venga, mi héroe. Te voy a mimar tanto que vas a desear que te disparen más a menudo.

Tomaron el taxi en la puerta del hospital. En diciembre había ido allí tres veces a ver al moribundo Saturnino Galán. Recordó a la hermana de Lenin, la Consue, amenizándole la muerte al pobre Satur. Ahora le tocaba a él, aunque salía andando, no con los pies por delante. Ya sentado en el taxi, volvió la cabeza para contemplar la hermosa silueta de San Pablo.

En el fondo sí, tenía suerte.

La bala de Pavel podía haber bajado unos centímetros más.

O directamente volarle la cabeza.

Aunque el trayecto era corto, Miquel se dio cuenta de que su mujer miraba el reloj por tercera vez, fingiendo despistar.

—¿Qué te pasa? —quiso saber.

—¿A mí? Nada.

—Pareces nerviosa.

—Caray, ¿cómo quieres que esté? Aún no me he recuperado del susto. Tengo muchas ganas de dormir esta noche pegadita a ti, como siempre.

Lo dijo en voz baja, pero el taxista estiró el cuello para verles por el espejito retrovisor que colgaba por encima de su cabeza.

Los ojos de Miquel le hicieron desistir de hacer un nuevo intento.

Cuando llegaron a la esquina de su casa y se apearon del vehículo, Miquel suplicó a todos los cielos no encontrarse con nadie. Y los cielos le escucharon. Ni la portera ni ningún vecino se alarmó de verle en su estado. Ya tendría tiempo para darles explicaciones, buscarse una excusa plausible, porque si les decía la verdad...

Bueno, ¿quién iba a creerle?

¿Un espía ruso?

Llegaron al piso y Miquel fue directamente al comedor a sentarse en su butaca mientras ella se organizaba. Resopló como un toro herido al dejarse caer desde lo alto, cansado como si hubiera corrido una maratón. Por lo menos estaba en casa.

En cuanto reapareció su mujer se lo soltó:

—Y ahora dime qué te pasa.

—¿A mí?

—Patro...

Ella soltó un bufido.

—Parece que llevemos cincuenta años juntos.

—Para mí, eres transparente, ya lo sabes.

—Míralo él.

—Venga, siéntate y me lo cuentas.

Patro se mordió el labio inferior.

—Prométeme que no te enfadarás.

—¡Ay! —Se vino abajo.

—Venga, va —se lo suplicó ella.

—¿Es grave?

—No, eso no, pero... bueno, sí, he hecho algo. Pero por ayudar, ¿eh?

—Siéntate de una vez y suéltalo, que me estás poniendo nervioso.

Le obedeció, aunque no ocupó la otra butaca. Prefirió una silla, que colocó frente a él. Una vez cara a cara, juntó las dos manos sobre las rodillas y lo anunció:

—He ido a ver a esa mujer.

—¿Qué mujer?

—La señora Fernández, la viuda.

No pudo creerlo.

—¿Estás loca?

—Te juro que ha ido muy bien.

—¿Qué es lo que ha ido muy bien? ¿Ha confesado nada más verte? ¿Va a entregarse a la policía? —Dejó de atropellarla con las preguntas—. ¡Por Dios, cariño, ni siquiera sé si ha sido ella!

—Dijiste que tu intuición...

—¡Mierda, olvídate de la intuición! —Lo invadió una oleada de calor—. ¿Y si llega a pasarte algo?

—No he ido sola.

—¿Con quién has ido? —La sorpresa fue mayúscula.

—Con Agustino.

La sorpresa pasó a conmoción.

—¿Lenin? ¿Y qué coño pintaba él en esto?

—Necesitaba un marido.

Miquel se pasó la mano por la cara. Cada pregunta era un miedo, pero cada respuesta lo multiplicaba por mil.

—¡Tú siempre te metes en problemas y yo no digo nada, o como mucho, si me quejo, es porque soy tu mujer! ¡Encima no me haces ni caso! ¡Para una vez que trato de ayudar yo! ¡Y ha ido muy bien, en serio! ¡Tú habrías hecho lo mismo mañana, nada más levantarte, aunque te estuvieras doblando de dolor! ¿Y sabes algo? ¡A ti te habría echado a patadas de su casa, seguro! ¡En cambio, con la película que le he montado yo...!

Había sido una buena arenga. De campeonato. Miquel no tuvo más remedio que callarse.

Si algo tenía Patro era el don de la persuasión.

—Está bien. —Se cruzó de brazos—. Adelante, cuéntamelo.

Y Patro se lo contó.

Con pelos y señales, casi palabra por palabra.

Cuando terminó, Miquel tenía la mandíbula inferior descolgada.

—¿No me digas que no he estado genial? —concluyó ella.

—¿Y se lo ha creído?

—Tendrías que haberme visto, y a Agustino.

—De entrada, imaginar que él sea tu marido...

—Cállate, Errol Flynn. El pobre se ha portado muy bien en su papel de marido engañado.

—No, si lo habrá disfrutado, eso seguro. Ése, con tal de liarla... —Trató de concentrarse de nuevo en todo lo que acababa de contarle Patro—. ¿La señora Fernández va a pagar cincuenta mil pesetas por unos papeles inventados?

—Era la mejor excusa para que estuvierais cara a cara y pudieras sonsacarla.

—¿Y si no ha sido ella? ¿Y si ha sido la hija o el hijo?

—Eso lo verás enseguida, en cuanto la atornilles como sabes.

—¿Crees que me lo dirá, así, por las buenas?

—Si no lo consigues tú, no lo hará nadie.

—Supongamos —abrió las dos manos—, supongamos que sí, que me lo dice, en plan triunfador y segura de sí misma. ¿Qué hago yo con ello?

—Llamas al inspector que vino a verte y se lo cuentas.

—¡Será su palabra contra la mía! ¡Sin pruebas, estamos igual! ¡Y esa mujer es muy poderosa! ¡Los Narváez lo son!

—Sigo pensando que es una buena idea. Yo sólo quería sacarla de su casa, ponerla a prueba. Aquí se sentirá menos protegida, en territorio enemigo.

Miquel parpadeó.

—¿Has quedado... aquí?

—Sí —musitó Patro.

—¿Esa mujer va a venir aquí? ¿Sabrá dónde vivimos?

—¿Qué querías que hiciese, convenir la cita en un parque, a plena luz, o en el bar de Ramón, con él hablando de fútbol? ¡Necesitábamos un lugar para hacerlo libremente, sin testigos, para que la líes!

Miquel recordó sus vistazos al reloj durante el trayecto en taxi.

—¿No me digas que has quedado para hoy?

—A las ocho —lo remató ella—. Cuanto antes mejor, ¿no?

Faltaban apenas seis horas.

Según cómo, nada. Según cómo, una eternidad.

Miquel paseó una mirada desconcertada por el comedor de su casa. Los muebles, las paredes, el aire que respiraban. Luego, para que quedase claro, el hombre le mandó un pinchazo al cerebro y éste, dolorido, se lo diseminó por todo el cuerpo, multiplicando sus efectos con cien agujetas que, en el caso de la cadera y la pierna, parecieron un cocodrilo mordiéndoselas por dentro.

Le esperaban dos meses sin hacer nada, pero de entrada...

Su cabeza empezó a dar vueltas.

De entrada...

—Ven aquí y dame un beso.

Patro se levantó de la silla como una niña buena, se sentó en el lateral de la butaca y le obedeció.

Un beso de vuelta a casa.

—¿Me perdonas?

—No seas tonta.

—Sigo pensando que es un plan genial.

—No digo que no, es sólo que...

—Agustín Mainat continúa en la cárcel.

—¿Crees que no lo sé? —Le acarició la pierna por encima de la rodilla, sintiendo la tersura de aquel muslo duro y joven.

—¿Quieres que vaya a buscar a Lenin por si acaso?

—¡No!

—Pues lo ha hecho muy bien representando el papel de «marido».

—No, si ya te lo he dicho: con la cara dura que tiene...

—Al salir estaba tan orgulloso que no paraba de decirme que el teatro se ha perdido un pedazo de actor, y el cine. Aunque, según él, con esa pinta de poquita cosa lo habría tenido mal.

—¡Válgame el cielo!

—Quería venir a verte.

—¡Eso no!

—Que lo sé, por eso he ido a buscarte yo sola.

—Si es que me puede.

—Va, que te cae bien. Es simpático.

—Huy, sí.

—Y ahora que trabaja, es honrado, ha sentado la cabeza... Has sido una magnífica influencia, cariño.

Se habían puesto a hablar, sin más, para no enfrentarse al verdadero reto.

Elisenda Narváez.

Guardaron silencio.

Patro le dio otro beso, en la frente.

—Creo que vas a tener que volver a salir —dijo Miquel pasados unos segundos más—. O a casa de la vecina, para llamar por teléfono, o en taxi si no hay más remedio.

—¿Qué se te ha ocurrido? —Mostró su expectación Patro.

Miquel soltó una bocanada de aire que le vació interiormente.

—Algo que jamás habría creído que pudiera hacer —dijo con mucha más expectación que ella.

# 41

El timbre de la puerta sonó a las ocho menos un minuto.

Desde la ventana, Patro la había visto bajar del taxi, así que estaba preparada.

Abrió y las dos mujeres se quedaron mirando.

Parecían estar en las antípodas la una de la otra.

Elisenda Narváez no esperó a que la invitase a cruzar el umbral.

—Acabemos con esto cuanto antes, ¿quiere?

Entró en el recibidor mientras ella cerraba la puerta. Luego, Patro la siguió, pasillo arriba, como si su visitante conociera el piso y supiera que al final estaba el comedor.

Cuando desembocó en el lugar y vio a Miquel, sentado en la butaca, se frenó en seco.

—¿Usted?

—Buenas tardes, señora —la saludó él.

La viuda de Gilberto Fernández se volvió, como una gata enjaulada. Se encontró con Patro cerrándole el paso.

—¿De qué va esto? —Se alarmó—. ¿Qué está pasando aquí?

La voz de Miquel se revistió de autoridad.

Sonó seca, directa.

—Siéntese, por favor.

—¡No! —se crispó la mujer—. ¿Quiénes son ustedes?

—Hágalo o será peor —dijo despacio, para no alarmarla más, para que lo entendiera.

—¿Qué van a hacerme? —Se llevó una digna mano al pecho y sus ojos siguieron destilando inquietud.

—Nada. No vamos a hacerle nada. No podemos. Usted tiene todas las ventajas. Yo... —Hizo un gesto que pareció desesperado, abriendo y cerrando las manos—. Yo sólo quiero saber la verdad, para quedarme en paz, ¿entiende?

—Dijo que era policía.

—No, no lo soy.

—Cuando vino a verme...

—Cuando fui a verla le hacía un favor a un amigo.

—¿Qué amigo?

—Agustín Mainat.

Elisenda Narváez acusó el golpe. Igual que un muñeco, osciló de adelante hacia atrás. Fingió fortaleza, pero se apoyó en el respaldo de una de las sillas del comedor con la mano libre. La otra sujetaba un bolso de color negro, de piel, brillante.

Un bolso con cincuenta mil pesetas en su interior.

Miró a Patro. De nuevo a Miquel.

No se movió.

—Estaría mejor sentada —le repitió él.

—Voy a irme de aquí, señor.

—Creo que haría bien en escucharme.

—¿Por qué?

—Porque si algo no es usted, es estúpida. Tiene un sinfín de preguntas en la cabeza, y necesita respuestas. Exactamente como las necesito yo.

—Yo no tengo...

—Vamos. —Miquel hizo un gesto de fastidio—. No hace falta fingir. Estamos solos. Usted con su secreto y yo con el mío. Usted gana y yo pierdo. ¿Qué más quiere? —Se tocó el brazo en cabestrillo—. ¿Ve esto? Anteayer me dispararon. ¿Y sabe quién? Pues el cómplice de la mujer que sedujo a su marido en Washington, la bella Irina. —Hizo una leve pausa—. A su marido le echaron de la embajada, pero ella le siguió, dispuesta a no dejar a su presa. De todas formas, puede estar tranquila: ella ha huido y a Pavel lo detuvo la policía. Con Gilberto muerto, no hay nada que hacer.

—¿Qué pinta usted en todo esto?

—Nada. —Hizo una mueca con los labios—. Ya se lo he dicho: quería ayudar a un amigo. De hecho, me metieron por casualidad en el lío. Una anotación de Agustín en su agenda hizo que la policía me detuviera y me interrogara, ya ve. Cosas del destino.

La viuda miró a Patro, que seguía apoyada en el quicio de la puerta, impidiendo una posible huida por su parte.

—¿Lo de su embarazo, los papeles secretos...?

—Le mentí.

—¿Por qué esa comedia?

—Para que viniera aquí y habláramos solos —le respondió Miquel—. Me gustaría contarle lo que creo que pasó, nada más. Para quedarme en paz conmigo mismo.

—¿Sólo quiere eso? —Su mueca fue de desprecio.

—Sí.

—¿Y luego?

—Usted se irá de aquí, libre, feliz, habiendo ganado. Seguirá con su vida, con su posición, viuda, todavía joven si quisiera rehacerla. Tanto da lo que hubiera hecho su marido. Es una Narváez. ¿Qué más quiere? Yo sé que usted mató a su marido, pero sin pruebas...

—¿Cómo dice? —Lo miró como si estuviera loco.

—Pudo ser su hija, sí. Odiaba a su padre y se sentía humillada. También su hijo, ¿por qué no? Salía con una novia que, nada casualmente, era la misma espía que había seducido a su padre, aunque sé que no llegó a saberlo y eso le colocaba el último en la fila de sospechosos.

—¿Mi hijo...? —Volvió a quedarse a medias, más y más alucinada.

—Más sorpresas. —Miquel puso cara de circunstancias—. Ahora ya no importan los detalles. Sólo queda usted.

—¿Yo? —Se olvidó de Rosendo.

—Usted es diferente, señora. La clase de persona astuta y fría capaz incluso de orquestar un plan maquiavélico para matar a su marido y vengarse de la mujer que más daño le había hecho en la vida, haciendo que Agustín, el hijo de ella, fuera injustamente culpado de asesinato. Despachaba dos pájaros de un tiro. Su marido, el esposo mujeriego y libertino que iba a arrastrarla a un destino infausto, y Mercedes, la madre de Agustín. Precisamente ella.

—No sabe de qué está hablando. —Levantó la barbilla despreciándole.

Miquel vio sus ojos.

Ellos sí la traicionaban.

—¿Por qué no se sienta? —Le ofreció de nuevo una silla con la mano libre.

Fue un largo silencio.

Acompañado por un no menos largo período de ingravidez.

Tres estatuas.

—Siente curiosidad, no me diga que no —le clavó la puntilla Miquel—. Se está preguntando qué sé, y también cómo sé lo que sé, en qué se ha equivocado usted si yo acierto. ¿Otro chantaje? No. ¿Sólo saber la verdad? Sí. Pero no va a irse de aquí sin enterarse también usted, ¿me equivoco?

Elisenda Narváez hizo finalmente lo que le pedía.

Se sentó.

Señorial, elegante. Una gran dama.

—Adelante —le invitó a seguir.

Miquel tenía un vaso de agua en la mesita situada entre las dos butacas. Alargó la mano izquierda y lo tomó. Le dio dos sorbos, volvió a dejarlo en su lugar y empezó a hablar.

Despacio.

Como si, además de contárselo a ella, lo hiciera para sí mismo, reflexionando al mismo tiempo.

—Vayamos al pasado —dijo—. Tenemos a un joven llamado Gilberto, enamorado de una muchacha llamada Mercedes. Es el primer amor, sobre todo para él, deslumbrado por la belleza de ella. Un primer amor que le marca y se apodera de su alma de tal forma que, prácticamente, puede decirse que enloquece y le cambia la vida para siempre. Tan romántico. Tan sencillo. Lo malo es que Mercedes no le ama, y tras unos titubeos, tal vez unos escarceos que no llegan a más... se enamora de otro joven: Rubén Mainat. El pretendiente perdedor se siente frustrado, hundido, presa fácil para usted, otra joven, entonces soñadora, creo imaginarlo, que está perdidamente enamorada de él. Gilberto se rinde a sus encantos, cree haber encontrado remedio a sus males, y la acepta. Más aún, se lanza de cabeza dispuesto a casarse cuanto antes. Por si faltara poco, Mercedes era una persona discreta, de familia normal y corriente, mientras que usted es... ¡una Narváez! La ambición de Gilberto también se ve coronada gracias a ello. Su desesperación le empuja. Va a triunfar. Mercedes se arrepentirá de haberle rechazado. —Miquel sintió una punzada en el brazo, pero intentó que Patro no lo notara y se mantuvo quieto—. Usted, señora Narváez, ganó el combate, pero no un marido. Al poco de casarse, ya supo que era plato de segunda, que jamás tendría la pasión que buscaba, que por más que le diese, Gilberto nunca la amaría como había amado y amaba al gran amor de su vida. Incluso una noche él gritó el nombre de Mercedes en el momento de...

—¡No sea grosero!

—Perdone. —Hizo un gesto pacificador con la mano libre antes de reemprender su relato—. Probablemente la historia habría acabado aquí, pero el azar se alió en su contra, y no una vez, sino dos veces. La primera cuando los dos hijos, Agustín y Rosendo, nacidos más o menos al mismo tiempo, se conocieron y se hicieron amigos. No eran más que dos niños. Agustín por aquí en su casa, Rosendo por allá en la de los Mainat. Hasta que un día fue inevitable que los padres se encontraran y se conocieran. Nada raro tratándose de dos chicos que se habían convertido en uña y carne. De pronto, Mercedes volvía a la vida de Gilberto. Y usted se encontraba con su rival omnipresente, odiándola más y más, sin saber qué hacer, ni cómo, ni cuándo. Tuvo que soportar ver a su marido tonteando con ella, mirándola siempre que estaban juntos los cuatro, tal vez soñando todas las noches, sospechando que, a lo peor, se veían a escondidas. Algo más dañino que un cáncer para su mente. —Miquel llenó los pulmones de aire—. Su suerte, entre comillas, fue que estalló la guerra. Eso lo acabó todo. Encima, ellos estaban en Barcelona y ustedes al otro lado de España. Usted se sintió aliviada, creyó que jamás volvería a verles. Pero... ya ve: se equivocó. Y el azar intervino por segunda vez, como si la persiguiera dispuesto a hacerle el peor de los daños.

Por primera vez, un destello brilló en los ojos de Elisenda Narváez. Fue efímero, pero Miquel lo captó.

—¿Quiere un vaso de agua, señora?

—No. Continúe.

—Con el final de la guerra, su posición social intacta, sus contactos e influencias, su marido hizo carrera muy pronto. En un país devastado como éste, con una dictadura, por muy de acuerdo que usted estuviese con ella, ni las cosas ni la situación eran precisamente las más adecuadas para su ambición. Consiguió introducir a Gilberto en los círculos diplomáticos, y de la noche a la mañana se vio nada menos que en la capital del Nuevo Mundo: Washington. Allí sí podía ser una reina. A su marido, como tal, ya lo había perdido. Se volvieron una pareja de circunstancias. A cambio ganaba poder, estatus. Una mujer de su clase, en el mejor lugar para lucirla. ¡Premio! Había llegado a la cima. Lo malo era que Gilberto tenía su necesidades. Se convirtió en un mujeriego. Aventuras, amantes... Usted se convenció todavía más de que la culpable de todo era Mercedes. Ella lo había convertido en lo que era. Gilberto buscaba en todas lo que Mercedes no pudo darle. Pero por lo menos Mercedes ya no estaba, era el pasado, y usted, una Narváez, una mujer digna. Mientras Gilberto no causara problemas ni diera un escándalo, callaba y listos. Pero su marido acabó metiéndose de cuatro patas en el peor de los líos. Era vulnerable, su afición por las mujeres le convertía en una presa fácil. Con un mundo lleno de alternativas y cambios, las dos potencias disputándose ya el espectro político, España en el filo de la navaja y los americanos espiando como si nada la embajada de España, los rusos pronto pasaron a la acción dispuestos al contraataque y detectaron que él era un eslabón fácil para sus intereses, tan fácil que cayó muy rápido, aunque he de decirle que Irina, o Esperanza Miranda, como la conocía él, era una mujer de bandera. Irresistible —Miquel bebió otro sorbo de agua—. Poco a poco, Gilberto cayó en las redes de la espía soviética. Se estaba gestando algo muy importante, una alianza secreta entre España y Estados Unidos para que los americanos instalen en un futuro cercano bases en nuestro suelo. Demasiado gordo como para que los propios americanos no acabasen sospechando de Gilberto y de su amante. Cuando los descubrieron, ella pudo escapar. Debían de tener una red muy bien montada, pero él... Sorprendido y pillado in fraganti, fue mandado de vuelta a España, a su casa de Barcelona. Creo que con más influencias por su parte en las altas instancias, señora, porque seguro que removió cielo y tierra para que no le fusilaran. A fin de cuentas, Gilberto no les había revelado todavía lo más importante. Es más, hasta consiguió usted que le buscasen un nuevo destino en el momento en que las cosas empezaron a amainar. Todo perfecto salvo por dos detalles. El primero, que sus hijos ya no estaban dispuestos a seguirles e iban a dejarla sola.

cer que lo condenaran al garrote vil. ¿Cómo lo hizo? Simple. Rosendo hacía deporte cada día por la mañana, y a su hija podía mandarla a un recado si era necesario, que no lo fue ese día tampoco. Los lunes, la portera se iba a ver a su madre. Se aseguró primero de que Gilberto llamara a Agustín con alguna excusa que ni se me ocurre. Agustín era feliz en su casa, señora. Con Rosendo, con Gilberto tratándole como un hijo... Nada más salir Agustín de *La Vanguardia*, usted calculó el tiempo y apuñaló a su marido. Probablemente antes le diera un golpe en la cabeza. Después lo apuñaló cinco veces más y se marchó corriendo. ¿Por la puerta de la calle? No. Subió al terrado y pasó de su edificio a otro. Eso sí, dejó la puerta del piso abierta, para que Agustín se encontrara el cuadro. ¿Calculó también cuándo iba a regresar su hija, para sorprenderle, o eso fue un premio añadido? De hecho, sospeché de Amalia antes que de usted. Pero no, las piezas encajan mejor así. Amalia dio la voz de alarma y Agustín fue pillado, como se dijo, «con las manos en la masa». Periodista metido en un caso de espionaje, hijo de un rojo fusilado al acabar la guerra. El candidato ideal, sí. Por si faltara poco, que Gilberto asediara a la madre de Agustín para hacerla su amante, también favorecía sus intereses. El buen hijo que venga el honor de su progenitora matando al acosador. Todo detalles fácilmente manipulables en alguien astuto como usted, para que la policía diera por cerrado el caso. Habituada a ganar, le salió el plan a pedir de boca. Ni siquiera sabía que la espía rusa estaba en Barcelona y había seducido a su hijo Rosendo para forzar a Gilberto a revelarle lo que sabía.

Esa parte consiguió arrancarla por segunda vez de su hieratismo.

—¿La mujer con la que salía mi hijo era la espía rusa?

—Qué sorpresa, ¿verdad? Pero eso ya no importa. Ella se ha ido y Rosendo está a salvo. Cuando mi mujer y un amigo han ido hoy a verla para conseguir que viniera aquí, usted sólo ha pensado en tapar el escándalo, una vez más. —Señaló el bolso—. ¿Ha traído las cincuenta mil pesetas?

Elisenda Narváez cerró las dos manos sobre él, instintivamente.

—No queremos su dinero, señora —la tranquilizó Miquel—. Sólo que sepa que yo sé la verdad.

El odio, la rabia, la ira de los ojos de la viuda de Gilberto Fernández, se concretó en la forma y el desprecio con que dijo aquello:

—¿La verdad? ¿Y qué harán con ella?

Miquel chasqueó la lengua.

—Nada —confesó—. Ni siquiera puedo ir a la policía. Ya tienen al culpable que más les interesa. La víctima ideal. Yo también estoy marcado por mi pasado y no soy más que un viejo ex policía indultado que vive de prestado.

—Bien —suspiró Elisenda Narváez—, entonces no hay más que hablar.

Se puso en pie.

Mantuvo el mismo desprecio en su mirada.

Primero dirigida a Miquel, luego a Patro.

—Ha de ser usted muy cruel para permitir que un inocente pague por eso —le dijo ella.

—¿Qué edad tiene? —No esperó a que le respondiera—. Yo amaba a mi marido, ¿sabe? Cuando éramos jóvenes estaba loca por él. ¡Lo amaba! —Elevó la voz por primera vez—. Sí, una noche haciendo el amor gritó el nombre de Mercedes y eso para mí fue el fin. Supe que nunca conseguiría que me quisiera como la había querido a ella, obsesivamente. ¿Puede imaginar eso? —Respiró con fatiga—. Después de la guerra pensé que me había librado de todo. Por fin era mío. Mío, hasta que empezó a tener amantes y queridas, a ignorarme, a... Bueno, qué más da. Yo ya me había inmunizado. Tenía la vida que quería. Washington, quizá un día Gilberto llegara a embajador en un buen país europeo gracias a mis contactos más que a su valía... Mi marido era un cerdo, pero era mi cerdo. Hasta que todo se derrumbó. Esa espía, la forma en que prácticamente se nos deportó... —Dejó de mirar a Patro y se enfrentó a Miquel—. Sí, tiene razón, es usted muy listo. Llegamos aquí y Mercedes reapareció en su vida. Vuelta a empezar. Callé, esperando ese nuevo destino, para irnos cuanto antes, pero al ser enviado a Marruecos no pude más. Esos sucios... —Se estremeció y luego sonrió con amargura antes de concluir—: Sí, le maté. Lo hice. Ya no era mi marido, era un desconocido. Una rata por la que sentía asco. Le maté y no me arrepiento, como tampoco me arrepiento de lo que le suceda al hijo de esa maldita mujer. Como usted ha dicho, no hay pruebas, no puede hacer nada, y sigo siendo una Narváez. Así que buenas noches y quédese usted con su verdad.

Dio media vuelta y se dispuso a apartar a Patro de su camino.

—No creo que lo sean, señora —dijo Miquel—. Y gracias por esa verdad.

Elisenda Narváez no llegó a dar ni un paso.

El inspector Oliveros y un agente de uniforme estaban ya en el pasillo, con los rostros graves, cortándole la retirada.

# Día 9

*Jueves, 27 de abril de 1950*

# 42

La espera, en la puerta de la calle Entenza, se vivía con una tensa calma por parte de los cuatro. Por un lado, la alegría. Por el otro, la impaciencia. Y por último, el temor ante lo que pudieran encontrarse.

Demasiados días encerrado.

Demasiados días con la ley buscando una confesión imposible.

—¡Cuánto tarda! —suspiró Rosa Aiguadell.

La madre de Agustín la abrazó, protectora. Llevaban ya casi una hora esperando. Una hora de pie, bajo el sol primaveral, mirando fijamente aquella puerta junto a dos docenas más de personas, unas tan ansiosas como ellos y otras habituadas a las vigilias frente a la cárcel.

Mercedes y Rosa lo sabían bien.

Por todos los días pasados bajo el peso de su angustia.

—Si te cansas, vamos a sentarnos a alguna parte —le cuchicheó Patro a Miquel al oído.

—Estoy bien.

—¿Seguro?

—¿Vas a ser mi enfermera o mi madre?

—Ay, antipático —le endilgó ella sin el menor énfasis.

Luego levantó la cabeza y contempló aquella mole de piedra.

La Modelo.

Más que una prisión, ahora era un símbolo.

—¿Cómo es por dentro? —volvió a susurrarle a Miquel.

—Ni te lo imaginas.

Se le colgó del brazo izquierdo, el sano, y se apretó un poco contra él.

De nuevo, el silencio.

Más minutos.

Cuando la puerta se abrió, y empezaron a salir hombres, los que esperaban se arremolinaron en torno a ellos. Unos confiando en ver a su padre, hermano o hijo. Otros atisbando por encima de sus cabezas, hacia el interior de la cárcel, como si pudieran taladrar los muros con la vista.

Se produjeron los primeros abrazos, se derramaron las primeras lágrimas.

—No sale —gimió Rosa.

Sebastián Oliveros le había dicho que confiara en él. Que sacaría a un juez de la cama si era necesario. Miquel llegó a sonreír sin decir nada. ¿Confiar en un policía del régimen? Una música celestial con una letra todavía por escribir.

Y sin embargo...

Agustín Mainat fue el último.

Lo reconocieron pese a que era una sombra del que había sido antes de su detención.

—¡Hijo!

—¡Agustín!

Su madre y su novia se le echaron encima. Patro y Miquel quedaron en un discreto segundo plano. Ella tenía los ojos húmedos. Él mostraba calma y serenidad.

El orgullo era un pan que se comía despacio y sin alardes.

Patro buscó su mano y se la apretó.

Agustín Mainat había sido golpeado. Muy golpeado. Tenía el rostro tumefacto, el labio inferior partido, con una cicatriz roja atravesándoselo en vertical, y el superior hinchado como si llevara dentro una aceituna. Los ojos, hundidos en las cuen-

cas, estaban orlados por sendos círculos violáceos. Quizá se
hubiera lavado la cara, pero conservaba restos de sangre seca
en la oreja derecha. Y eso sólo era la cara. Faltaba verle el
cuerpo, torso, piernas, pies.

Mercedes y Rosa lloraban estrechamente unidas a él.

—Ya está, ya pasó —trataba de consolarlas Agustín.

Era inútil. Tantos días de miedo no se superaban así como
así.

Posiblemente ya no se superasen nunca.

Días.

Miquel pensó en sus ocho años y medio en el Valle.

Claro que entonces nadie lloraba ni sufría por él.

Los ojos de Agustín y los de Miquel se encontraron.

—¿Señor Mascarell?

—Él te ha liberado, Agustín —le dijo su madre—. Él se
metió en todo esto, hizo preguntas, se ha jugado el tipo y...
—No pudo seguir hablando.

—Hasta le han disparado —concluyó Rosa.

Agustín Mainat caminó hasta Miquel, sin que las dos mujeres se separaran de su lado. El rostro del joven se llenó de
dudas, extrañeza, incomprensión.

—¿Usted?

—Me alegro de que estés libre, hijo. Ésta es mi esposa,
Patro.

Se dieron la mano. No muy fuerte. También la tenía machacada.

—¿Pero cómo...? —vaciló Agustín.

—Anotaste «ver a Miquel Mascarell» en tu agenda, ¿recuerdas?

—¿Y qué tiene que ver esto con...? —Volvió a quedarse a
media pregunta.

—La policía me interrogó.

—¡Lo siento!

—No, no lo sientas. —Miquel expandió la sonrisa—. Eso

hizo que me metiera en el lío. Sabía que no lo habías hecho tú.

—¿Por qué?

—Llámalo edad, experiencia, haber conocido a tu padre, o haberte conocido a ti en diciembre pasado. Todo cuenta.

—Dile que tiene un instinto nato —intervino Patro—. A veces da miedo.

—Yo sólo quería pedirle que fuera mi padrino de boda, porque no tengo a nadie más, y porque mi padre le apreciaba y le respetaba. Me pareció algo simbólico.

La verdad.

La simple verdad.

—Ya no importa —quiso tranquilizarle Miquel.

—¿Quién le disparó?

—Es una larga historia, y querrás ir a casa a descansar.

—Sí. —Lo reconoció—. Ahora mismo es lo que más necesito. Cuando anoche me dijeron que saldría hoy, que todo se había aclarado, dormí por primera vez en estos días.

—Prometo ir a verte. O vienes tú cuando puedas. —Se tocó el brazo en cabestrillo—. Mi mujer me ha prohibido toda clase de vida social.

—Señor Mascarell, en serio, no sé cómo ha hecho esto, pero...

Fue Miquel el que le abrazó.

Tan fuerte como pudo, teniendo en cuenta su brazo derecho inutilizado.

Mercedes y Rosa seguían llorando.

Mucha gente lloraba en la acera de la calle Entenza, pero cada cual estaba solo con sus lágrimas.

La mayoría ya se iba, casi a la carrera, para alejarse de allí.

—Seré el padrino de tu boda, hijo. Será un placer.

—Gracias.

Patro se llevó una mano a la boca al verle contener las lágrimas de aquella forma.

Tratando de ser duro como una piedra.

Duro, cuando no era más que una fina arenilla antaño hecha roca.

Y, de alguna forma, supo que hacía algo más que abrazar a Agustín.

Abrazaba a Roger, su hijo enterrado en la ribera del Ebro, en una tumba sin nombre, como la de tantos otros.

Patro sintió el ramalazo de frío.

Como una cortina cerrando la pantalla de la vida tras la tragedia.

Los abrazos finales fueron igualmente densos, cargados de emoción. Mercedes, Rosa, Agustín, Patro y él. Más agradecimientos, más lágrimas marcando el fin del drama. Hasta que se separaron. Ellos tres, calle Entenza abajo. Patro y Miquel, calle Entenza arriba.

Tendrían tiempo de hablar.

Tiempo.

—Eres increíble —dijo Patro, aún conmocionada, cuando ya nadie podía oírla.

—Cállate.

—Estás llorando por dentro.

—Que te calles, pesada.

—Como te pongas insolente, le diré a todo el mundo que ahora eres amigo de un policía del régimen.

Miquel le lanzó una mirada de soslayo.

—Pero qué mala eres —refunfuñó.

—No te vendrá mal tener un aliado por si vuelves a meterte en problemas.

—Que no es mi aliado, que me lo dijo bien claro: a la próxima, se olvida de esto y me enjaula.

—De todas formas, no es mal tipo. Creo que te respeta, y eso es mucho.

—Ésos no respetan a nadie.

—A ti, sí —insistió.

—No todos tienen por qué ser unos fanáticos, sólo faltaría. Alguno ha de ser decente, facha o no.

—Muerto aquella bestia...

Pensar en el comisario Amador le hizo mirar a derecha e izquierda, como si el fantasma de su bestia negra, muerto en diciembre del 49, pudiera materializarse cerca de ellos.

La vida era mucho mejor sin él, sí, sin ese miedo constante suspendido de su alma.

Patricia Gish le había hecho un favor. A él y al mundo.

Dieron unos pocos pasos más.

—¡Qué bien! —cantó Patro—. ¡Iremos de boda! ¡Me compraré un vestido precioso, para estar muy bonita! ¡Y tú un traje nuevo, porque el que llevabas ha quedado bien destrozado!

—A ti no te hace falta un vestido para estar bonita.

—Así me gusta.

Miquel se puso bien el pañuelo que le sostenía el brazo en cabestrillo. Le tiraba del cuello. No fue más que un gesto maquinal.

Patro estuvo al quite.

—¿Te duele?

—¿Vas a estar preguntándomelo a cada momento?

—¿No quieres que me preocupe por ti?

—Claro que quiero.

—Pues ya está. Te aguantas. Y ahora a casa.

—Hace muy buen día, mujer.

—Has de reposar, y no lo olvides: dos meses mínimo.

—Parece como que hasta disfrutes.

—No lo sabes tú bien. —Su expresión fue cómicamente perversa—. Dos meses en casa. Suena de maravilla.

—Como si me pasara el día por ahí.

—Cuando te metes en líos y el señor juega a volver a ser policía, sí, te los pasas. —Fue categórica antes de llenarse de dinamismo y agregar—: ¡Venga, que iremos al cine cada tarde y te mimaré tanto que hasta querrás que te vuelvan a pegar un tiro!

—Pero a la mercería no voy, que conste.

—Con ese brazo en cabestrillo, tampoco serías de mucha ayuda. Y, además, las comadres te coserían a preguntas, y tú te harías la víctima y ellas que si «¡Oh, pobre señor!» y que si «Ah», «Tal» y «Cual».

—¡Mira que eres peliculera!

—¡Mi héroe! —Se apretó más contra su brazo sano.

Estaban en la avenida Infanta Carlota. Ya no se veía la cárcel. Andaban por andar, sin rumbo. Podían dar un paseo hasta la plaza de Calvo Sotelo y allí tomar un tranvía o un autobús.

—¿Por qué no vamos a comer al bar de Ramón?

—Sí, y me enteraré de quién ganó la liga.

—Creo que el Atlético de Madrid.

—Ah.

—Así Ramón te explica por qué no la ha ganado el Barça.

—Desde luego...

—¿Desde luego qué?

—Ramón, Lenin... ¡Tengo cada amigo!

—Por lo menos ya los llamas «amigos».

—No me he dado cuenta.

—Por cierto, hemos de ir a ver a Agustino y a Mar.

—¿Por qué?

—Le dije que le contaría cómo acababa todo, para que se quedara tranquilo. Hizo muy bien de marido.

—Si es que aún no puedo creerlo. —Movió la cabeza de golpe—. ¿De verdad la señora Narváez se lo tragó?

—¿Otra vez con eso? Sí, ¿qué pasa?

—Lenin y tú sois la Bella y la Bestia.

—¡Mira que eres exagerado! ¿Y nosotros qué? Tú mayor y yo tan niña...

Miquel se detuvo en seco.

—¡Va, que es broma! —Tiró de él Patro—. ¡Llevas unos días de un picajoso y un sensible!

—Hoy no quiero ir a casa de Lenin —se rebeló—. Con Maribel y Pablito llamándome «abuelo»... ¡La madre que les parió! ¡Y encima, ahora, él se dará importancia «por haberme ayudado a resolver un caso», que lo sé!

—Desde que juegas con ellos cuando los ves, aunque sólo haya sido dos veces en estos cuatro meses, esos niños te adoran.

—No, si son majos. Para el padre que tienen...

—Insisto: ya no es el que era. Se ha vuelto honrado.

—Ya veremos.

Patro era insistente. Se mantuvo firme.

—Pues vamos el domingo, y comemos juntos. Se lo debemos.

—Peor me lo pones.

—Y es verdad: Agustino lo hizo bien.

—Lenin.

—Ése era su nombre de guerra.

—Para mí será siempre Lenin, y yo para él, el señor inspector.

—Nunca me has dicho por qué se llama Agustino y no Agustín.

—No tengo ni idea. Pregúntaselo. A lo mejor porque al ir a inscribirlo en el registro al funcionario de turno se le cayó una mancha al final del nombre y se quedó así, como si fuera una O.

—¿En serio?

—¡Y yo qué sé! A lo peor tampoco lo sabe él.

—Gruñón.

—Cotilla.

—Venga, hombre, alégrate. Has sacado de la cárcel a un inocente. Más aún: le has salvado la vida.

—Lo sé.

—Yo también lo hice bien, ¿no?

—Te arriesgaste demasiado, cielo.

—No tanto. Lo malo es que si la señora Narváez no hubiera picado el cebo, Agustín seguiría en la cárcel. O si tú te hubieras equivocado...

—Si ella no hubiese sido la asesina —dijo Miquel—, me juego lo que quieras a que habría compartido con sus hijos lo de tu visita, y entonces, el que hubiera sido de los dos, habría venido igual. Todo antes que volver a destapar la caja de los truenos y que la policía pudiera seguir investigando. No, tu trampa fue muy hábil. Y cayó la candidata más lógica.

—Para ti, porque lo que es la policía...

—Mucho espía, mucha historia, y a fin de cuentas ha sido lo más vulgar del mundo: un crimen pasional. —Miquel se pasó la lengua por los labios—. Mira que llevo años en el oficio, e incluso ahora, guerras aparte, la gente mata por lo mismo: amor y dinero.

Unos pocos pasos más.

Miquel caminaba con la vista fija en el suelo.

—Sigues serio, y ya no es por Agustín Mainat —le hizo ver Patro.

No le contestó.

—Dímelo —insistió ella.

Se rindió.

—Cuando estaba en aquella silla, atado, pensando que iba a morir...

—Lo entiendo.

—No es sólo ese miedo, cariño. Fue reflexionar sobre todo esto, la dictadura, Franco, lo de que en cuatro días España se venderá a los americanos y el mundo empezará a olvidarse de nosotros, de las cárceles, de los fusilados amontonados en cunetas y montes de todo el país. A este paso, pronto se va a borrar de la memoria que aquí hubo una guerra. Hay un nuevo orden. El comunismo es el actual enemigo mundial y nosotros «la reserva espiritual de Occidente».

—Miquel.

—¿Qué?

—Nos tenemos el uno al otro, nunca olvides eso.

De pronto quiso besarla allí mismo, en medio de la calle.

¿Bastaba tenerse el uno al otro?

¿Algo tan simple como eso?

—¿Y si, en lugar de ir nosotros, les decimos a los Ponce que se vengan a casa a comer? —dijo Miquel.

# Agradecimientos

Mi gratitud a Virgilio Ortega, amigo y supervisor de esta novela una vez más, a *La Vanguardia* y *El Mundo Deportivo* por las referencias que de ambos medios hago en esta y todas las novelas de Miquel Mascarell, y a quienes después de *Cuatro días de enero*, *Siete días de julio* y *Cinco días de octubre*, me pidieron que continuara con él y me llevaron a escribir *Dos días de mayo*, *Seis días de diciembre* y después esta sexta novela de la serie... y las que puedan llegar.

Todos los datos y nombres relativos a la embajada de España en Washington en los años cuarenta que aparecen en el capítulo 31 son rigurosamente ciertos.

El guión de *Nueve días de abril* fue completado en noviembre y diciembre de 2013 entre Frankfurt (Alemania), Houston (Estados Unidos), Guadalajara (México) y Barcelona. El libro fue escrito en Barcelona, en febrero de 2014.

El segundo, que cuando supo dónde estaba ese destino... se vino abajo y tocó fondo: Marruecos.

—Me estoy cansando, señor. —Su voz denotó fatiga y asco más que ira.

—Estoy terminando. Sólo unos minutos más —se apresuró él—. Para usted, que venía del centro del mundo, de la cima, eso era el infierno. Un país árabe, con sus costumbres, sus ritos, otra religión, la obligación de llevar ropas menos elegantes, recatadas... Insoportable. Como morir en vida. Y por si faltara algo, para odiar más a su marido, al que culpaba de todos sus males, nada más llegar a Barcelona el destino le deparaba el mazazo final: volvieron a establecerse los lazos con los Mainat. Sus hijos se reencontraron, ajenos y felices por revivir la infancia, y Gilberto no perdió ni un día en tratar de recuperar a Mercedes, ahora viuda y todavía una mujer atractiva y hermosa. Nada más verla, la asedió. Así que volvían al punto de origen. Gilberto, loco por el amor de su vida y usted humillada, enfrentada de nuevo a la mujer a la que siempre culpabilizó de todo su infortunio personal, su mal matrimonio, su desamor. Era demasiado. Entonces lo decidió. La única forma de no ir a Marruecos, salvar su honor, quedarse aquí y, de paso, vengarse de Mercedes Mainat, era asesinar a su marido.

—No tengo por qué aguantar esto. —Hizo ademán de ponerse en pie.

Patro le colocó una mano en el hombro.

Sólo eso.

Elisenda Narváez la miró con temor, como si fuera a ser agredida.

—No podía matar a Gilberto sin más. Necesitaba un culpable. Así nació su oscuro pero efectivo plan: hacer que el hijo que su marido siempre deseó tener con Mercedes fuese el que cargara con todo. Venganza completa. Iba a infligir a Mercedes el peor de los daños posibles: arrebatarle a su hijo, ha-